Jette Martens liebt ihre Ostseeheimat und das Gefühl, zur Ruhe zu kommen, sobald sie das Meer erblickt. Auf die besten Ideen für ihre romantischen Liebesromane kommt sie während langer Strandspaziergänge an der Küste. Nach ihrer erfolgreichen Gut-Schwansee-Serie verzaubert sie ihre Leserinnen mit *Der Strandrosenhof* und *Sommerglück auf dem Strandrosenhof* mit einer Sehnsuchtsreihe in der beliebten Urlaubsregion zwischen Schlei und Ostsee. Jette Martens lebt mit ihrer Familie in der Nähe von Kiel.

Außerdem von Jette Martens lieferbar:
Gut Schwansee. Deine Liebe in meinem Herzen
Gut Schwansee. Du bist mein ganzes Leben
Gut Schwansee. Uns kann niemand trennen
Der Strandrosenhof

www.penguin-verlag.de

JETTE MARTENS

Sommerglück auf dem Strandrosenhof

ROMAN

PENGUIN VERLAG

MIX
Papier | Fördert gute Waldnutzung
FSC® C014496

Penguin Random House Verlagsgruppe FSC® N001967

1. Auflage

Dieses Werk wurde vermittelt von Dorothee Schmidt,
Literaturagentur Hille & Schmidt.
Redaktion: Angela Kuepper
Umschlaggestaltung: www.buerosued.de
Umschlagabbildung: Arcangles / Nicole Matthews /
mauritius images / imageBROKER / Siegfried Kuttig
Satz: Uhl + Massopust, Aalen
Druck und Bindung: GGP Media GmbH, Pößneck
Printed in Germany 2024
ISBN 978-3-328-10933-4
www.penguin-verlag.de

1. Kapitel

Nicole ließ den Blick über die Ostsee schweifen, die heute türkisfarben leuchtete. Sie schloss die Augen, atmete tief ein und spürte die Wärme der Maisonne auf ihrer Haut. Ulf war seit fast sechs Wochen in der Reha-Klinik in Schönhagen. Die erste Zeit hatte sie ihn vermisst, aber mittlerweile hatte sie sich an das Alleinsein gewöhnt und genoss es sogar. Am kommenden Donnerstag würde er allerdings entlassen werden, und obwohl es für sie bestimmt auch eine Umstellung werden würde, freute sie sich darauf.

Sie zog die Beine an ihren Körper und blinzelte. Ein junges Paar – sie schätzte das Alter der beiden auf Anfang dreißig – lief Hand in Hand an ihr vorbei über den Sandstrand. Die Frau trug ein kurzes geblümtes Sommerkleid und hielt ihre Sandalen in der rechten Hand. Die langen blonden Haare flatterten im Wind. Sie stupste ihren Partner, der einen maisgelben Sonnenschirm über seine Schulter gelegt hatte, in die Seite, woraufhin er stehen blieb, sie an sich zog und mit einem Lächeln betrachtete.

Was für ein schönes Paar, schoss es Nicole durch den Kopf. Wann hatte Ulf sie das letzte Mal so verliebt angesehen? Sie versuchte, sich zu erinnern, aber es gelang ihr nicht. Sie biss sich auf die Lippe, weil sie sich plötzlich undankbar vorkam. Kommenden Samstag wären sie elf Jahre zusammen, und sie hatten viele schöne Momente miteinander erlebt. Sie hatten sich auf einer Scheunenparty in Thumby kennengelernt. Er war ihr sofort in der Menge der Feiernden aufgefallen, ein *ganzer Kerl,* hatte sie damals gedacht, und als er sie gegen Mitternacht zum Tanzen aufgefordert hatte, hatte sie nicht eine Sekunde gezögert. Nicole ließ sich mit geschlossenen Augen in die Bilder ihres Kennenlernens fallen: ihr erstes Date hier am Weidefelder Strand, dann ein Kinobesuch und schließlich der erste Kuss im Auto, als er vor dem Mietshaus in Kappeln, in dem sie gelebt hatte, hielt und sie einfach nicht gehen lassen wollte, bis sie ihn mit nach oben in ihre Wohnung nahm.

Eine Wolke schob sich vor die Sonne und gleichzeitig frischte der Wind auf. Nicole rieb sich die Oberarme, schlüpfte in ihre Sneakers und holte ihren Pullover aus dem Rucksack. Als sie sich fertig angezogen hatte, schlenderte sie zum Wasserrand und blieb dort stehen. Sie konnte sich nie sattsehen an dem Meer, das sich bis zum Horizont vor ihr ausbreitete. Kleine Schaumkronen hatten sich auf den Wellen gebildet, und zwei Möwen kreisten nur wenige Meter von ihr entfernt über dem jetzt grünblauen Wasser. Sie war immer wieder fasziniert davon, wie sich die Farbe der Ostsee von einem Moment auf den anderen komplett verändern konnte. Nicole hatte einmal gelesen, dass dies unter anderem von der Farbe des Meeresbodens, der Klarheit des Wassers und der Sonneneinstrahlung abhing. Sie fingerte ihr Handy aus der Seitentasche ihrer Jeans, weil sie ein Foto machen wollte.

Nicole runzelte die Stirn, denn in der Zwischenzeit waren zwei WhatsApp-Nachrichten eingegangen. Sie spürte, wie sich ihr Magen schmerzhaft zusammenzog, als sie die Worte ihrer Mutter überflog: *Freitag in zwei Wochen wird um 10 Uhr meine Chaiselongue geliefert!* Sie ließ den Zeigefinger über das Display gleiten. Am liebsten hätte sie *Keine Zeit* geschrieben, aber stattdessen antwortet sie mit: *Okay!* Nur wenige Sekunden später sah sie, dass ihre Mutter online war und ihre Antwort las, aber keine Reaktion sendete. Nicole biss sich auf die Lippe, wartete noch kurz und klickte dann die Nachricht ihrer Chefin an. Ulli bat sie, morgen schon um sieben Uhr zu kommen, da sie kurzfristig einen Termin bei ihrem Steuerberater habe. Nicole schrieb: *Kein Problem*, woraufhin Ulli ihr einen Smiley sendete.

Nicole arbeitete seit fast acht Jahren auf dem Strandrosenhof in Brodersby, und sie konnte sich keinen besseren Job vorstellen, auch wenn sie nach ihrem mittleren Schulabschluss zunächst ganz andere Pläne gehabt hatte. Damals hatte sie jeden Tag gemalt und gezeichnet und davon geträumt, Illustratorin zu werden, aber ihre Mutter hatte auf einer *anständigen* Ausbildung zur Hauswirtschafterin bestanden. Nicole hatte daher den sicheren Weg beschritten und dies zunächst auch nicht bereut. Allerdings gab es für sie kaum eine berufliche Perspektive außer die mögliche Weiterbildung zur Meisterin, zu der sie sich aber noch nicht hatte durchringen können, obgleich sie längst die Grundvoraussetzung, nämlich eine zweijährige Berufspraxis, erfüllte. Insgeheim hoffte sie, dass sie ihre Träume irgendwann doch noch einmal in die Tat umsetzen konnte. Sie wandte sich zum Gehen, denn es wurde langsam kühl am Strand. Im letzten Moment nahm sie aus dem Augenwinkel eine Bewegung wahr, drehte sich noch einmal um – und sah, wie ein Delfin aus dem Wasser sprang! Kurz verharrte er in der Luft und verschwand dann zwischen zwei Wellen. Ihr Herz schlug schneller, denn sie hoffte, dass sich der Meeressäuger vielleicht noch ein zweites Mal blicken ließe, aber leider erfüllte sich ihr Wunsch nicht. Wie gebannt blieb sie trotzdem stehen. Sie war sich nämlich nicht sicher, ob es überhaupt ein Delfin gewesen war, denn das Tier hatte eher gedrungen gewirkt und keine lange, sondern eine kurze runde Schnauze gehabt. Womöglich hatte sie einen Schweinswal gesehen? Ein warmes Gefühl durchströmte sie, als ihr bewusst wurde, welches Glück sie gerade hatte, denn es kam sehr selten vor, dass diese Tiere auftauchten – ganz im Gegensatz zu den spiel- und springfreudigen Delfinen. Nicole hielt die Hand schützend vor die Augen. Ein ungefähr dreißig Meter langes Schiff mit blauem Bug und weißem Deck näherte sich langsam der Küste. Ob es sich um ein Fischereiboot handelte? Sie kniff die Augen zusammen und entdeckte auf dem Heck einen orangefarbenen Kran, woraufhin sich ein Bild vor ihr inneres Auge schob. Vor ein paar Wochen war sie mit Ulf an der Förde in Kiel gewesen. Dort hatte sie das Schiff schon einmal gesehen – angetaut vor dem GEOMAR, dem Zentrum für Ozeanforschung. Nicole hätte zu gern gewusst, warum es hier direkt vorm Weidefelder Strand unterwegs war.

❀

Die Winde des Krans ruckelte, quietschte und blieb schließlich stehen. Arne runzelte die Stirn. Das Mikrofon saß wahrscheinlich am Grundanker fest.

»Gibt es Probleme?« Sein Assistent Joris hatte den Kopf über die Reling gebeugt. »Bestimmt ist der Grundanker mal wieder von Muscheln bewachsen.«

»Versuch es doch noch einmal!«

Arne nickte, fuhr mit dem Zeigefinger über das Display des Tablets und forderte das Mikrofon mit einem Klick ein weiteres Mal auf, sich zu lösen. Sie befanden sich etwa zweihundert Meter vom Weidefelder Strand entfernt, der genau zwischen der Schlei und der Ostsee lag. Heute war es windstill, und mit etwas Glück würden sie vielleicht einen Schweinswal sehen. Aber jetzt mussten sie erst einmal das Mikrofon an Bord ziehen. Wasserblasen sprudelten nach oben, und kurze Zeit später ploppte die orangefarbene Bergungsboje auf. Gemeinsam zogen sie das Mikrofon, das fast komplett mit Muscheln und Seetang umhüllt war, an Bord und platzierten es auf dem Holzdeck des Forschungskutters. Joris fuhr sich mit beiden Händen durch das strubbelige Haar.

»Das sieht nach Arbeit aus.« Er deutete mit dem Kopf auf den bis zum Rand gefüllten Wassereimer. »Ich mach mich mal ans Werk.«

Arne nickte. »Ich bin kurz im Labor, aber dann helfe ich dir.«

Sein Mitarbeiter stülpte sich die Arbeitshandschuhe über. »Na klar, kein Problem, lass dir ruhig Zeit.«

Arne wandte sich zum Gehen, hielt aber dann für einen kurzen Moment inne, weil er aus dem Augenwinkel die Umrisse eines Menschen am Strand wahrnahm. Er griff nach dem Fernglas, das um seinen Hals baumelte, und schaute durch das Objektiv. Eine Frau stand dort, die wie gebannt aufs Meer blickte. Ob sie vielleicht etwas gesichtet hatte? Vielleicht sogar einen Schweinswal? Geschwind justierte er die Schärfe, aber leider hatte die Frau sich bereits abgewendet, sodass Arne nur noch schemenhaft ihren Rücken erkennen konnte. Auf dem Weg zum Cockpit der Lilli – wie das Schiff von ihm und der Besatzung liebevoll genannt wurde – ließen ihn die Gedanken an die Frau nicht los, denn er hätte zu gern gewusst, ob seine Vermutung zutraf. Erst als er seinen Kapitän Lothar begrüßte, löste sich das Bild von ihr in seinem Kopf auf.

»Wir sind gleich so weit«, sagte er und stellte sich neben den Hünen, der ihn um fast zwei Köpfe überragte. »Wie sieht das Wetter aus?«

»Alles bestens.« Lothar deutete zum Fenster. »Die See ist heute glatt wie ein Kinderpopo.« Er kniff die hellblauen Augen zusammen. »Die Rückfahrt wird ein Kinderspiel.«

Arne nickte. »In spätestens einer Stunde sind wir fertig.«

Die Littorina war mit ihren dreißig Metern das kleinste Forschungsschiff des GEOMAR Helmholtz-Zentrums für Ozeanforschung, für das er seit drei Jahren arbeitete. Nach dem Abitur, das er in seiner Heimatstadt Rostock absolvierte hatte, war Arne nach Kiel gezogen, um dort Zoologie und Meeresbiologie zu studieren. Im Anschluss daran hatte er eigentlich geplant, sich zum Forschungstaucher ausbilden zu lassen, aber dann war seine damalige Freundin Marleen schwanger geworden, und er hatte davon Abstand nehmen müssen. Mittlerweile lebte er allein, denn die Mutter seiner Tochter Luna hatte sich bald nach der Geburt von ihm getrennt. Als er auf dem Weg zum Labor daran dachte, zog sich sein Magen schmerzhaft zusammen. Luna war vor einer Woche sechs Jahre alt geworden und liebte das Meer und dessen Bewohner genauso leidenschaftlich wie er. Zum Glück durfte er sie mindestens zweimal die Woche sehen.

Im Labor wartete Thies, sein derzeitiger Praktikant, auf ihn, und er richtete seine Gedanken wieder auf die Arbeit. Gemeinsam prüften sie die Aufnahmen der anderen vier Mikrofone, die sie an diesem Tag bereits an Deck gezogen hatten. Die finale Auswertung würde allerdings im Institut erfolgen. Arne und sein Team untersuchten den Unterwasserlärm in der Eckernförder Bucht, der dafür verantwortlich sein könnte, dass in den vergangenen zehn Monaten bereits drei Schweinswale in der Schlei-Region tot an Land gespült worden waren. Sie wollten herausfinden, ob die Meeressäuger deshalb von ihrem Weg abgekommen waren, denn Schweinswale orientierten sich mithilfe von Echolotung, die durch Unterwasserlärm empfindlich gestört werden konnte.

Arne brannte für das Thema, denn das Leben der Wale hatte ihn schon als Kind fasziniert. Als Wissenschaftler ging er davon aus, dass die Menschen sich nur durch Fakten überzeugen ließen. Deshalb wollte er den Zusammenhang zwischen dem Tod der Schweinswale und dem Unterwasserlärm wissenschaftlich belegen. Das war derzeit sein oberstes Ziel.

Als sie mit der Auswertung fertig waren, kehrte er zum Deck zurück. Joris hatte seine Arbeit bereits beendet. »Mist, ich habe dich vollkommen vergessen«, entschuldigte Arne sich bei seinem Mitarbeiter. Joris, dessen rundes Gesicht mittlerweile von der Sonne leicht gerötet war, machte eine abwehrende Handbewegung.

»Kein Problem, das hat mir Spaß gemacht.« Er hielt den gesäuberten Grundanker und das Mikrofon in die Höhe und stand auf. »Jetzt ist alles wieder wie neu.«

Nachdem die beiden die Aufnahmen auf Arnes Tablet überspielt hatten, ließen sie das Unterwassermikrofon und den Anker mithilfe der Winde wieder auf den Meeresboden hinabgleiten. Danach wuschen sie sich beide die Hände in dem Eimer, den Joris mit frischem Ostseewasser gefüllt hatte, und schrubbten das Deck. Schließlich gab Arne seinem Kapitän das Zeichen zum Aufbruch. Joris ging runter ins Labor, aber Arne blieb mit auf dem Rücken verschränkten Händen an der Reling stehen. Mit geschlossenen Augen atmete er die salzige Meeresluft ein. Als er sie wieder öffnete, hatte Lothar bereits gewendet und nahm Kurs aufs offene Meer hinaus. Die Sonne stand mittlerweile nahe am Horizont und strahlte goldenes Licht aus, das sich auf der Ostsee wie flüssiges Gold ausbreitete. Plötzlich bemerkte er einen dunklen Schatten unter der Wasseroberfläche. Er beugte sich leicht über die Reling, woraufhin sein Herz schneller schlug, denn er entdeckte die Umrisse eines Meeressäugers. Es konnte ein Delfin oder aber auch ein Schweinswal sein, schoss es ihm durch den Kopf. In diesem Moment teilte sich das Wasser, und das Tier sprang direkt vor ihm hoch. Wie in Zeitlupe tasteten seine Augen die Umrisse des Meeresbewohners ab: Der Körper wirkte gedrungen, der Kopf war rund mit einer flachen Schnauze. Ein Glücksgefühl durchflutete ihn, als das Tier wieder im Meer verschwand, denn er war sich absolut sicher, dass es kein Delfin, sondern ein Schweinswal gewesen war.

2. Kapitel

Als Nicole die Augen öffnete, war es noch dunkel im Schlafzimmer. Ihr war kalt, weil sie sich freigestrampelt hatte. Sie zog die Decke, die sich zerknüllt am Fußende des Bettes befand, hoch bis zu ihrer Nasenspitze und rieb sich die Augen. Der Digitalwecker auf dem Nachttisch zeigte 5:20 Uhr an. Sie seufzte. Es war zu früh zum Aufstehen, aber einschlafen lohnte sich auch nicht mehr. Nicole sprang aus dem Bett, schlug die Decke auf, schob die rosafarbenen Gardinen beiseite und öffnete das Fenster. Sie tapste barfuß in die Küche, die sich am Ende des Flures ihrer Dreizimmerwohnung befand. Erst einmal einen Kaffee, dachte sie, und während sie das Pulver löffelweise in den Filter gab, wanderten ihre Gedanken wieder zu Ulf. Um neun Uhr wurde er heute aus der Reha-Klinik entlassen. Er war an der Bandscheibe operiert worden. Inzwischen war er wieder arbeitsfähig und würde bereits am kommenden Montag in seiner Tischlerei erscheinen müssen.

Nicole nahm den Kessel mit heißem Wasser vom Herd und goss ein wenig davon auf das Kaffeepulver. Als es durchgelaufen war, füllte sie den Filter bis fast zum Rand. Sie liebte diese kleine Zeremonie am Morgen, weil sie dabei langsam und geradezu meditativ in den Tag starten konnte. Das Gurgeln der Kaffeemaschine hatte sie hingegen fast in den Wahnsinn getrieben, deshalb hatte sie das Teil eines Tages einfach zum Abfallwirtschaftshof gebracht. Ulf hatte sich über die Verschwendung sehr aufgeregt, aber dann hatte ihn der morgendliche, frisch aufgebrühte Kaffee doch überzeugt.

Als die Kanne voll war, goss Nicole sich eine Tasse ein und füllte den Rest in eine Thermoskanne. Sie setzte sich an den kleinen Küchentisch neben die Spüle und genoss den ersten Schluck mit geschlossenen Augen. Ob Ulf schon wach war? Sie waren beide zum Glück Frühaufsteher, selbst um fünf Uhr morgens kamen sie ohne Probleme aus den Federn. Nicole schätzte es sehr, dass Ulf nie schlecht gelaunt oder fies zu ihr war, ganz im Gegenteil. Er war ein liebenswerter Mensch, und sie fühlte sich an seiner Seite immer beschützt und geborgen. Trotzdem … Irgendetwas fehlte ihr. Ihr Liebesleben war im Laufe der Jahre eingeschlafen. Okay, sie kuschelten miteinander, küssten sich auch, aber es war *sehr* lange her, dass sie sich leidenschaftlich aufeinander gestürzt hatten wie zu Beginn ihrer Beziehung. Ob es bei anderen Paaren auch so war? Nicole seufzte leise. Vielleicht wäre eine Hochzeit die Lösung für ihre Beziehungsflaute? Damit könnte sie zudem zwei Fliegen mit einer Klappe schlagen. Ihre Mutter würde aus allen Wolken fallen, weil deren Meinung zu ihrem Liebesleben schon seit ihrer Pubertät wie in Stein gemeißelt war: *Du wirst nie einen Ehemann finden, wenn du so weitermachst.* Wobei »so weitermachst« sich auf beliebig viele Dingen beziehen konnte. Zum Beispiel, dass sie nicht fleißig genug war, zu wenig auf ihr Äußeres achtete oder nicht liebenswürdig genug war. Dieser Satz, den ihre Mutter gebetsmühlenartig zu jeder möglichen Gelegenheit von sich gab, dröhnte in ihrem Kopf. Gab es nicht die Theorie der sich selbst erfüllenden Prophezeiung? Vielleicht hatte Nicole ja die negativen Erwartungen an ihr Liebesleben durch die Worte ihrer Mutter derart verinnerlicht, dass sie gar nicht glücklich werden konnte. »Du wirst nie einen Mann finden« war ein weiterer Satz, den ihre Mutter bei jeder sich bietenden Gelegenheit fallen ließ. Nicole presste die Lippen zusammen und stellte die Tasse auf dem Tisch ab. Wenn Ulf ihr einen Heiratsantrag machte, würde sie »Ja« sagen, schon allein, um ihrer Mutter eins auszuwischen.

Sie stand auf und stieß dabei den Stuhl an. Bevor dieser zu Boden fiel, ergriff sie im letzten Moment die Lehne. Verdammt! Warum brachte sie nur jeder klitzekleine Gedanke an ihre Mutter zur Weißglut?

Nachdem Nicole geduscht hatte, schlüpfte sie in ihren Bademantel und drehte sich einen Turban um die nassen Haare. Zurück in der Küche, goss sie sich eine zweite Tasse Kaffee ein, schlenderte damit in den Händen durch den Flur ins Wohnzimmer, setzte sich auf das abgewetzte Sofa und legte ihre nackten, ausgestreckten Beine auf dem Tisch davor ab. Ulf würde das nicht gefallen, aber er war nicht hier, und deshalb genoss sie diese kleine Freiheit besonders. Sie nippte an ihrer Tasse, lauschte in die Stille hinein und wackelte dabei mit den Zehen. Ihre Gedanken wanderten zurück zu ihrem kleinen Strandausflug. Sie stellte die Tasse ab, sprang auf und holte ihr Handy, das auf der Holzkommode im Schlafzimmer lag. Nachdem sie es entsperrt hatte, rief sie die Fotos auf, die sie gemacht hatte. Eins war ihr besonders gut gelungen, denn die unterschiedlichen Blautöne der Ostsee waren deutlich zu erkennen. Sie hielt das Display einen Meter von ihrem Körper entfernt und betrachtete die verschiedenen Schattierungen, so als hätte jemand Aquarellfarben ineinanderfließen lassen. Dieser Gedanke ließ ihr Herz plötzlich schneller schlagen. Sie erinnerte sich an ihren Aquarellblock und die verschiedenen Farben, die sie einmal gehabt hatte. Auch ihre Zeichenstifte mussten irgendwo sein. Damit hatte sie bereits während ihrer Schulzeit gearbeitet. Ihre Augen streiften die Uhrzeit: Es war fast acht Uhr. Mist, sie musste sich beeilen, denn heute wollte sie auf jeden Fall pünktlich in der Reha-Klinik sein, Ulf würde bestimmt schon mit gepackten Koffern und Taschen auf seinem Bett sitzen, wenn sie dort ankam. Trotzdem wurde sie wie an einem Faden ins Arbeitszimmer gezogen, in dem sich normalerweise nur Ulf aufhielt, da er am Schreibtisch seinen Computer aufgebaut hatte. Nicole trat zu dem Schrank, der in der Ecke neben dem Regal mit Ordnern und Unterlagen stand. Darin befand sich ein Karton mit Deckel, in dem sie ihre Malutensilien aufbewahrte. Sie musste auf den Stuhl steigen, denn Ulf hatte ihre Sachen in das oberste Fach verfrachtet, da er mehr Platz für seine Aktenordner benötigt hatte. Als sie wieder in der Küche angekommen war, öffnete Nicole den Deckel und lugte hinein. Sie nahm einen Skizzenblock zur

Hand und setzte sich damit an den Küchentisch. Ihr Kaffee war mittlerweile kalt geworden, aber das störte sie nicht. Sie leerte die Tasse und betrachtete die Zeichnungen: ein schlafender Hund vor einem Tor, zwei Nashörner in einem Schlammloch, ein Liebespaar im Regen, ein Seiltänzer auf einem spitzen Dach mit einem Schirm in der Hand. Ein Kribbeln breitete sich von ihren Schultern bis zu den Fingerspitzen aus. Am liebsten hätte sie den Kasten mit den Bleistiften gegriffen und losgelegt. Ein Bild formte sich in ihrem Kopf: ein Delfin, der neben einem Segelboot in die Luft sprang. Dafür würde sie Farbstifte brauchen, keine aus dem Supermarkt, sondern die aus dem Künstlerfachhandel. In Kiel gab es ein solches Geschäft, daran erinnerte sie sich jetzt. Kein Wunder, denn dort studierten viele Kreative an der Muthesius Kunsthochschule, die ständig Materialien für ihre Werke benötigten.

Nach ihrem Schulabschluss hätte sie sich liebend gern an der Hochschule eingeschrieben, aber ihre Mutter war dagegen gewesen. »Erst einmal machst du eine Ausbildung«, hatte sie nach einer langen Diskussion gesagt. Ihr Tonfall hatte jeden keimenden Widerspruch unmöglich gemacht, deshalb hatte Nicole klein beigegeben – wie immer.

Gedankenverloren strich sie über die Blätter. Vielleicht könnte sie nach der Arbeit etwas zeichnen? Allerdings waren auch die Nachmittage und Abendstunden mit Pflichten und Aufgaben verplant: einkaufen, Wäsche waschen, kochen, putzen. Jeden Tag dasselbe. Doch dann hatte sie plötzlich eine Idee: Wenn Ulf mit seinen Freunden am Computer zockte, könnte sie sich doch an den

Küchentisch mit ihrem Block und Stiften setzen. Allerdings würde sie eine gute Schreibtischlampe benötigen und vielleicht einen bequemeren Stuhl mit flexibler Lehne.

Kurze Zeit später war Nicole auf dem Weg zur Reha-Klinik. Sie fuhr die Ostseestraße entlang, bog auf die B 203 ab und nahm schließlich die Auffahrt in Richtung Schönhagen, Karby und Winnemark. Mittlerweile kannte sie die Strecke in- und auswendig. Nach wenigen Minuten erreichte sie den Parkplatz. Einen Moment lang blieb sie im Auto sitzen. Nur noch wenige Minuten, dann würde ihre Freiheit vorbei sein. Sie trommelte mit den Fingern aufs Lenkrad und atmete tief durch. Schließlich löste sie mit einer energischen Handbewegung den Sicherheitsgurt, stieß die Tür auf und ließ diese hinter sich zufallen. Sie lief schnell bis zur Brücke, die über einen Teich führte. Dahinter erhob sich das ehemalige Rittergut, ein dreiteiliges Backsteingebäude mit weißen Sprossenfenstern und einer türkis schimmernden Turmspitze. Auf dem Rasen vor dem Eingang flatterte die blau-weiß-rote Schleswig-Holstein-Fahne im Wind. Die Reha-Klinik befand sich jedoch nicht in diesem imposanten historischen Schloss, sondern in flachen grauen Gebäuden dahinter. Dennoch war es ein schöner Ort, vor allem wegen der Nähe zur Ostsee, und bei Patienten deshalb auch sehr beliebt.

Nicole erreichte schließlich etwas atemlos den Flur, der zu Ulfs Zimmer führte. Die Tür öffnete sich genau in dem Moment, als sie davorstand. Ihr Lebensgefährte stand mit Jeans, Turnschuhen, T-Shirt und Lederjacke vor ihr, die

Sporttasche in der Hand. Er begrüßte sie mit einem schnellen Kuss auf die Wange. Ein schwach süßlicher Geruch stieg ihr in die Nase. Sie blinzelte irritiert, nahm aber den Ordner entgegen.

»Sind da deine Entlassungspapiere drin?«

Statt einer Antwort nickte er nur und schob sich dann an ihr vorbei. »Wir können los.«

Als sie das Auto auf dem Parkplatz erreichten, wollte Nicole Ulf den Schlüssel zustecken, aber er hob die Hand. »Fahr du, bitte.«

»Okay«, sagte sie leicht irritiert, da Ulf normalerweise immer am Steuer saß, wenn sie zusammen unterwegs waren, außer natürlich wenn er Alkohol getrunken hatte, sie aber nüchtern geblieben war. Ulf verstaute seine Tasche und den Ordner auf dem Rücksitz, dann stieg er neben ihr ein und schnallte sich an. Nicole startete den Motor, schaute in den Rückspiegel und setzte zurück. Ihre Blicke begegneten sich, aber Ulf drehte sich sofort weg und starrte aus dem Seitenfenster. Irgendetwas war anders als sonst, stellte Nicole fest, und ein banges Gefühl breitete sich in ihr aus – fast so, als würde jeden Moment eine Katastrophe über sie hineinbrechen.

»Hast du heute noch etwas vor?«, fragte sie schließlich, nachdem sie endlich die Ostseestraße Richtung Kappeln erreicht hatte. Bis dahin hatte sich ihr Lebensgefährte in Schweigen gehüllt. Ulf drehte kurz den Kopf zu ihr herum. »Nein, nichts Besonderes.«

»Wir könnten heute Abend zu unserem Italiener nach Eckernförde und deine Entlassung feiern?«

Ulf schob das Kinn nach vorne und rieb mit den Fingern über die Haut. Eine Geste, die Nicole sehr gut kannte. So verhielt er sich immer, wenn er nicht mit der Sprache herausrücken wollte.

»Lieber nicht«, antwortete er schließlich. »Ich glaube, ich gehe heute früh zu Bett.«

Nicole spürte, wie sich ihre Augen mit Tränen füllten.

»Wie du meinst«, presste sie hervor. Kurze Zeit später fand sie einen Parkplatz fast direkt vor dem Mietshaus, in dem sich ihre Wohnung befand. Schweigend gingen sie nebeneinanderher zur Eingangstür. Nicole holte den Schlüssel aus der Seitentasche ihrer Jeans. Sie öffnete die Tür, ließ Ulf eintreten, und gemeinsam stiegen sie die Treppe bis zum zweiten Stock hoch. Nicole bemerkte, dass ihr Lebensgefährte leicht schnaufte. Wahrscheinlich war er noch immer nicht richtig fit. Sie durfte keine Wunder erwarten, schließlich war Ulf viele Wochen außer Gefecht gesetzt gewesen, und bestimmt musste er sich erst einmal wieder langsam an den Alltag gewöhnen. Sie öffnete die Haustür zu ihrer Wohnung und ließ ihn zuerst eintreten, wobei der süßliche Geruch, der ihn im Krankenhaus umgeben hatte, erneut in ihre Nase drang. Wieder hielt sie kurz den Atem an. Es lag ihr auf der Zunge, ihn zu fragen, ob er ein neues Aftershave benutzte, aber im Flur blieb er stehen und sah sie das erste Mal direkt an, deshalb entschied sie sich im selben Moment dagegen.

»Ich bin froh, wieder zu Hause zu sein«, sagte er leise. Nicole nickte. »Ich freue mich auch.«

Sie nahm ihm die Tasche und den Ordner mit den Entlassungspapieren ab. »Geh doch einfach erst einmal duschen, okay?«

Ulf warf ihr einen unschlüssigen Blick zu, dann aber atmete er tief durch. »Das ist eine gute Idee.«

Er zog die Jacke aus, hängte sie an den Haken der Garderobe und ging dann zum Badezimmer. Nicole folgte ihm mit dem Blick. »Ich mach uns mal einen Kaffee«, rief sie.

»Super, danke.«

Eine Stunde später zog sich Ulf in sein Arbeitszimmer zurück. Es dauerte nicht lange, bis Nicole die bekannten Geräusche eines der Online-Spiele hörte, mit denen er sich gern die Zeit vertrieb. Nicole war enttäuscht, denn sie hatte sich heute extra freigenommen, musste erst morgen wieder arbeiten und wusste daher nicht, was sie mit dem restlichen Tag anfangen sollte. Sie nahm das Spültuch, hielt es unter den Wasserstrahl und wischte ein weiteres Mal über die Tischplatte, an der sie und Ulf zuvor gesessen hatten. Die Tassen hatte sie bereits in die Spülmaschine gestellt. Gedankenverloren nahm sie den Teller mit den restlichen Keksen in die Hand und ging damit an das halb geöffnete Fenster. Schräg gegenüber befand sich eine Rasenfläche mit einem kleinen Spielplatz. Jetzt am Vormittag hatten sich dort auf den zwei Bänken die Mütter aus der Wohnsiedlung versammelt. Drei Kinder – zwei Jungen und ein Mädchen – buddelten ein Loch in den Sand. Sie trugen kurze Hosen, bunte T-Shirts und Sonnenhüte. Nicoles Herz füllte sich mit Wärme. Seit sie im September des vergangenen Jahres dreißig geworden war, hatte sich etwas in ihr verändert. Sie hatte mit Ulf noch nie über das Thema gesprochen, denn er wollte nicht Vater werden, das hatte er ihr gleich zu Beginn ihrer Beziehung mitgeteilt. Er sei dafür nicht geschaffen, war seine Begründung gewesen, an die er sie immer wieder erinnert hatte. Bislang hatte sich Nicole damit arrangiert, denn ihre Arbeit auf dem Strandrosenhof erfüllte sie vollkommen, und auch ansonsten hatte ihr nichts gefehlt. Dies hatte sich erst mit der Geburt von Paul, dem Sohn ihrer Freundin Sophia, verändert. Seit sie auf den Kleinen das erste Mal aufgepasst hatte, war es um sie geschehen. Aus ihrer Sicht sprach auch nichts dagegen. Ulf hatte einen gut bezahlten Job, und sie verdiente ebenfalls nicht schlecht.

Nicole nahm sich einen Keks und biss ein Stück davon ab. Sie hatte sie nach einem alten Rezept ihrer Oma gebacken. Sie bestanden aus einem hellen und einem mit Kakao vermischten Teig, die übereinandergelegt, zu einer Rolle geformt und schließlich in Scheiben geschnitten wurden. Schwarz-Weiß-Gebäck – so hatte ihre Omi die Leckerei genannt. Besonders köstlich war es immer gewesen, die Kekse vorm Essen in kalte Milch zu tunken …

Nicole aß den ganzen Teller leer, den sie anschließend kurz mit Wasser abspülte, mit dem Handtuch abtrocknete und dann zurück in die Spüle stellte. Plötzlich stand Ulf in der Tür. Sie sah ihn erwartungsvoll an, aber er sagte nichts. Schließlich hielt Nicole es nicht mehr aus. Sie trat zu ihm, ganz nah an ihn heran. Er blieb stehen, deshalb lehnte sie den Kopf an seine Schulter. Mit einem kleinen Seufzen umschloss er ihren Körper mit seinen kräftigen Armen.

3. Kapitel

»Wann sind wir da?«

Arne blickte in den Rückspiegel und lächelte. »Gleich mein Schatz, noch ungefähr fünf Minuten.«

Seine Tochter spitzte die Lippen und streckte sie Beine in ihrem Kindersitz nach vorne. »Mir ist heiß!«

Arne drehte die Lüftung etwas kälter. »Besser so?«

»Hm.«

Luna senkte den Kopf, sodass ihre blonden Locken nach vorne fielen. Sie blätterte in einem Buch, das *Mein erstes Pony* hieß und welches sie immer bei sich trug, jedenfalls wenn er mit ihr unterwegs war.

Arne lenkte den Mercedes behutsam um die Kurve. Zu seiner Linken erhob sich das weiße Gutshaus, er war hier also richtig. Die Erdbeerfelder des Strandrosenhofs befanden sich knapp hundert Meter weiter entfernt, ein handbemaltes Schild wies ihm den Weg zum Parkplatz. Er fuhr langsam über die Rasenfläche, parkte unter einem Kastanienbaum und stellte den Motor aus. Dann drehte er sich um.

»Wir sind da, Luna!«

Sie strahlte über das ganze Gesicht und fummelte an dem

Verschluss ihres Sicherheitsgurts herum. Arne schnallte sich ab und öffnete die Tür.

»Warte, ich helfe dir.«

»Ich kann das allein!«

Arne blieb vor dem Auto stehen, wartete, bis Luna ausgestiegen war, und schlug dann die beiden Türen zu. Dabei strich er leicht über den weißen Lack seines Strich-Achters und freute sich mal wieder darüber, dass sein heiß geliebter Oldtimer so gut in Schuss war. Für kein Geld der Welt würde er den Mercedes gegen einen der gängigen Neuwagen eintauschen.

Luna suchte seine Hand. Als er seine Finger mit ihren verschränkte, spürte er ein leichtes Ziehen in der Brust. Er war unsagbar glücklich darüber, dass sie seine Tochter war, aber er hätte ihr gern eine »normale« Familie geboten. Marleen hatte den Kontakt zu ihm sechs Wochen nach der Geburt abgebrochen. Sie benötige Zeit für sich und ihr Kind. Er hatte sich wie ausgemustert gefühlt, vor allem als sie ihm schließlich mitgeteilt hatte, dass sie sich endgültig von ihm trennen wolle. Später hatte er herausgefunden, dass ein anderer Mann im Spiel gewesen war, aber daraus hatte sich keine feste Beziehung entwickelt.

Arne hatte den Kontakt zu Marleen nie abbrechen lassen, bemühte sich immer wieder um sie, aber ohne Erfolg. Besonders beschäftigte ihn die Frage, ob sie ihn nur als Vater für ihr Kind ausgewählt hatte. Womöglich war sie von Anfang an nicht an einer dauerhaften Beziehung mit ihm interessiert gewesen. Arne wurde nicht schlau aus seiner Ex-Freundin, aber solange sie ihm den Umgang mit

Luna gewährte, gab er sich mit dem Arrangement zufrieden. Nach der Trennung hatte er juristischen Rat geholt. Sein Anwalt hatte ihm mitgeteilt, dass er ein Umgangsrecht habe, mehr aber auch nicht. Arne habe hingegen Pflichten, zum Beispiel die monatlichen Unterhaltszahlungen für seine Tochter, doch dieses Thema hatte er mit Marleen bereits kurz nach der Trennung geklärt, denn es war ihm wichtig, dass sich Marleen und Luna auf ihn verlassen konnten. Seine Tochter sollte nicht spüren, wie sehr er unter der Trennung litt. Bislang funktionierte das, und er hoffte inständig, dass dies auch in Zukunft so bleiben würde.

Sie erreichten den Verkaufsstand vor dem Eingang zum Erdbeerfeld. »Moin«, begrüßte sie eine sympathisch wirkende Frau, deren Alter Arne auf Anfang fünfzig schätzte. Sie trug eine grüne Schürze mit der Aufschrift *Strandrosenhof* und hielt ihm einen Korb aus Pappe entgegen. Dann deutete sie mit dem Kopf zu einem Feld, auf dem Wildblumen wuchsen. »Ihr müsst etwas weiter nach hinten laufen, folgt einfach den Schildern.« Sie beugte sich über den Tresen, und ein Lächeln huschte über ihr ebenmäßiges, leicht gebräuntes Gesicht. »Möchtest du auch einen Korb haben?«

Luna schmiegte sich an seine Seite, sagte aber nichts. Fremden gegenüber war sie oft sehr zurückhaltend.

Arne nahm ihre Hand und drückte sie. Dann wandte er sich wieder der Frau vom Verkaufsstand zu: »Danke, ein Korb reicht.«

»Alles klar, dann wünsche ich euch viel Erfolg!«

In diesem Moment betrat eine blonde Frau den Verkaufswagen. »Hi, Ulli.«

»Nicole, schön, dass du mich ablöst.« Die beiden Frauen umarmten sich kurz, dann verließ die ältere den Verkaufswagen durch die seitliche Tür. Luna zog an seiner Hand.

»Komm, Papa!«

Arne nickte und ließ sich von seiner Tochter mitziehen. Er spürte plötzlich ein Kribbeln im Nacken, drehte sich um, und in diesem Moment verfing sich sein Blick mit dem der jungen Frau. Sie sieht traurig aus, schoss es ihm durch den Kopf. Arne lächelte, woraufhin sie leicht nickte, doch dann drehte sie sich abrupt um, als ob ihr die Situation unangenehm wäre. Aus den Augenwinkeln bemerkte er, dass sie etwas ins Regal stellte, auf dem bereits Marmeladengläser und Erdbeersirup-Flaschen aneinandergereiht waren.

Das erste Schild mit einer aufgemalten Erdbeere befand sich neben einem Feld, auf dem Wildblumen blühten. Er sah ein junges Pärchen, das dort gemeinsam einen Strauß pflückte. Die Frau trug ein rosafarbenes Sommerkleid, der Mann Shorts und ein blaues T-Shirt. Er stupste sie an, woraufhin sie ihm lachend in die Arme fiel. Er umschlang ihre Hüfte, hob sie in die Luft und drehte sie einmal herum. Arne wandte sich ab. Luna und er erreichten das Feld, auf dem die Erdbeeren in Reihen wuchsen. Arne stellte den Korb aufs Gras.

»Jetzt kann es losgehen!«

Luna nickte, kniete sich neben die Erdbeerpflanzen und zupfte die ersten süßen Früchte von den Stielen. Arne passte sein Tempo dem seiner Tochter an. Vorsichtig ließ er die Erdbeeren in den Korb gleiten, dann schob er sich ein besonders schönes dunkelrotes Exemplar in den Mund. Lecker süß und fruchtig schmeckte es, genau so, wie er es vom vergangenen Jahr in Erinnerung hatte – kein Vergleich zu dem Angebot in Supermärkten. Frisch vom Feld geerntete Erdbeeren waren nicht zu toppen, zumal sie hier auf dem Strandrosenhof in Bioqualität angebaut wurden. Emsig pflückte er weiter, wobei er Luna immer fest im Blick behielt. Seit sie auf der Welt war, hatte er ständig Angst, dass sie ihm abhandenkommen oder ihr irgendetwas passieren könnte. Er mutmaßte, dass auch andere Eltern ähnlich empfanden, es sich aber in einem normalen Familienalltag nicht derart intensiv anfühlte wie bei ihm, da er seine Tochter nur für eine begrenzte Zeit in seiner Obhut hatte.

Langsam füllte sich der Korb. Die Sonne stand inzwischen hoch am Himmel, und mittlerweile hatten sich Schweißperlen auf seiner Stirn gebildet. Er hielt inne, strich sich mit der Hand übers Gesicht und atmete tief durch. Kurz blitzte das Bild der blonden Frau auf, der er am Verkaufsstand begegnet war. Dieser kleine Moment ihrer Begegnung klang in seinem Herzen nach, und insgeheim hoffte er, dass sie immer noch dort stehen würde, wenn er und Luna mit dem Erdbeerpflücken fertig wären. Vielleicht sollten sie sich etwas beeilen.

Nicole stellte den gefüllten Korb mit Erdbeeren auf die Waage. Sie freute sich, dass der Mann mit der kleinen Tochter an ihren Verkaufsstand zurückgekehrt war. In fünfzehn Minuten würde sie von Ulli wieder abgelöst werden, da sie im Gutshaus gebraucht wurde. Sie würde den Nachmittag mit dem Kochen von Erdbeermarmelade verbringen. Sie hatte früh am Morgen zusammen mit ihrer Chefin Ulli schöne Früchte gepflückt, die besonders aromatisch und süß waren. Nicole spürte schon jetzt den köstlichen Duft in der Nase, der sich beim Einkochen in der Küche ausbreiten würde.

»Das sind zwei Kilo, also vierzehn Euro bitte!«

»Alles klar.«

Während der Mann seine Brieftasche aus der Seitentasche zog, musterte sie ihn möglichst unauffällig. Er war bestimmt eins achtzig groß, hatte rötlich blondes Haar und klassische Gesichtszüge. Er war sehr attraktiv, stellte sie fest, deshalb schlug ihr Herz wohl auch schneller, als er ihr seine EC-Karte gab. Sie schob ihm das Lesegerät zu und hielt unwillkürlich die Luft an, als sich ihre Finger für einen kurzen Moment berührten. Er tippte die PIN ein, hob den Kopf, und als sich ihre Blicke begegneten, kribbelte es in ihrer Brust. Seine kleine Tochter rückte ein Stück näher an ihn heran, wodurch Nicole in die Realität zurückkatapultiert wurde. Dieser Mann war vergeben – genau wie sie. Jedenfalls bis zu dem Kuraufenthalt von Ulf, dachte sie zerknirscht. Sie reichte dem Mann den Korb mit Erdbeeren und blickte ihm und seiner Tochter nach, bis der nächste Kunde ihre Aufmerksamkeit erforderte.

Kurze Zeit später kehrte Ulli zurück, und Nicole machte sich auf den Weg zum Gutshaus. Als sie den Innenhof betrat, strömte ihr der Duft der Strandrosen entgegen, die jetzt im Juni in den Beeten blühten und denen der landwirtschaftliche Betrieb seinen Namen verdankte. Sie winkte Jörg zu, der auf einem Traktor sitzend über den Hof bretterte. Er hatte vor einiger Zeit einen Unfall mit dem Fahrzeug gehabt, bei dem er sich den Oberarm verletzt hatte, und war wochenlang ausgefallen, weil er eine Schlinge tragen musste. Doch jetzt war er zum Glück wieder fit. Nicole schmunzelte. Sie würde ihm später ein Glas ihrer Erdbeermarmelade zustecken und ein paar Scheiben vom Landbrot, das sie gebacken hatte.

Nicole ging an den zwei weiß getünchten ehemaligen Wirtschaftsgebäuden vorbei, in denen sich inzwischen die Ferienwohnungen befanden. Schließlich erreichte sie das Gutshaus, eilte die breite Eingangstreppe hinauf und trat dann in die Küche. Auf dem langen Holztisch in der Mitte des Raumes standen noch leere Kaffeebecher vom morgendlichen Teammeeting. Nicole räumte das Geschirr schnell in die Spülmaschine und startete das Reinigungsprogramm. Sie nahm die Erdbeeren, die sie zum Marmeladenkochen gepflückt hatte, aus dem Kühlschrank. Die Gläser standen bereits kopfüber sauber gespült auf der Ablage. Nicole wog die Früchte ab. Zunächst wollte sie nur ein Kilogramm einkochen, weil sie ein neues Rezept in einem ihrer Kochbücher gefunden hatte. Nicole nahm ein Messer zur Hand. Sie arbeitete schnell und konzentriert, so wie sie es während ihrer Ausbildung zur Hauswirtschafterin gelernt hatte. Zunächst entfernte sie die Stile und Blätter der Erdbeeren und schnitt die Früchte in Stücke, die sie danach in einen hohen Kochtopf beförderte. Nicole rollte eine Zitrone auf der Arbeitsplatte hin und her, denn dadurch ließ sich die Frucht leichter auspressen. Danach fügte sie den Saft der Masse hinzu. Ein säuerlich-süßer Duft stieg in ihre Nase, als sie die Erdbeeren kräftig durchrührte. Danach ließ sie die Früchte ziehen – das würde ungefähr zehn Minuten dauern. Ihrer Erfahrung nach wurde die Marmelade dadurch weicher in der Konsistenz. Nicole trocknete sich die Hände ab, schüttete den Rest Kaffee aus der Thermoskanne in ihren blauen Keramikbecher und stellte sich an das halb geöffnete Küchenfenster. Eine laue Brise wehte ihr ins Gesicht. Es duftete schwach nach Heu, denn die Ernte war in vollem Gange. Laut Wetterbericht würde es die kommende Woche über trocken bleiben. Das Futter für die Schafe und die Ponys für den Herbst und Winter war also gesichert. In diesem Jahr war sie sogar das erste Mal bei der Kitzrettung dabei gewesen, zusammen mit Sophia. Diese Aktion veranstaltete Ulli jedes Jahr, bevor die Wiesen gemäht wurden. Die Jungtiere blieben nämlich geduckt am Boden liegen, wenn das Mähfahrzeug auf sie zukam, dies war ein angeborener Reflex. Zum Glück hatten sie die Kitze gemeinsam eingesammelt und in Kisten gelegt, bis die jeweiligen Felder gemäht worden waren. Dann waren die Tierbabys zu ihren Müttern zurückgekehrt. Viele Rehkitze wären sonst in die Messer der Mähfahrzeuge geraten.

Nicole seufzte. Es erfüllte sie mit großem Stolz, dass sie bei dieser Aktion dabei gewesen war.

Eigentlich könnte das Leben so schön sein! Der Sommer zeigte sich in Schleswig-Holstein von seiner besten Seite: Die Wassertemperatur der Ostsee war fast auf neunzehn Grad gestiegen, perfekt, um sich noch einmal in die Fluten zu stürzen. Leider hatte Ulf dazu keine Lust. Sie hatte ihn angerufen, aber er war sehr kurz angebunden gewesen. Ein flaues Gefühl breitete sich in ihr aus, deshalb kippte sie den Rest des Kaffees in die Spüle. Seit Ulf wieder zu Hause war, hatte sich an seinem Verhalten nur wenig geändert. Über eine Woche lebten sie nun wieder unter einem Dach, und bis auf die kleine Umarmung kurz nach seiner Rückkehr war zwischen ihnen nichts mehr passiert. Keine Berührungen, kein Sex, einfach gar nichts. Nicole war mit ihrem Latein am Ende. Vielleicht litt er an einer Depression? Wenn dem so wäre, würde er mit ihr nicht darüber reden, denn das würde komplett seiner Vorstellung, die er von sich selbst hatte, widersprechen. Er war schließlich ein Mann und kein Psycho-Weichei! Nicole musste unwillkürlich schmunzeln. Es hatte ihr immer gefallen, dass er tough war und sich nicht unterkriegen ließ, aber jetzt, nach seinem Kuraufenthalt, kam ihr das alles falsch vor. Es passte nicht zu ihm, wie er sich ihr gegenüber verhielt. Es muss einen Grund dafür geben, dachte sie, während sie an ihren Arbeitsplatz zurückkehrte.

Die Erdbeeren hatten in der Zwischenzeit einen schönen roten Saft gebildet. Nicole beugte sich über den Topf, schloss die Augen, sodass sie sich ganz auf den Geruch konzentrieren konnte. Himmlisch! Die Erdbeeren vom Strandrosenhof waren wunderbar, Ulli hatte ein richtig gutes Händchen für den Anbau dieser leckeren, aber auch empfindlichen Frucht. Nicole fügte fünfhundert Gramm Gelierzucker hinzu. Das Mischungsverhältnis von einem Teil Zucker auf zwei Teile Erdbeeren war ihrer Ansicht nach optimal. Schließlich rührte sie die Masse gut durch. Nachdem die Mischung fünf Minuten gekocht hatte, drehte sie die Gläser zum Befüllen um, schloss sie mit den Deckeln und stellte sie auf den Kopf, sodass ein Vakuum entstand. Zufrieden betrachtete sie ihr Werk. Morgen würde sie ein Glas zur Frühstückspause des Teams vom Strandrosenhof öffnen. Darauf freute sie sich schon. Als sie die Küche aufgeräumt und gesäubert hatte, hängte sie die Schürze an den Haken, wusch sich die Hände und machte sich auf den Weg. Sie ließ die Tür einfach zufallen, Ulli war auf dem Hof unterwegs, aber es gab keinen Grund, abzuschließen. Hier war die Welt nämlich noch in Ordnung. Ganz im Gegensatz zu ihrem Privatleben, stellte sie auf dem Weg zu ihrem Auto fest. Heute würde sie Ulf zur Rede stellen. Sie musste endlich wissen, was mit ihm los war.

4. Kapitel

Dieser Teil der Zeit mit Luna war immer der schmerzhafteste. Arne blickte in den Rückspiegel. Seine Tochter schlief tief und fest, das Buch *Mein erstes Pony* war ihr aus der Hand gefallen. Nach dem Erdbeerpflücken hatten sie in seiner Wohnung in Arnis noch zwei Stunden verbracht. Luna hatte einen Film sehen wollen, es kamen viele Pferde und zwei Mädchen darin vor, und natürlich hatte er ihr diesen Wunsch gerne erfüllt. Die Stunden mit ihr waren wie immer viel zu schnell vergangen, es quälte ihn, dass ihnen jedes Mal die Zeit davonrannte. Arne wünschte sich, dass er mit Luna einmal einen ganz normalen Alltag erleben könnte, sogar gern auch mit den damit verbundenen Problemen und Streitereien. Er zweifelte insgeheim daran, dass sich durch dieses Hin und Her eine »richtige« Vater-Tochter-Beziehung aufbauen ließ. Seine Kindheit war ebenfalls alles andere als »normal« verlaufen. Seine Eltern hatten sich getrennt, als er dreizehn Jahre alt geworden war. Für ihn war damals eine Welt zusammengebrochen, zumal sich an seiner Lebenssituation eigentlich nichts geändert hatte. Obwohl sie kein Paar mehr gewesen waren, hatten seine Eltern weiter in ihrem gemeinsamen Haus in Eckernförde gewohnt, nur dass seine Mutter das Erdgeschoss bezog und sein Vater im ersten Stock des Einfamilienhauses blieb. Nach dem endgültigen Aus ihrer Ehe hatten sie eine Tür zwischen den Stockwerken einbauen lassen, und damit war für sie das Thema erledigt gewesen.

Arnes Herz tat weh, als sich die Bilder aus dieser Zeit in sein Bewusstsein drängten. Er war, wie einige seine Mitschüler auch, zu einem »Schlüsselkind« geworden, nur mit dem Unterschied, dass er nicht jedes Mal umziehen, sondern bloß das Stockwerk wechseln musste.

Luna hat es im Vergleich dazu auf jeden Fall besser getroffen, dachte er grimmig. Jedenfalls gab es für sie klare Verhältnisse: Sie wohnte überwiegend bei Mama und an bestimmten, oft auch wechselnden Tagen bei ihm. Arne fuhr über die B 76 in Richtung Eckernförde, denn Marleen war nach der Trennung dorthin gezogen. Zu seiner Rechten leuchtete das Windebyer Noor im Abendlicht, am liebsten wäre er kurz von der Straße abgefahren, aber er wollte auf jeden Fall pünktlich sein. Vielleicht später auf dem Rückweg, dachte er.

Er fädelte sich auf die linke Spur ein, um zum Schulweg zu gelangen. Zu seiner Rechten erschien ein italienischer Feinkostladen, in dem er sich schon oft etwas zum Abendessen gekauft hatte. Arne bog in die Gartenstraße ein und hielt schließlich vor dem zweistöckigen Haus, das mit roten Backsteinen verklinkert war.

»Sind wir da?«

»Ja, mein Schatz.«

Seine Tochter rieb sich die Augen. »Das ging aber schnell.«

Arne grinste. »Du hast ja auch die ganze Zeit geschlafen.« Er stieg aus, öffnete die hintere Seitentür und löste den Gurt von Lunas Kindersitz. Er hob ihr Lieblingsbuch auf, nahm ihren Rucksack heraus und ergriff ihre Hand. Aus den Augenwinkeln bemerkte er, dass sich die Gardine hinter dem Fenster des Wohnzimmers seiner Ex-Freundin bewegte. Wahrscheinlich hatte sie schon Ausschau nach ihm gehalten. Es versetzte ihm einen Stich ins Herz, dass sie ihm nicht wirklich vertraute. Er hatte ihre gemeinsame Tochter immer pünktlich nach Hause gebracht. Wenn etwas dazwischengekommen war, hatte er Marleen unverzüglich angerufen. Er spürte, wie sich sein Magen zusammenzog, als er die Türklingel drückte. Nur noch wenige Minuten, dann wäre seine Zeit mit Luna vorbei.

Marleen öffnete sofort. »Da seid ihr ja!«

Sie schob sich eine Strähne ihres dunkelbraunen Haares aus der Stirn. Sie war barfuß und trug ein türkisfarbenes Sommerkleid, wodurch sie sehr jugendlich auf ihn wirkte. »Hallo, Marleen«, sagte er in einem ruhigen, freundlichen Ton. Er blieb einen Moment stehen, nachdem er sich von seiner Tochter verabschiedet hatte, denn manchmal lud sie ihn auf einen Kaffee ein, aber diesmal hob sie nur kurz die Hand. »Dann bis Samstag.«

»Ja, ich freue mich.«

Marleen kräuselte die hohe Stirn. »Denkst du noch daran, mir das Geld zu überweisen?«

Arne spürte, wie die Röte in seine Wangen schoss. »Ja,

stimmt, ich hatte es mir extra aufgeschrieben.« Er presste die Lippen aufeinander. »Ich erledige das gleich online, wenn ich zu Hause bin.« Sie hatten für diesen Monat einen Extrabetrag vereinbart, weil Marleen Luna zum Schulanfang einen neuen, höhenverstellbaren Schreibtisch gekauft hatte.

Seine Ex-Freundin nickte. »Okay.«

Kurz bevor Arne wieder in sein Auto stieg, blickte er noch einmal nach oben. Sein Herz machte einen kleinen Sprung, als er Luna am Wohnzimmerfenster entdeckte. Er winkte ihr zu, aber plötzlich war sie verschwunden. Jedes Mal fiel ihm der Abschied schwerer, aber genau dies sollte seine Tochter nicht spüren. Er wollte ihr in der Zeit ihres Zusammenseins schöne und positive Gefühle vermitteln, deshalb war es ihm auch wichtig, dass Marleen ihn zumindest als Freund betrachtete. Leicht war das allerdings nicht, denn sie verhielt sich ihm gegenüber meistens reserviert, wenn nicht sogar abweisend. Er hatte sich oft gefragt, was wohl der Grund für ihr Verhalten war, aber er war in all den Jahren zu keiner Lösung gekommen. Was ihre Beziehung anging, hatte er von Marleen nur ausweichende Antworten nach dem Motto »Es hat halt nicht gepasst« bekommen. Damit musste er sich wohl oder übel zufriedengeben, um keinen Streit zu riskieren, was ihm allerdings sehr schwerfiel. Er wollte den Dingen auf den Grund gehen und verstehen, warum er manchmal so gut wie keinen Einfluss auf bestimmte Ereignisse oder das Verhalten von Menschen hatte. Marleen hatte sich von ihm getrennt, weil sie ihn nicht mehr liebte – dies hatte sie ihm eines Abends, als sie einmal spontan ein Glas Wein zusammen getrunken hatten, gesagt. Trotzdem wusste er bis heute nicht, warum sich ihre Gefühle von einem Tag auf den anderen verändert hatten.

Arne lenkte seinen Strich-Achter zurück auf die Schulstraße und bog dann auf die B 76 ab. Die Sonne stand mittlerweile tief am Horizont, aber trotzdem würde er noch im Hellen in Arnis sein, denn jetzt, Mitte Juni, wurde es erst gegen zweiundzwanzig Uhr dunkel. Er freute sich auf sein Zuhause. Die Arbeitswoche war anstrengend gewesen, vor allem die Auswertung des Unterwasserlärms, die er und Joris im Anschluss an die Fahrt auf der Ostsee in Angriff genommen hatten. Am Freitag hatten sie schließlich einige brauchbare Diagramme erstellt. Arne würde an diesem Wochenende aber einfach mal abschalten und hatte sich daher auch keine Arbeit mit nach Hause genommen. Ein Lichtschimmer zu seiner Linken holte ihn aus seinen Gedanken. Durch die Bäume, die am Rande der Straße in den Himmel ragten, blitzte das Wasser des Windebyer Noors auf, ganz so wie auf der Hinfahrt, aber diesmal noch eine Spur intensiver, als wollte der Binnensee ihn anlocken. Kurz entschlossen setzte er den Blinker, fuhr die schmale Straße entlang, bis er ein graues Haus mit vielen Fenstern erreichte. Er fuhr auf einen Parkplatz, stieg aus und ging zum Ufer, das von hohen Laubbäumen umrandet war. Durch die dichten Blätterkronen funkelte die Abendsonne, als wollte sie sich verabschieden. Der Binnensee hatte bis zur Eiszeit zur Ostsee gehört, das wusste er von Marleen, die sich mit der Natur rund um Eckernförde sehr gut auskannte. Arne schloss die Augen. Die Blätter raschelten leise im Wind, eine Libelle flog surrend an ihm vorbei, und aus der Ferne drang der Schrei einer Möwe in seine Ohren. Es war so friedlich hier. Im Allgemeinen zogen ihn eher Orte an, wo es etwas zu erleben gab, wie der Strandrosenhof, aber am Noor hatte er sich von Anfang an wie zu Hause gefühlt. Kurz flackerte das Bild von der blonden Frau im Verkaufswagen auf. Da er seit der Trennung von Marleen allein lebte, war er, was das Kennenlernen anbelangte, etwas aus der Übung geraten. Früher während des Studiums war Arne immer offen für Begegnungen gewesen. Hin und wieder war etwas Festes daraus geworden, auch wenn diese Beziehungen nur wenige Monate gedauert hatten. Mit Marleen war es hingegen vom ersten Augenblick an etwas anderes gewesen. Er hatte gleich zu Beginn diese Verbundenheit gespürt, denn sie beide waren aus demselben Holz geschnitzt, wie man landläufig so schön sagte. Jedenfalls hatte er es damals so empfunden. Suchte man nicht immer einen Partner, der so ähnlich tickte wie man selbst?

Arne hielt die Hand schützend vor die Augen. Etwa zwanzig Meter von ihm entfernt sah er die Umrisse eines Bootes. Er vermutete, dass Fischer an Bord waren. Es gab hier Aale, Barsche, Zander, Plötze und Noor-Heringe. Um die Ecke war ein kleiner Laden; auf dem Weg nach Hause hatte er sich schon öfter einen geräucherten Fisch von dort mitgenommen. Dieses Geschäft existierte seit 1957, und die jetzigen Betreiber belieferten alle Restaurants in der Umgebung mit frischem Fisch.

Arne stiefelte weiter zum Rundweg. Die gesamte Strecke war ihm für heute zu lang, aber ein kleiner Spaziergang würde ihm bestimmt guttun, und wenn er keine Lust mehr hatte, konnte er ja umdrehen. Er steckte die Hände in die Tasche seiner Jacke und lief weiter, wobei seine Gedanken wie von selbst zu der blonden Frau im Verkaufswagen zurückkehrten. Ihre Kollegin hatte sie Nicole genannt, erinnerte er sich plötzlich. Er würde sie gern noch einmal treffen, stellte er erstaunt fest. Am liebsten in einer unverfänglichen Situation. Er war nicht der Typ, der einfach Frauen ansprach. Arne blinzelte, denn ein Sonnenstrahl durchbrach die Laubdecke über ihm und kitzelte seine Nasenspitze. Vielleicht würde er noch einmal allein zum Strandrosenhof fahren. Die Idee versetzte ihn von einem Moment auf den anderen in eine euphorische Stimmung. So etwas sollte man nicht auf die lange Bank schieben. Gleich morgen nach der Arbeit würde er sein Glück versuchen. Plötzlich wurde es ihm leicht ums Herz. Dieses Gefühl der kribbelnden Vorfreude hatte er lange nicht mehr empfunden. Nach der Trennung von Marleen hatte er sich vor allem in seine Arbeit gestürzt. Teilweise war er bis spät nachts im Büro geblieben, hatte Unterwassermessungen ausgewertet, Förderanträge gestellt oder Artikel für Fachzeitschriften geschrieben. Damit hatte er den Schmerz über die Trennung irgendwann überwunden. Danach hatte er jedoch keine andere Beziehung angestrebt, und dafür gab es jede Menge Gründe: Gefühle waren nicht berechenbar, folgten keiner Regel und ließen sich nicht statistisch darstellen. Natürlich wusste Arne, dass es beim Sichverlieben darauf auch nicht ankam. Schließlich ging es nicht um Logik, sondern um etwas Magisches, das sich mit dem Verstand nicht erklären ließ, außer vielleicht dass dieser Zustand zwischen Mann und Frau der Zeugung von Kindern diente, und war dies letztendlich nicht der Sinn des Lebens?

Arne blieb einen Moment stehen, rieb sich mit der Hand übers Kinn und schloss die Augen. Manchmal war er schon sehr »verkopft«. Marleen hatte ihm das auch immer wieder vorgeworfen. Warum er nicht mal spontan sein oder über die Stränge schlagen könne? Vielleicht hätte er mehr auf sie hören und sich öffnen müssen, stellte er schließlich fest. Trotzdem war es für ihn mittlerweile okay, dass sie nicht länger ein Paar waren. Vielleicht wäre irgendwann sogar eine echte Freundschaft möglich – auch Luna zuliebe. Als er an seine Tochter dachte, durchflutete ihn ein warmes Gefühl, und er setzte seinen Marsch fort. Schon allein sie war es wert, dass er sich auch in Zukunft mit Marleen gut verstand. Er wusste allerdings nicht, wie er sich verhalten würde, wenn irgendwann ein anderer Mann ins Spiel käme. Andererseits wäre es ja auch möglich, dass er sich neu verliebte.

Arne warf einen letzten Blick auf die funkelnde Wasseroberfläche des Noors. Dann kehrte er zu seinem Auto zurück, startete den Motor. Er freute sich auf den Strandrosenhof, denn mit etwas Glück würde er Nicole dort wiedersehen.

5. Kapitel

Irgendetwas fühlte sich anders an als gewohnt. Nicole öffnete die Augen und ließ den Blick kurz zum Fenster gleiten, durch das die Abendsonne ins Schlafzimmer schien. Ulf hatte sie zuvor noch nie auf diese Weise berührt, schoss es ihr durch den Kopf. Ein flaues Gefühl breitete sich in ihrem Magen aus, aber sie ließ ihn trotzdem gewähren. Wahrscheinlich waren sie nur ein wenig aus der Übung gekommen, dachte sie und schmiegte sich fest an ihn. Sie ließ die Hände langsam über seinen breiten Rücken gleiten, woraufhin Ulf mit gespreizten Fingern in ihr Haar griff.

»Meine Süße ...«, flüsterte er ihr stöhnend ins Ohr, während seine Hände unter der Decke über ihre Haut fuhren. Nicole erstarrte. *Meine Süße?* Das Herz schlug ihr bis zum Hals, denn so hatte er sie noch nie genannt. »Schatz« oder hin und wieder auch »Mausi« waren seine Kosenamen. Nicole stieß ihn von sich, rappelte sich auf und verschränkte die Arme vor der Brust. Ulf knipste die Nachttischlampe an. Ihre Augen trafen sich. Als er den Kopf senkte, wusste sie Bescheid. »Wer ist sie?«

Nicole sah, wie er innerlich mit sich rang. Ihr ganzer

Körper vibrierte. Schließlich hielt sie es nicht mehr aus. »Hast du sie in der Reha-Klinik kennengelernt?«

Ulf rutschte an das Kopfteil ihres Bettes. »Ja«, brach es schließlich aus ihm heraus. Dieses eine Wort traf Nicole wie ein Pfeil mitten in die Brust. Plötzlich krampfte sich ihr Magen zusammen. Sie sprang nackt aus dem Bett, rannte zum Badezimmer und zog die Tür hinter sich zu. Als sie seine Schritte hörte, drehte sie den Schlüssel im Schloss herum. Er rüttelte an der Klinke, dann klopfte er aufs Türblatt. »Nicole? Lass uns reden!«

Sie schluchzte auf. »Da gibt es nichts zu reden«, erwiderte sie krächzend. »Lass mich in Ruhe!«

Insgeheim hoffte sie, dass er sie um Verzeihung bitten würde, aber stattdessen hörte sie seine Schritte auf dem Parkett. Dann war es still, aber nur wenige Minuten. »Ich bin weg«, teilte er ihr von draußen mit. »Es tut mir wirklich leid, okay?«

Schließlich hörte sie, wie die Tür ins Schloss fiel. Ulf hatte also tatsächlich ihre gemeinsame Wohnung verlassen. Nicole griff sich ihren Bademantel, schlüpfte hinein und ließ sich dann auf den Boden fallen. Die schiefergrauen Fliesen, die sie mit Ulf im Baumarkt von Eckernförde ausgesucht hatten, fühlten sich hart und kalt an, sogar durch den Frotteestoff.

Sie zog die Beine an ihren Körper, umklammerte die Knie und ließ den Kopf nach vorne fallen. Tränen flossen wie kleine Sturzbäche ihre Wangen hinunter. Sie kam sich so erbärmlich vor! Wieso tat Ulf ihr das an? Nicole schnaubte durch die Nase aus. Sie hatte sein reserviertes

Verhalten zum ersten Mal bemerkt, nachdem er zwei Wochen auf Kur verbracht hatte, aber sie hatte sich nicht viel dabei gedacht, sondern es auf seinen Gesundheitszustand geschoben. Er hatte sie also die ganze letzte Zeit hintergangen. Wie konnte sie nur so blind gewesen sein? Sie richtete sich auf und drückte den Kopf gegen die Wand. Ihre Gedanken kreisten wild durcheinander. Was sollte sie jetzt bloß tun? Bestimmt würde Ulf nach ein paar Stunden wieder nach Hause kommen, vielleicht nachdem er bei seiner neuen Liebe gewesen war. Sie konnte doch unmöglich auf ihn warten und so tun, als ob alles so wäre wie immer. Das Ganze kam ihr unwirklich vor – als ob sie sich selbst in einem Film betrachten würde.

Nicole rappelte sich auf. Ihr Rücken schmerzte, sie rieb über eine besonders empfindliche Stelle oberhalb ihres Steißbeins. Irgendetwas war dort nicht in Ordnung, seit sie im Sportunterricht in der sechsten Klasse beim Sprung über einen Bock hängen geblieben und auf den Rücken gefallen war. Kurz flackerte die Erinnerung an den Tag kurz vor den Sommerferien auf. Ihr Turnlehrer, Herr Gläser, hatte ihr wieder hoch geholfen und sie zum Sanitärraum begleitet. Er hatte ihre Mutter angerufen, die dann auch tatsächlich angeschwirrt war. Kein Wort war zwischen ihnen gefallen. Zu Hause hatte sie Sybilles Standpauke über sich ergehen lassen müssen. Sie war gleich nach oben in ihr Zimmer geflüchtet und hatte sich, erst als ihre Mutter wie jeden Abend pünktlich um zehn Uhr im Bett lag, ein Kühlpad aus dem Eisfach geholt, es in ein Küchenhandtuch eingewickelt und war darauf eingeschlafen. Die Schmerzen blieben, auch noch am kommenden Tag, doch ihre Mutter hatte trotzdem darauf bestanden, dass sie zur Schule ging: »Wegen so einem Kinkerlitzchen schreibe ich dir keine Entschuldigung.«

Nicole biss sich auf die Lippe. Was war an ihr nur falsch? Sie hatte sich ihr ganzes Leben lang Mühe gegeben, so zu sein, wie es von ihr erwartet wurde, aber das hatte alles gar nichts genützt. Auch Ulf hatte offensichtlich etwas gefehlt, sonst hätte er sich wohl kaum in eine andere Frau verliebt.

Nicole rappelte sich auf. Sie musste etwas unternehmen. Selbstmitleid half ihr jetzt auch nicht weiter. Sie verließ das Badezimmer, ging in den Flur und griff nach ihrer Handtasche, die auf der Ablage unter der Garderobe lag. Schnell schrieb sie Sophia eine WhatsApp-Nachricht. Dann packte sie ein paar Sachen zusammen, zog sich eine Jeans und ein T-Shirt an und zwirbelte die Haare zu einem Dutt nach oben. Auf der Ablage im Bad fand sie eine Haarklemme. Endlich klingelte ihr Telefon. In kurzen Worten berichtete sie ihrer Freundin, was passiert war. »Bleib, wo du bist, ich hole dich ab.«

Eine knappe Stunde später erreichten die beiden Frauen den Strandrosenhof. Sie hatten während der Fahrt wenig gesprochen, weil Nicole die meiste Zeit geschluchzt hatte.

Sophia parkte ihr Auto vor dem ehemaligen Wirtschaftsgebäude, in dem sich mehrere Ferienwohnungen befanden. »Ich habe schon alles mit Ulli geklärt«, sagte sie, während sie den Kofferraum öffnete. Sie zog die beiden Taschen raus, die Nicole zuvor gepackt hatte. Mit dem Kopf deutete sie auf die Eingangstür. »Du kannst erst einmal hierbleiben«, sagte sie, während sie den Schlüssel ins Schloss steckte.

Nicole folgte ihrer Freundin die Holztreppe hinauf bis in den ersten Stock. Als sie sich schließlich im Flur gegenüberstanden, nahm Sophia sie in den Arm. »Das wird schon«, flüsterte sie in ihr Ohr. Sie deutete mit dem Kopf auf die beiden Taschen. »Soll ich dir beim Auspacken helfen?«

»Nein, das brauchst du nicht, das schaffe ich schon allein.« Sie drückte kurz Sophias Hand. »Außerdem ist es schon spät.«

Ihre Freundin runzelte die Stirn. »Bist du dir sicher?«

»Ja, bin ich. Ich komme klar.«

»Okay, dann fahre ich mal los, aber wenn etwas ist, meldest du dich!«

Sophia wandte sich zum Gehen, drehte sich dann aber noch einmal um. »Im Kühlschrank ist alles, was du zum Frühstücken brauchst. Zur Not kannst du aber auch zur Gutsküche gehen.«

Nicole lächelte leicht. »Das ist lieb von dir.« Sie schob sich eine Strähne aus dem Gesicht. »Hauptsache, ich habe Kaffee.«

Sophia grinste. »Alles wird gut«, sagte sie schließlich, »hier kannst du erst einmal zur Ruhe kommen.« Ein Lächeln huschte über ihr hübsches Gesicht. »Du weißt doch: Mir hat die Wohnung auch Glück gebracht.«

Als Sophia die Wohnung verlassen hatte, holte sich Nicole eine Flasche Diätcola aus dem Kühlschrank. Sie schmunzelte, als sie an die Worte ihrer Freundin dachte, denn Sophia hatte ebenfalls hier gewohnt, als sie auf dem Strandrosenhof ihren Job als Bauernhofpädagogin angetreten hatte. Zufällig waren zur selben Zeit Christoph und sein Assistent Jan ihre Nachbarn gewesen. Sophia und Christoph kannten sich noch aus der Schulzeit, sie waren damals sogar ein Paar gewesen, bis er einen Job in Amerika angenommen und sich dort in eine andere Frau verliebt hatte. Wie schön, dass sich die beiden hier wiedergefunden hatten und schließlich doch noch ein glückliches Paar geworden waren.

Nicole drehte den Deckel ab, trank ein paar Schlucke, ging dann ins Wohnzimmer und blieb schließlich vor einem der beiden Sprossenfenster stehen. Vier Spatzen stritten sich unten auf dem menschenleeren Innenhof um ein paar Weizenkörner, ansonsten war alles ruhig und friedlich. Seufzend ließ sie sich auf das mit einem dunkelblauen Leinenstoff bezogene Sofa fallen, vor dem ein niedriger Holztisch stand, auf dem sich mehrere Zeitschriften stapelten. In Gedanken blätterte sie ein Magazin durch, das mit schönen Fotografien für Schleswig-Holstein warb. Sie hielt einen Moment inne, als sie ein Foto von einem Mann entdeckte, der ihr bekannt vorkam. Der Bericht handelte von Schweinswalen, die in der Ostsee lebten, vor allem auch in der Eckernförder Bucht. Er stand vor dem GEOMAR in Kiel, dem Zentrum für Ozeanforschung. Gebannt las sie die Bildunterschrift:

Dr. Arne Sanders forscht über die Auswirkungen von Unterwasserlärm auf das Gehör und den Orientierungssinn von Schweinswalen.

Nicole schlug die Beine übereinander und drückte den Rücken in das Sofapolster. Dieser Mann spielte in einer anderen Liga! Wahrscheinlich hatte er Meeresbiologie studiert, mutmaßte sie, der Studiengang wurde an der Kieler Uni angeboten. Sie hatte sich auch einmal über die Inhalte informiert, rein aus Interesse, da sie in jener Zeit oft Meerestiere gezeichnet hatte. Kurz flackerte die Erinnerung an das Schiff mit dem Kran auf, das sie am Weidefelder Strand gesehen hatte. Ob *er* wohl an Bord gewesen war?

Nicoles Blick fiel auf den Schreibtisch links von ihr, über dem sich ein Holzregal mit Büchern befand. Sie ging in den Flur, öffnete eine ihrer Taschen, holte eine Mappe heraus und kehrte damit zurück ins Wohnzimmer. Dort zog sie den Stuhl hervor, setzte sich und legte behutsam ihre gesammelten Werke ab. Stirnrunzelnd betrachtete sie jedes einzelne Blatt, das sie in der Mappe aufbewahrte. Schließlich entdeckte sie den Wal, den sie mit Bleistiften in verschiedenen Stärken gezeichnet hatte. Gar nicht schlecht, schoss es ihr durch den Kopf. Der Meeressäuger wirkte sehr plastisch, so als ob er jeden Moment aus dem Papier springen könnte. Plötzlich verdunkelten sich ihre Gedanken. Ob Ulf in der Zwischenzeit nach Hause gekommen war? Sie holte ihr Handy, das sie in der Küche zurückgelassen hatte, aber sie hatte keine Nachricht von ihm bekommen. Wie sollte das alles nun weitergehen? Ein drückendes Gefühl breitete sich in ihrer Brust aus. Es half nichts, sie musste sich erst einmal ablenken.

Nicole trug die Taschen ins Schlafzimmer, in dem es ein schönes breites Bett mit frisch bezogener rosafarbener

Bettwäsche und einen geräumigen Schrank gab, in dem sie ihre mitgebrachten Klamotten verstaute. Dort fand sie auch noch einen Stapel flauschiger weißer Handtücher sowie Bettwäsche und Laken zum Wechseln. Sie war auf dem Strandrosenhof für die Reinigung der Wäsche zuständig, deshalb war es ein schönes Gefühl, diesen Luxus auch einmal selbst zu genießen. Ihren Kulturbeutel stellte sie auf die Ablage über dem Waschbecken im Bad. Kurz betrachtete sie ihr Spiegelbild. Dunkle Schatten lagen unter ihren Augen, die vom Weinen gerötet waren. Ihre blonden Haare wirkten glanzlos, stellte sie fest, aber ansonsten sah sie aus wie immer. Eine halbwegs attraktive Frau um die dreißig, die von einem Moment auf den anderen aus ihrem gewohnten Leben katapultiert worden war. Sie fischte die Tube Feuchtigkeitscreme aus der Kulturtasche, presste etwas davon auf ihren Zeigefinger. Während sie das Produkt vorsichtig auf ihrer empfindlichen Haut verteilte, kreisten ihre Gedanken weiter, sie konnte nichts dagegen tun. Vielleicht sollte sie Ulf anrufen oder ihm wenigstens eine Nachricht schreiben. Ja, das war eine gute Idee. Dann wusste er zumindest, wo sie sich aufhielt. Wenn es ihn noch interessierte, fügte sie traurig hinzu.

Zurück im Wohnzimmer, sendete sie die Nachricht ab. Zwei Häkchen signalisierten ihr, dass die Worte bei ihm angekommen waren. Schnell legte sie das Handy auf die Fensterbank, denn sie wollte nicht die ganze Zeit auf das Display starren, bis er die Nachricht gelesen hatte. Erneut blieb sie mit vor der Brust verschränkten Armen vor dem Fenster stehen. Kein Mensch war zu sehen, was aber jetzt um zweiundzwanzig Uhr auch kein Wunder war. Die Arbeit begann für das Strandrosenhof-Team um sechs Uhr morgens, deshalb gingen die meisten früh zu Bett. Nachmittags kamen oft Lieferanten, Besucher oder Handwerker auf den Hof gefahren, aber spätestens am Abend kehrte Ruhe ein. Bislang hatte sie hier nur gearbeitet, doch nun wohnte sie auch auf dem Strandrosenhof. Dieser Gedanke erhellte für ein paar Sekunden ihre Stimmung.

Nicole verließ das Wohnzimmer und lief durch den indirekt beleuchteten Flur mit der Garderobe und der alten bemalten Milchkanne, in der ein Schirm steckte. In der Küche fühlte sie sich sofort gut aufgehoben. Alles sah praktisch, aber auch gemütlich aus: der Tisch mit den zwei Stühlen vor dem Fenster, die Holzarbeitsplatte mit der Spüle und den darüber angebrachten Hängeschränken und das kleine, offensichtlich neue Regal im Retrostil, auf dem Keramikbecher und eine Vase standen.

Nicole öffnete den Kühlschrank und inspizierte die Vorräte, die Sophia für sie besorgt hatte. Ein warmes Gefühl kribbelte in ihrer Brust, als sie den Käse, die Tomaten, eine Dose mit Butter, zwei Flaschen Mineralwasser und eine Tafel Schokolade entdeckte. Mmh, Salted Caramel war ihre Lieblingssorte. Sie öffnete die Packung, brach ein Stück davon ab und ließ die Süßigkeit mit geschlossenen Augen auf der Zunge zergehen. Himmlisch! Schokolade konnte glücklich machen, wenn auch nur für kurze Momente, auf Kalorien kam es dabei nicht an. Nicole kehrte ins Wohnzimmer zurück. Sie nahm ihr Handy in die Hand, strich über das Display: keine Nachricht von

Ulf. Seufzend ließ sie sich auf das Sofa fallen. Womöglich war er immer noch bei seiner Geliebten. Sie fragte sich, wie es hatte passieren können, dass er sich in eine andere Frau verliebt hatte. Natürlich war ihr Zusammensein nicht mehr so aufregend gewesen wie zu Beginn ihrer Beziehung. Als sie sich in ihn verliebt hatte, war die ganze Welt für sie rosarot gewesen, ihr Herz hatte jedes Mal schneller geschlagen, wenn sie ihn traf, und sie hatte sich fast den ganzen Tag auf ein Wiedersehen mit ihm gefreut. Dann hatte der Alltag sie beide eingeholt, und die prickelnden Momente waren Gewohnheiten gewichen. Nicole seufzte. Vielleicht würde er doch wieder zu ihr zurückkommen? Möglicherweise war die plötzliche Liebe zu der Frau nur ein Strohfeuer, das genauso schnell erlöschen würde, wie es entfacht worden war? Aber würde sie Ulf denn wirklich zurückhaben wollen? Nicole sprang hoch. Es nützte nichts, sie musste mit der Situation klarkommen, allerdings hatte sie überhaupt keine Idee, was sie mit dem freien Abend anfangen sollte. Normalerweise waren ihre Tage durchgetaktet: aufstehen, Frühstück zubereiten, Brote für Ulf schmieren, zur Arbeit fahren, danach kochen und die Einkäufe sowie den Haushalt erledigen. Obwohl sie sich in den Jahren mit Ulf immer ein wenig mehr Freiraum gewünscht hatte, konnte sie auf einmal gar nichts damit anfangen, sondern fühlte sich einfach nur nutzlos.

Daran musste sich etwas ändern, und sie hatte auch schon eine Idee, wie das gelingen könnte. Ihren Zeichenblock und die Stifte hatte sie im Schrank verstaut, aber nun holte sie die Materialien ins Wohnzimmer an den

Schreibtisch, wo noch immer ihre Mappe und die Zeichnung vom Wal lagen. Sie würde sich langsam herantasten, niemand war hier, der ihre Arbeit bewerten würde. Als Erstes wollte sie mehr über die Tiere herausfinden. Also startete sie ihren Laptop, rief den Browser auf und gab das WLAN-Passwort ein, das auf einem Zettel an der Pinnwand notiert war. Die Verbindung gelang störungsfrei, sodass sie gleich das Wort *Schweinswal* ins Suchfeld eingeben konnte. Sie klickte die Bild- und Fotoergebnisse an und fand schließlich eine perfekte Vorlage. Der Meeressäuger war von unten fotografiert worden. Die Sonnenstrahlen durchbrachen die Wasseroberfläche, sodass die Konturen und vor allem der freundliche Gesichtsausdruck des Tieres deutlich zu sehen waren. Sie prägte sich das Bild ein und griff zum Bleistift. Konzentriert zeichnete sie zunächst die Umrisse des Schweinswals, dann widmete sie sich den Details: der leicht abgerundeten Schnauze, die ihn vom Delfin unterschied, und den kleinen runden Augen. Als sie fertig war, machte ihr Herz einen Hüpfer. Die Zeichnung war alles andere als perfekt, aber ein sehr guter Anfang.

6. Kapitel

Als Nicole am nächsten Morgen die Augen öffnete, drang fahles Licht durch den Spalt der Gardine vor dem Fenster. Sie bekam einen Schreck, richtete sich auf und griff nach ihrem Handy, das sie am Abend zuvor auf dem Nachttisch abgelegt hatte. Schnell strich sie über das Display, zum Glück war es erst kurz vor sechs Uhr. Nicole schob die Decke beiseite, schwang die nackten Beine über die Kante und tapste in die Küche. Dort füllte sie den Kessel mit Wasser, holte sich eine Kanne aus dem Schrank und entdeckte den dazu passenden Filter in einer Schublade, wo sich auch die Dose mit dem Kaffeepulver befand. Sie bedankte sich innerlich bei Sophia, dass sie sich um alles gekümmert hatte. Bestimmt würde sich ihre Freundin über ein Glas Erdbeermarmelade freuen. Wenn sie noch etwas Zeit hätte, könnte sie dazu ein Brot backen. Das würde Sophia bestimmt gefallen, denn sie hatte Sinn für Selbstgemachtes. Nicole schüttete das Kaffeepulver in den Filter und goss langsam heißes Wasser darüber. Sofort breitete sich der Duft im Raum aus. Nicole schloss für einen Moment die Augen. Nun hatte sie also ihre erste Nacht als Single überstanden. Erstaunt stellte sie fest, dass sie tief und fest geschlafen hatte, obwohl Ulf nicht an ihrer Seite gewesen war. Sie spürte immer noch ein schmerzhaftes Ziehen in der Brust, als sie an ihn dachte, aber es war nicht so schlimm, wie sie es erwartet hatte. Bis zu dem Tag, als sie Ulf zur Reha-Klinik gebracht hatte, hätte sie sich ein Leben ohne ihn nicht vorstellen können, aber jetzt war sie fast ein wenig erleichtert. Gleichzeitig schämte sie sich dafür, denn es fühlte sich wie Verrat an.

Nicole holte sich einen Keramikbecher aus dem Hängeschrank. Der Kaffee war fertig, und sie probierte den ersten Schluck mit geschlossenen Augen. Dann setzte sie sich an den Tisch, rieb die Füße gegeneinander und nippte gedankenverloren an ihrer Tasse. Trotzdem war es ein ungewohntes Gefühl, allein hier in Sophias früherer Wohnung zu sein, aber immerhin hatte sie es nicht weit zu ihrer Arbeitsstelle, sie musste einfach nur über den Hof gehen.

Da sie bis zu ihrem Dienstbeginn noch etwas Zeit hatte, duschte sie ausgiebig, trocknete sich sorgfältig ab und schlüpfte dann in ihren Bademantel, den sie zum Glück auch eingepackt hatte. In der Küche gönnte sie sich eine zweite Tasse Kaffee. Auf das Frühstück verzichtete sie wie so oft, denn zum morgendlichen Teammeeting gab es meistens irgendetwas Leckeres: Schnittchen, Brötchen, aber auch mal Kuchen, besonders wenn bei den zahlreichen Veranstaltungen, die mittlerweile auf dem Strandrosenhof stattfanden, etwas übrig geblieben war. Seit Sophias Ehemann Christoph Mitgeschäftsführer geworden war, hatte sich einiges in Ullis Betrieb verändert. Eine ungenutzte Scheune war ausgebaut worden, und dort fanden seither regelmäßig Veranstaltungen statt. Im Frühling und jetzt im Sommer vor allem Hochzeitsfeiern, aber auch andere Familienfeste wie Taufen und runde Geburtstage. Außerdem war die Location bei Firmen aus Schleswig-Holstein und dem Hamburger Raum wegen der Nähe zur Ostsee sehr beliebt. Auf diese Weise ließ sich zum Beispiel ein Workshop mit einer kleinen Auszeit in Brodersby oder auch dem malerischen Kappeln, das direkt an der Schlei lag, verbinden. Für sie selbst gab es seitdem sehr viel mehr zu tun. Zuvor hatte sie sich vor allem um das Kochen, die Reinigung der Räumlichkeiten und die Betreuung der Feriengäste gekümmert, aber mittlerweile hatte Ulli ihr auch die Planung und Gestaltung der Veranstaltungen fast vollständig überlassen. Netterweise hatte ihre Chefin ihr Gehalt deutlich erhöht. Dennoch würde sie, wenn sie allein blieb, alles neu sortieren müssen. Nicole spürte, wie sich ihr Magen zusammenzog. Kurz flammte in ihr die Hoffnung auf, dass sie und Ulf wieder ein Paar werden könnten, aber ihr Gefühl – und auf das konnte sie sich im Allgemeinen immer hundertprozentig verlassen – signalisierte ihr etwas anderes: Es war vorbei.

Eine halbe Stunde später betrat sie die Küche im Gutshaus und begrüßte Ulli und ihre Tochter Leonie, Sophia und Jörg, die alle bereits am großen Holztisch saßen und sich angeregt unterhielten. Alle antworteten mit einem fröhlichen »Moin« und setzten dann ihre angeregten Gespräche fort. Nur Sophia warf ihr einen längeren Blick zu, auf den Nicole mit einem Achselzucken reagierte. Auf dem Weg hierher hatte sich ihre Stimmung mit jedem Schritt verbessert, aber trotzdem wollte sie Ulf nach der Arbeit anrufen, wenn er sich bis dahin nicht gemeldet hatte, denn er war ihr noch eine Erklärung schuldig.

Nicole setzte sich neben Jörg, der sie freundschaftlich in die Seite knuffte. »Na, alles klar mit dir?«

»Eigentlich schon …«

Jörg musterte sie kurz mit seinen grauen Augen. Dann fuhr er sich mit der Hand übers Gesicht, das jetzt im Sommer immer gerötet war, weil er nie Sonnencreme benutzte. »Du wirkst irgendwie bedrückt.«

Nicole drückte kurz seine Hand, die sich rau und schwielig anfühlte. »Erzähle ich dir später, okay?«

»Alles klar!«, erwiderte er. »Du weißt ja, wo du mich findest.«

Nicole ließ seine Hand los und lächelte. Jörg war ihr mittlerweile sehr ans Herz gewachsen. Sie würde ihm auf jeden Fall erzählen, dass Ulf sich in eine andere verliebt hatte, aber jetzt fand erst einmal die Teambesprechung statt, deshalb würde sie ihn später aufsuchen. Jörg war vor vier Wochen sechzig geworden, das hatten sie alle groß mit ihm gefeiert. Zum Glück hatte er sich mittlerweile von seinem Traktorunfall gut erholt. Als Ulli schließlich um Ruhe bat, stellte er seinen Kaffeebecher ab, schob sich die Schirmmütze aus der Stirn und wandte sich der Chefin des Strandrosenhofs zu. Zunächst besprachen sie die kommenden Termine.

Ulli sah von ihrem Planer auf. »Als Nächstes steht der

Tag des offenen Hofes an«, sagte sie und blickte in die Runde. »Gibt es Vorschläge oder Ideen?«

Sophia meldete sich zu Wort. »Wie wäre es, wenn wir diesmal eine Schnitzeljagd veranstalten?«

»Super Idee«, stimmte Nicole ihr zu. »Auf diese Weise können die Besucher unseren ganzen Betrieb kennenlernen.« Der Tag des offenen Hofes fand jedes Jahr in Schleswig-Holstein, aber auch im übrigen Deutschland statt. Die Bäuerinnen und Bauern öffneten ihre Höfe für Besucher und boten einen Einblick in ihre Arbeit. Es war für Nicole immer wieder erstaunlich, wie wenig die meisten Menschen über die Landwirtschaft wussten. Bevor sie ihre Arbeit auf dem Strandrosenhof begonnen hatte, war sie ebenfalls sehr unwissend gewesen. So hatte sie immer gedacht, dass Kühe auf der Weide die Sonne genießen würden. Allerdings war das vollkommen falsch. Die Vierbeiner fühlten sich bei Temperaturen zwischen minus fünf und plus fünfzehn Grad Celsius am wohlsten. In vielen Ställen gab es deshalb Ventilatoren. Auf dem Strandrosenhof lebten seit einigen Wochen ebenfalls zwei Kühe: Martha und Hilde. Die beiden waren erst fünf, hatten aber dem vorherigen Besitzer zu wenig Milch geliefert, sodass Ulli die beiden Damen übernommen hatte. Ansonsten wären sie beim Schlachter gelandet, aber so hatten sie die Chance, noch viele Jahre zu leben.

Leonie und Jörg fanden die Idee mit der Schnitzeljagd ebenfalls super. »Gut, dann ist dieses Thema erledigt«, sagte Ulli. Sie setzte ihre Lesebrille auf, die sie neben sich auf dem Tisch abgelegt hatte. Ulli war ein großer Fan von

To-do-Listen – und zwar ganz oldschool auf Schreibblöcken und Zetteln. »Wollen wir wieder Waffeln backen und eine Kartoffelsuppe anbieten?« Sie wandte sich Nicole zu. »Was meinst du?«

»Ich bin für alles offen«, antwortete sie.

Jörg hob die Hand. »Was ist mit Bratwürsten? Die kommen doch immer gut an.«

Ulli zwinkerte ihrem ältesten Mitarbeiter zu. »Wenn du dich an den Grill stellst?«

»Na klar, kein Problem.« Er rieb sich über das Kinn. Dann fixierte er Ullis Tochter, die auf das Display ihres Handys starrte. »Bist du auch dabei?«

Leonie hob widerstrebend den Kopf. »Puh!«, erwiderte sie, wobei sie weiter mit einem Auge auf ihr Handy schielte. »Wenn's sein muss.« Nicole vermutete, dass sie sich mit Jan schrieb. Der ehemalige Assistent von Christoph arbeitete zurzeit als Projektentwickler in Dubai. Als er vor zwei Jahren mit Christoph auf dem Strandrosenhof in eine der Ferienwohnungen gezogen war, hatten er und Leonie sich näher kennengelernt. Nicole war sich sicher, dass Leonie sich in den attraktiven jungen Mann verliebt hatte. Seitdem hatte sie jedenfalls keine Beziehung gehabt, und sie wusste von Sophia, dass Jan sich hin und wieder bei Ullis Tochter meldete. Aber bislang hatte er sich nur einmal blicken lassen – und zwar zur Taufe von Paul. Kein Wunder also, dass Leonie oft bedrückt wirkte.

Ulli hakte schließlich den Punkt »Tag des offenen Hofes« ab. Sophia berichtete kurz über ihre Arbeit. Sie war auf dem Strandrosenhof für das bauernpädagogische

Angebot zuständig. Besonders bei den Schülerinnen und Schülern aus den Grundschulen in der näheren Umgebung war ein Besuch auf dem Strandrosenhof sehr beliebt, vor allem wegen der Tiere. Außer den beiden Kühen gab es hier Schafe, Angler Sattelschweine, Gänse und Hühner.

»Die Tierrunde sollten wir bei der Schnitzeljagd auf jeden Fall mit einbeziehen«, sagte Sophia.

Alle nickten, sodass Ulli einen weiteren Punkt auf ihrer To-do-Liste abhaken konnte. Schließlich klatschte sie in die Hände: »Das war's für heute, meine Lieben. Ab an die Arbeit!«

Sophia stupste Nicole in die Seite. »Hast du Lust, mit mir noch die Tierrunde abzugehen?« Sie warf Ulli einen fragenden Blick zu, die daraufhin mit der Hand wedelte. »Nun verschwindet schon!«

Zehn Minuten später standen die beiden Frauen vor dem Gehege der Angler Sattelschweine. Die grau gefleckten Tiere lagen unter dem Kastanienbaum im Schatten. »Die sehen ja echt entspannt aus«, sagte Nicole.

»Ja, die chillen ihre Basis«, stimmte Sophia kichernd zu. Nicole spürte, wie sich ein warmes Gefühl in ihrer Brust ausbreitete. Sie war glücklich, dass Sophia ihre Freundin war. Sie war ein liebenswerter, empathischer Mensch und vor allem jemand, auf den man sich in jeder Situation hundertprozentig verlassen konnte.

»Wie soll das mit dir und Ulf denn jetzt weitergehen?«, fragte Sophia in ihre Gedanken hinein. Nicole seufzte. Das war die Kehrseite ihrer engen, vertrauten Beziehung. Ihre Freundin ließ sich nicht mit »Alles-ist-gut«-Sätzen abspeisen, sie wollte immer genau wissen, was in ihr vor sich ging.

»Wir haben noch nicht miteinander geredet«, erwiderte Nicole. Dabei wurde ihr schlagartig bewusst, wie unmöglich ihre Situation eigentlich war. Ihre elfjährige Beziehung zu Ulf war offenbar beendet, aber sie hatte bislang noch kein Wort mit ihm darüber gewechselt.

»So geht das aber nicht«, sagte ihre Freundin, die nur wenige Zentimeter von ihr entfernt am Zaun stand. »Ihr könnt doch nicht einfach so tun, als wäre nichts gewesen.«

Nicole fixierte eines der Schweine, welches sich in diesem Moment auf die Seite fallen ließ und genüsslich alle viere von sich streckte. »Du hast ja vollkommen recht«, erwiderte sie zerknirscht. »Aber was soll ich denn machen?«

Sophia drehte sich zu ihr um. Ihre Augen waren voller Mitgefühl. »Ich kann mir gut vorstellen, was du zurzeit durchmachst«, sagte sie. Sie hielt einen Moment inne, aber Nicole wusste, dass ihre Freundin nur eine kleine Pause benötigte, um die richtigen Worte zu finden. Schließlich straffte sie die Schultern. »Ihr müsst unbedingt miteinander reden und alles, was passiert ist, besprechen.«

Sie legte ihre Hand auf Nicoles Unterarm. »Du willst doch bestimmt wissen, wieso es so weit gekommen ist.«

»Ja, natürlich …« Nicole stieß einen tiefen Seufzer aus. »Es fühlt sich alles für mich so unwirklich an, als hätte ich gar nichts damit zu tun.«

Sophia schmunzelte. »Deshalb ist es ja so wichtig, dass ihr euch in Ruhe aussprecht.«

Nicole gab sich geschlagen. »Okay, ich rufe ihn an.«

Die beiden Freundinnen setzten ihre Runde fort, bis sie die Weide erreichten, auf der die Schafe grasten. Sophia öffnete das Gatter und ließ Nicole als Erste eintreten. Dann folgte sie ihr und schob den stählernen Verschluss über den Zaunpfahl. Die wolligen Vierbeiner grasten wenige Meter von ihnen entfernt in der Nähe des Unterstandes, wo auch die Strohballen gelagert wurden. Als die beiden Frauen sich der Herde langsam näherten, unterbrachen alle Tiere das Grasen und hoben die Köpfe, aber nur eins kam auf sie zugelaufen. Es war das einzige mit einem schwarzen Kopf und schwarzen Beinen. Sophia strahlte über das ganze Gesicht. »Murmel!« Das Schaf blieb vor ihr stehen und rieb den Kopf an ihrem Oberschenkel. »Na klar habe ich etwas für dich.« Sophia zog ein Stück trockenes Brot aus der Seitentasche ihrer Jeans. Das Schaf klemmte den Leckerbissen mit geschlossenen Augen zwischen die Lippen, beförderte ihn mit der Zunge ins Maul und kaute dann langsam und genüsslich. Die beiden Freundinnen blieben nebeneinander stehen, bis Murmel fertig war und zur Herde zurückkehrte. Dann gingen sie zum Unterstand und vergewisserten sich, dass noch genügend Heu und Stroh eingelagert waren. Die Ballen türmten sich hinter der Absperrung bis zur Decke. Sophia nickte zufrieden. »Jörg hat gute Arbeit geleistet.«

Die Freundinnen gingen weiter, bis sie das Gehege der Sundheimer Hühner erreichten, in dessen Mitte sich ein Holzhaus mit Treppe befand, über die soeben der schwarz-weiß gefiederte Hahn mit erhobenem Haupt herunterschritt. Die Hühner, die im Schatten der Linden nach Würmern und Körnern suchten, gackerten kurz auf, woraufhin der Chef innehielt, den Kopf nach oben reckte und laut krähte. Sophia grinste. »Hier scheint ja alles in bester Ordnung zu sein.«

»Da sagst du was!«

Nicole blickte auf ihr Handy. »Oh, es ist schon fast zehn Uhr, ich muss mal zurück.«

Ihre Freundin nickte. »Ich begleite dich.«

❋

Nach einem anstrengenden Arbeitstag ließ Nicole die Tür ihrer Wohnung mit einem Seufzen hinter sich zufallen. Sie war fix und fertig, besonders die Hitze hatte ihr heute zu schaffen gemacht, deshalb freute sie sich auf ihre Dusche. Doch zunächst würde sie erst einmal Ulf anrufen. Sie hatten sich per Nachricht auf neunzehn Uhr geeinigt. Eigentlich hätte sie sich lieber irgendwo in einem Café oder einer Bar mit ihm getroffen, zum Beispiel in Eckernförde, aber Ulf wollte telefonieren. Sie spürte ein nervöses Kribbeln im Bauch, fast fühlte es sich an, als würde sie eine Magen-Darm-Grippe ausbrüten.

Nicole nahm ihr Telefon in die Hand. Noch zehn Minuten. Sie ging ins Wohnzimmer und ließ sich aufs Sofa fallen. Dann schloss sie die Augen, atmete tief ein und wieder aus. Als sie auf die Zeitanzeige ihres Telefons guckte, war gerade mal eine Minute vergangen. Endlich ein Klingelzeichen. Der Name ihres Ex-Freundes leuchtete auf. Nicole drückte auf »Annehmen«.

7. Kapitel

Der Schweinswal sah aus, als ob er schliefe. Der Meeressäuger war wahrscheinlich in der Nacht an den Weidefelder Strand von Schönhagen angespült worden, mutmaßte Arne, während er ihn umrundete. Es handelte sich um ein ausgewachsenes Tier, er schätzte die Größe auf knapp einen Meter achtzig.

»Ist er verletzt?« Joris rieb sich die Augen. Arne hatte seinen Assistenten um sechs Uhr aus dem Bett geklingelt, nachdem er von dem hiesigen Seehundjäger über den Fund informiert worden war. Jetzt schüttelte er den Kopf.

»Von außen ist nichts zu sehen.« Er kniete sich in den Sand und betrachtete den Schweinswal noch einmal eingehend. »Vielleicht hatte er irgendwelche Parasiten und war dadurch geschwächt.«

Joris raufte sich die Haare, die wild von seinem Kopf abstanden. »Soll ich einen Kran bestellen?«

»Ja, auf jeden Fall. Je schneller wir ihn abtransportieren können, desto besser.« Kaum hatte Arne den Satz beendet, hielt sich Joris schon das Handy ans Ohr. Arne fischte seine Kamera aus der Tasche seiner Weste und fotografierte den Schweinswal von allen Seiten. Als er damit fertig war, stand Joris vor ihm.

»Ist alles geklärt. Die Jungs müssten in spätestens einer halben Stunde hier sein.«

»Okay, dann hol ich mal das Absperrband.«

Als Arne seinen Mercedes erreichte, parkte ein Auto mit der Aufschrift *Schlei-Bote* direkt neben ihm. Mist, die Zeitung, schoss es ihm durch den Kopf, während er das Absperrband aus dem Kofferraum holte. Als die junge Reporterin an ihn herantrat und ihm die Hand entgegenstreckte, lächelte er freundlich, denn mit der Presse sollte man sich lieber gut stellen.

»Leonie Petersen«, sagte sie und hielt ihm ihre Visitenkarte entgegen. »Sie müssen Dr. Sanders sein.« Sie zog einen Schreibblock aus ihrer Umhängetasche. »Ich hätte da ein paar Fragen.«

Arne hob abwehrend die Hände, aber als er die zweite Frau sah, die gerade aus dem Auto stieg, vergaß er, was er hatte sagen wollen. Sie drehte sich in seine Richtung, und als sie ihn erkannte, lächelte sie zögernd. Die Reporterin war seinem Blick gefolgt. »Das ist eine Freundin von mir. Sie war so nett, mich hierherzufahren.« Sie deutete auf ihre geschwollene linke Wange, die Arne erst jetzt bemerkte. »Zahn-OP …«

»Oh, das tut mir leid.« Er wies mit dem Kopf in Richtung Strand. »Dann folgen Sie mir mal.« Kaum hatte Arne den Satz ausgesprochen, bereute er es schon, doch eigentlich nur halb. Zwar musste er jetzt der forschen Reporterin Rede und Antwort stehen, aber dafür war Nicole an seiner Seite. Eigentlich hatte er vorgehabt, noch einmal zum Strandrosenhof zu fahren, um sie unter einem Vorwand wiederzusehen. Daher freute er sich jetzt, dass er sie hier ganz zufällig traf. Fieberhaft überlegte er, womit er ein Gespräch mit ihr beginnen könnte, aber er war abgelenkt, weil Leonie Petersen ihn mit Fragen bombardierte, die er in kurzen Sätzen beantwortete.

Sie erreichten den Kadaver, woraufhin die Redakteurin abrupt verstummte. Es war aber auch ein trauriges Bild, das sich ihnen bot. Der Schweinswal lag leblos in der Morgensonne an Land, statt, wie er es eigentlich sollte, im kühlen Wasser der Ostsee zu schwimmen. Arne sperrte den Bereich ab, damit niemand dem Tier zu nahe kam.

»Der arme Wal«, presste Leonie Petersen schließlich hervor. Arne bemerkte, dass die junge Frau von einem Moment auf den anderen ganz blass geworden war. Auf einmal wirkte sie viel weniger forsch, sodass sein Unmut wich.

»Wir lassen ihn gleich abtransportieren«, sagte er. »Er wird nach Büsum zum Institut für Meerestierforschung gebracht.«

Leonie richtete den Blick aus ihren meerblauen Augen auf ihn. »Woran ist der Schweinswal denn gestorben?«

»Das ist eine gute Frage«, antwortete Arne. »Das Tier ist äußerlich nicht verletzt, aber vielleicht war es erkrankt. Genaues wird die Obduktion zeigen.«

Die junge Reporterin runzelte die Stirn. »Sie als Wissenschaftler haben doch bestimmt eine Vermutung, oder?«

Arne hatte sehr wohl einen Verdacht, aber den würde er

hier und jetzt mit Sicherheit nicht äußern, deshalb suchte er fieberhaft nach einer unverfänglichen Antwort. Ein lautes Motorengeräusch unterbrach seine Gedanken: Ein gelber Schwerlastkran rollte auf sie zu. Arne hob die Hand und wies dem Fahrer den Weg. Es folgte ein Traktor mit Anhänger, auf dem der tote Schweinswal abtransportiert werden würde. Leonie stiefelte den Fahrzeugen hinterher. »Ich geh schon mal vor!«, rief sie Nicole zu, die an Arnes Seite stehen blieb. Plötzlich waren sie allein. Nicole drehte sich zu ihm. Arne hatte das Gefühl, als ob dies in Zeitlupe geschähe. Ihre blonden Haare flatterten im Morgenwind. Sein Blick glitt über ihre Wangen, die leicht gerötet waren. Als sie sich eine Strähne anmutig hinter die Ohren schob, stockte sein Atem. Plötzlich wurde ihm bewusst, dass er sie anstarrte und bislang noch kein Wort gesagt hatte. Er ballte kurz beide Hände zu Fäusten und straffte die Schultern.

»Schön, Sie zu sehen«, brachte er schließlich hervor. Himmel, dieser Satz war so etwas von einfallslos. Nicoles linker Mundwinkel zuckte zu Recht amüsiert. Wahrscheinlich hatte er sich gerade komplett lächerlich gemacht. Seit der Trennung von Marleen war er aus der Flirt-Übung geraten. Ihm lag noch der Satz *Sind Sie öfter hier?* auf der Zunge, aber zum Glück konnte er sich zumindest diese leere Phrase verkneifen. Nicole ging ein Stück auf ihn zu, ihre Wärme schlug ihm entgegen, und der Duft von Vanille drang in seine Nase. Ein wohliges Gefühl strömte durch ihn hindurch. »Wollen wir uns nicht duzen?«, fragte er sie, ohne groß nachzudenken.

Für einen kurzen Moment verfingen sich ihre Blicke,

dann reichte sie ihm unvermittelt die Hand, die sich angenehm warm anfühlte. »Natürlich, sehr gern.«

»Das freut mich, Nicole!«

»Sie ... ich meine, du!« Sie kräuselte die Stirn. »Du kennst meinen Namen?«

Arne klopfte mit den Fingern auf seine Brust. »Das Namensschild.«

Sie zog die schön geschwungenen Augenbrauen zusammen. Arne grinste.

»Als wir uns das erste Mal getroffen haben.«

»Stimmt, da hattest du deine Tochter dabei ...«

Sie ließ die Frage in der Luft stehen, deshalb ging Arne noch einen halben Schritt auf sie zu. »Sie heißt Luna. Ihre Mutter und ich leben getrennt.«

»Oh, das tut mir leid. Ich bin auch ...« Nicole biss sich auf die Lippen. Arne hatte den Eindruck, als ob sie mit den Tränen rang. »Ja?«

Sie wedelte mit der Hand. »Ich kann jetzt nicht drüber reden.«

»Dr. Sanders?« Leonie Petersen winkte ihm zu. »Sie werden hier gebraucht.«

Arne hob die Hand. »Ich komme!« Dann drehte er sich zu Nicole. »Begleitest du mich?«

»Sehr gern.«

❦

Der Sand knirschte leise unter den Sohlen ihrer Sneakers. Nicole konzentrierte sich auf den Weg, der vor ihnen lag –

und das war gar nicht so einfach, denn Arne zog sie wie ein Magnet an. Der Schwerlastkran, der vor einigen Minuten an ihnen vorbeigefahren war, stand bereits in Position. Nicole betrachtete den Meeressäuger und prägte sich das Bild ganz genau ein. Sie dachte an ihre Zeichenutensilien, die auf dem Schreibtisch in ihrer Wohnung auf dem Strandrosenhof lagen. Aus den Augenwinkeln bemerkte sie, dass Leonie das Tier fotografierte. Bestimmt würde das Foto dann im *Schlei-Boten* erscheinen, vielleicht sogar schon morgen, überlegte sie. Arne, der jetzt etwas weiter von ihr entfernt stand, winkte dem Fahrer zu. »Es kann losgehen.«

Ein Mann mit strubbeligem Haar nahm die Transportbänder, die am Kran hingen, entgegen. Das Haar stand nach allen Seiten ab, dadurch wirkte er sehr jungenhaft und überaus sympathisch. Einfach ein netter Kerl, dachte Nicole. »Super, Joris«, rief Arne. »Warte einen Moment, ich helfe dir.«

Er wandte sich an Nicole. »Bleib gern hier stehen, das ist sicherer.«

Die beiden Männer befestigten die Transportbänder an dem Kadaver. Leonie drehte mit dem Handy ein Video, sie war auch für die Social-Media-Kanäle des *Schlei-Boten* zuständig. Bestimmt würde sie später eine Story oder ein Reel von der Bergung und dem Abtransport des Schweinswals posten.

Endlich war es so weit. Arne hob die rechte Hand, woraufhin der Kranführer einen Hebel betätigte. Die Transportbänder, mit denen der Schweinswal umwickelt war, spannten sich, dann gab es einen Ruck, und das Tier wurde in die Luft gezogen. Nicole spürte ein schmerzhaftes Ziehen in der Kehle. Sie hoffte inständig, dass das Tier nicht hatte leiden müssen.

Offensichtlich hatte sich der Tod des Meeressäugers herumgesprochen, denn in der Nähe des Fundortes erblickte sie Männer, Frauen und Kinder in luftiger Sommerkleidung. Arne hob die Arme in die Luft: »Treten Sie zurück!« Leider hatte er damit wenig Erfolg. Erst als er seine Aufforderung noch einmal – diesmal in schärferem Ton – wiederholte, folgten ihm die Menschen zögernd.

Nicole vermutete, dass es überwiegend Urlauber waren, die sich hinter dem Absperrband versammelt hatten. Viele hielten ihre Handys in die Luft. Bestimmt posteten einige von ihnen die Fotos auf Instagram oder schickten sie per WhatsApp in Freunde- oder Familiengruppen. Mittlerweile ging ihr dieses ewige Fotografieren und Posten auf Social-Media-Kanälen richtig auf den Geist.

Nicole näherte sich langsam ebenfalls dem Fundort, blieb aber in einem gebührenden Abstand stehen. Der Kranfahrer startete den Motor, dann setzte sich das Fahrzeug quietschend in Bewegung. Ein Raunen ging durch die Menge. Die Menschen wichen aber sofort zurück, sodass der Abtransport ohne Probleme verlief. Nicole ging langsam weiter, bis sie ihre Freundin erreichte. Ein Lächeln huschte über Leonies Gesicht, als sich ihre Blicke trafen.

»Das wird morgen der Aufmacher«, sagte sie und steckte das Handy in ihren schwarzen Rolltop-Rucksack. »Von mir aus können wir los.«

Nicole nickte. »Alles klar.« Sie ließ den Blick über den Strand gleiten. Die Gruppe von Urlaubern hatte sich bereits aufgelöst, nur Arne und der Mann mit den strubbeligen Haaren waren noch in ein Gespräch vertieft. »Wollen wir nicht Tschüss sagen?«

Leonies linker Mundwinkel zuckte, dann nickte sie vielsagend. »Na klar verabschieden wir uns noch von den hübschen Kerlen.«

Sie schlenderten beide über den Strand. Die Sonnenstrahlen kitzelten Nicoles Wangen. Sie schloss die Augen, atmete einmal tief durch. Kurz flackerte die Erinnerung an das Telefonat mit Ulf in ihrem Kopf auf. Nein, sie wollte jetzt nicht daran denken, sondern diesen Morgen einfach genießen. Alles war gut. Ulf hatte sich in eine andere Frau verliebt, so etwas passierte wahrscheinlich gerade jetzt überall auf der ganzen Welt. Trotzdem fühlte sie einen Stich im Herzen, als sie an den Satz dachte, der ihre Ahnung zur Gewissheit hatte werden lassen: *Ja, ich habe mich verliebt, sie heißt Barbara – also ich nenne sie Babsi.* Nicole schluckte hart. Leonie musterte sie von der Seite.

»Alles klar bei dir?«

Nicole presste die Lippen zusammen. »Nee, aber nicht jetzt …« Sie warf ihrer Freundin einen flehenden Blick zu. »Nachher im Auto.«

»Gut!« Nicole wusste, dass Leonie nicht lockerlassen würde, bis sie ihr alles erzählt hatte, aber das war in Ordnung.

»Wir sind gleich fertig«, sagte Arne, als sie ihn erreichten. Nur eine kleine Delle im Sand erinnerte daran, dass hier noch vor wenigen Minuten der Meeressäuger gelegen hatte.

Arne drehte sich zu dem Mann mit den strubbeligen Haaren. »Darf ich euch meinen Assistenten Joris Engels vorstellen?«

Die beiden Frauen reichten ihm nacheinander die Hand. Dann bedankte sich Leonie bei Arne für das Interview. »Ich schicke Ihnen noch den Artikel per Mail zur Freigabe, okay?«

Auf der Rückfahrt zum Strandrosenhof schwirrten Nicole viele Gedanken auf einmal durch den Kopf, während Leonie auf dem Beifahrersitz eine Sprachnachricht an ihre Redaktion textete. Sie waren auf den Weg nach Kappeln, denn ihre Freundin wurde dort schon sehnsüchtig erwartet. Die Story vom gestrandeten Schweinswal würde morgen im *Schlei-Boten* der »Aufmacher« sein, also auf der Titelseite der Zeitung erscheinen. Nicole freute sich für ihre Freundin, die in der Lokalredaktion als freie Mitarbeiterin angefangen hatte und, wenn alles gut ging, Anfang kommenden Jahres als Redakteurin übernommen werden würde.

Nachdem Nicole Leonie abgesetzt hatte, fuhr sie zurück nach Brodersby zum Strandrosenhof. Als sie fast ihr Ziel erreicht hatte, formte sich in ihrem Kopf eine Idee: die Geschichte von einem kleinen Schweinswal, der im Meer vom Weg abkam und nicht mehr nach Hause fand.

8. Kapitel

Zwei Tage später fuhr Arne auf der B5 nach Süden. Als er die Ausfahrt Heide-West erreichte, bog er auf die B203 in Richtung Büsum ab. Nach vierzehn Kilometern nahm er im Kreisverkehr die zweite Ausfahrt. Das Institut für Meerestierforschung befand sich direkt am Hafen in einem zweistöckigen Backsteingebäude. Er parkte neben dem Eingang. Als er ausstieg, fiel sein Blick auf ein etwa zwei Meter großes Emblem, das einen Orca im Sprung darstellte. Vielen Menschen war der schwarze Meeressäuger mit dem weißen Bauch und Flecken hinter den Augen durch Filme wie *Free Willy* und *Whale Rider* bekannt. Oft wurden Orcas als »Killerwale« bezeichnet, weil die Tiere gute Jäger mit einem furchteinflößenden Gebiss aus bis zu sechsundfünfzig kräftigen Zähnen waren. Die Meeressäuger, die auch Schwertwale genannt wurden, griffen niemals wahllos Menschen oder Tiere an, sondern töteten nur, um sich zu ernähren. Auf ihren Wegen durch die Meere verschlangen sie Unmengen von Fischen, aber auch Vögel, kleine Wale und sogar Robben. Leider lebten viele Schwertwale in Delfinarien und wurden dort in Shows den Besuchern präsentiert. Arne hielt nichts davon, diese

Tiere zur Belustigung von Menschen zu halten. Auch machte es seiner Ansicht nach keinen Sinn, Orcas, die in der Gefangenschaft geboren waren, später freizulassen. Der Schwertwal, der in *Free Willy* die Hauptrolle gespielt hatte, war in die Freiheit entlassen worden, dort aber an einer Lungenentzündung gestorben.

Arne stieß die Eingangstür auf und ging zum Sektionsbereich des Instituts. Er betrat den gekachelten Raum, in dem die Obduktionen von Meerestieren stattfanden, und entdeckte dort Dr. Manuela Grothe vor einem der Tische, auf dem ein Seehund lag. Als sie ihn bemerkte, legte sie das Sektionsmesser, das sie soeben angesetzt hatte, zur Seite und bat ihre Kollegin weiterzumachen. »Ich bin spätestens in einer Stunde wieder da.« Sie reichte Arne die Hand. »Dr. Sanders, wie schön. Folgen Sie mir, die Ergebnisse liegen jetzt fast alle vor.«

Das Büro der Fachtierärztin für Pathologie befand sich am Ende des Flures, in dem es schwach nach Desinfektionsmitteln roch. Dr. Grothe ließ ihm den Vortritt und deutete auf einen Stuhl gegenüber dem Schreibtisch: »Setzen Sie sich doch bitte!« Sie nahm ebenfalls Platz, schloss kurz die Augen und atmete einmal tief durch.

Arne kannte die fast sechzigjährige Wissenschaftlerin seit vielen Jahren und schätzte ihre äußerst sorgfältige Arbeitsweise. Dr. Grothe strich sich eine Strähne, die sich aus dem Haarknoten gelöst hatte, aus dem Gesicht, das nahezu faltenlos war. Dann richtete sie ihren wachen Blick auf ihn.

»Wir haben den Schweinswal untersucht«, sagte sie,

während sie sich durch den Obduktionsbericht an ihrem Bildschirm klickte. »Das Tier litt unter Herz- und Lungenwürmern, aber das ist nicht die Todesursache.« Sie drückte den Rücken gegen die hohe Lehne des Stuhles. »Der Schweinswal war bis auf den Parasitenbefall gesund.«

Arne nickte bedächtig. »Aber es muss ja einen Grund dafür geben, dass er sich verirrt hat.« Er presste die Handflächen gegeneinander. »Kann es sein, dass er durch irgendetwas anderes vom Weg abgekommen ist?«

»Wie Sie wissen, nutzen Schweinswale Schallortung, um sich zu orientieren, aber durch den Unterwasserlärm, zum Beispiel durch Schiffsschrauben, Sprengungen und Offshore-Parks, wird das für die Tiere zunehmend schwieriger.«

»Ja, das wird auch durch unsere aktuellen Unterwassermessungen bestätigt.«

»Ach ja? Ich wusste gar nicht, dass Sie sich mit diesem Thema beschäftigen. Gibt es Hinweise, warum es in der Eckernförder Bucht derzeit unter Wasser besonders laut ist?«

Arne nickte. »Die Firma Ocean Energy sucht dort mit Schallwellen nach Erdölvorkommen.« Diese Information hatte ihm erst gestern ein Bekannter aus dem Wirtschaftsministerium gesteckt. Auf der Webseite stand dazu nur eine kleine Notiz, und bislang waren weder Naturschützer noch die hiesige Presse darauf aufmerksam geworden. Vielleicht weil es derzeit genug andere Probleme gab: ein viel zu heißer Sommer, vertrocknete Felder, Landwirte, deren Existenzen bedroht waren …

»Aber das ist doch gar nicht erlaubt?«

Arne rieb sich übers Kinn. »Nein, grundsätzlich natürlich nicht, doch es gibt wohl eine Ausnahmegenehmigung.«

»Die Energiekrise, ich verstehe ...« Die Tierärztin warf ihm einen bedeutsamen Blick zu. »Es wäre schön, wenn Sie mich weiterhin über Ihre Arbeit auf dem Laufenden hielten.«

Sie reichte ihm einen gelben Schnellhefter. »Ich habe hier einige Informationen zu dem Thema aus der Sicht der Tiermedizin zusammengefasst, vielleicht ist etwas Hilfreiches für Sie dabei.« Dr. Grothe hielt einen Moment inne. »Von mir haben Sie das aber nicht!«

Arne nickte. »Darauf können Sie sich wie immer verlassen.«

Sie unterhielten sich noch fast eine Stunde über das Schicksal »seines Schweinswals«, den die Wissenschaftlerin mit ihrer Kollegin am Tag zuvor obduziert hatte. Arne war immer wieder erstaunt, wie umfassend das Wissen der Fachtierärztin war.

Dr. Grothe blickte auf ihren Tischkalender, der vor ihr lag. »Ich muss leider weiterarbeiten.«

Arne hob die Hand. »Kein Problem, ich habe Ihre Zeit ohnehin schon viel zu lange in Anspruch genommen.«

»Immer wieder gern, Sie können sich jederzeit bei mir melden, vor allem wenn Sie noch mehr Informationen über die Auswirkungen des Unterwasserlärms auf die Schweinswale in Erfahrung gebracht haben.« Sie erhob sich und begleitete ihn hinaus auf den Flur. Dann verabschiedete sie sich mit einem festen Händedruck und kehrte zurück zum Sektionsbereich.

Auf dem Weg nach Hause gingen Arne die Worte von Dr. Grothe nicht aus dem Kopf. Der gestrandete Schweinswal hatte also wahrscheinlich aufgrund der ungewöhnlichen Geräusche die Orientierung verloren. Er und Joris hatten die Ergebnisse ihrer Unterwassermessungen noch nicht vollständig ausgewertet. Fest stand aber bereits, dass es durch die Firma Ocean Energy offensichtlich mehr Lärm in den Gewässern der Eckernförder Bucht gab als sonst. Das ganze Thema war hochbrisant, stellte Arne fest. Energie war derzeit teuer wie schon lange nicht mehr, deshalb waren heimische Vorkommen besonders gefragt. Sogar die bereits tot geglaubte Kohle war wieder gesellschaftsfähig geworden. Energie war der Motor der Wirtschaft, die wiederum das Einkommen der Menschen sicherte und damit auch ihre Lebensgrundlage. Doch jedes Jahr wurden mehr Kohlendioxid, Methan und andere Treibhausgase produziert, sodass sich die Erde immer weiter aufheizte. In den vergangenen eintausend Jahren war es auf der nördlichen Erdhalbkugel noch nie so warm gewesen wie jetzt! Es musste etwas geschehen, aber Arne hatte auch keine Lösung parat. Er selbst lebte einigermaßen nachhaltig, allerdings fuhr er jeden Tag mit dem Auto durch die Gegend, noch dazu mit einem Oldtimer und nicht, wie es in diesen Zeiten wohl angebracht wäre, mit einem E- oder wenigstens einem Hybridauto.

Arne drosselte das Tempo, als er auf der rechten Straße plötzlich ein Auto entdeckte, das dort parkte. Welcher Idiot macht denn so etwas, schoss es ihm durch den Kopf. Die Motorhaube war hochgeklappt, ein Warndreieck stand ein paar Meter entfernt auf dem Asphalt. Eine Frau beugte sich über den Motor. Nun war Arne nur noch drei Meter entfernt. Sein Herz machte einen kleinen Sprung: Das war ja Nicole! Er setzte reflexartig den Blinker, lenkte seinen Wagen von der Straße und hielt direkt hinter ihr. Wie in Zeitlupe drehte sie sich zu ihm um. Ihre Augenbrauen schnellten nach oben. Arne stellte den Motor aus, öffnete die Tür und ging auf sie zu. »Kann ich dir irgendwie helfen?«

Das durfte doch nicht wahr sein … Nicole rieb sich die Augen, als sie den Mann, der da vor ihr stand, erkannte. Arnes plötzliche Nähe sandte einen Schauer über ihren Rücken. In ihrem Kopf ploppten Worte auf, die sich zu einem Satz zusammenfügen wollten, ohne Erfolg.

Ein warmes Lächeln umspielte seine schön geschwungenen Lippen. Sie musste ihm antworten, aber sofort! Womöglich würde er sonst von ihr denken, dass sie nicht ganz bei Trost sei.

»Mein Motor …«, setzte sie an, biss sich dann aber auf die Lippe. Sie zuckte mit den Schultern. »Keine Ahnung.« Er streckte den rechten Arm nach ihr aus.

»Alles klar mit dir?«

Nicole blieb aufrecht stehen, obwohl sie am liebsten auf dem Absatz kehrtgemacht hätte. *Dieser Mann ist zu gut für dich,* flüsterte ihr das kleine Teufelchen ins Ohr. *Er ist Wissenschaftler mit Doktortitel, und du bist nur eine stinknormale Hauswirtschafterin. Das passt nicht, das kann nicht gut gehen.*

Ihr Körper signalisierte allerdings etwas anderes: ein wohliges Kribbeln, das sich von ihrem Nacken langsam über die Schultern und den Rücken bis zu ihrem Steiß ausbreitete. »Ich kann einen Abschleppwagen rufen?« Seine blauen Augen funkelten in der Sonne, die hoch am Himmel stand. Er sieht richtig gut aus, dachte Nicole, und für einen Moment stockte ihr der Atem. »Das wäre super!«, sagte sie schließlich mit einem kleinen Seufzer. »Ich habe bloß keine Nummer.«

Arne entsperrte das Display seines Handys. »Kein Problem. Ich rufe Ole an, der ist mir noch einen Gefallen schuldig.«

Nicole seufzte erleichtert. »Danke, das wäre echt nett.«

Arne machte eine einladende Handbewegung. »Willst du so lange in meinem Auto warten?«

»Sehr gern.« Sie hatte sich wieder einigermaßen gefasst, als sie sich auf den Beifahrersitz des Oldtimers fallen ließ. Ihre Hände glitten über das abgewetzte Leder des Sitzes. »Schönes Auto«, sagte sie, während sie Arne aus den Augenwinkeln betrachtete. Er hatte ein fast klassisches Profil: eine gerade Nase, hohe Wangenknochen und ein kleines Grübchen in der rechten Wange. Im Großen und Ganzen war Nicole ebenfalls zufrieden mit ihrem Äußeren: Sie liebte ihre Haare und die langen schlanken Beine, allerdings fühlte sie sich trotzdem oft nicht wohl in ihrer

Haut. Sie war zu dünn, das war ihr schon bewusst, aber sie war stolz darauf, dass sie immerhin noch lebte und mittlerweile auch regelmäßig aß. Das war ihr eine lange Zeit nicht möglich gewesen. Jeder Bissen hatte in ihr einen unbändigen Widerwillen hervorgerufen. Sie hatte auf keinen Fall zunehmen wollen! Die Waage im Badezimmer war das Maß aller Dinge gewesen, bis sie eines Tages einfach umgekippt und in einem Krankenhaus wieder aufgewacht war.

»Möchtest du Musik hören, während wir warten?«

Arnes Stimme holte sie zurück in die Gegenwart. »Sehr gern.«

»Wird es lange dauern, bis dein Freund kommt?« Mist, dachte sie, kaum dass sie den Satz ausgesprochen hatte. Sie sog Luft durch die Nase ein, doch Arne berührte kurz mit den Fingerspitzen ihre Hand. »In spätestens zwanzig Minuten ist er da.«

Nicole presste die Lippen aufeinander. »Ich habe das nicht so gemeint …« Sie ließ das letzte Wort im Raum stehen. Die Wahrheit war: Es fühlte sich in Arnes unmittelbarer Nähe zwar schön, aber zugleich auch beängstigend an.

Arne drehte sich in ihre Richtung. »Das weiß ich doch.« Plötzlich löste sich der Druck in ihrer Brust. Sie saß mit einem attraktiven, intelligenten und noch dazu aufmerksamen Mann in einem schönen Oldtimer am Straßenrand und wartete mit ihm auf Hilfe. Es gab keinen Grund für Argwohn.

»Wo kommst du eigentlich gerade her?«

»Aus Büsum«, erwiderte er. Er sah ihr tief in die Augen, während er von seinem Besuch bei einem Institut für Wildtierforschung berichtete, von dem Nicole bisher noch nie etwas gehört hatte. Sie lauschte aufmerksam seinen Worten. Arnes Stimme gefiel ihr, sie war warm, aber trotzdem tief und männlich. Die perfekte Synchronstimme, dachte sie, während gleichzeitig Bilder in ihrem Kopf von dem toten Schweinswal entstanden, der in dem Institut untersucht worden war. Ihre Geschichte vom kleinen Wal, der nicht mehr nach Hause zurückfand, würde ein gutes Ende haben, nahm sie sich vor, sie wusste nur noch nicht, wie sie es anstellen würde.

»Was glaubst du?«, fragte sie, nachdem Arne seinen Kurzbericht beendet hatte. »Könnte er wirklich durch den Unterwasserlärm seine Orientierung verloren haben?«

»Möglich wäre das schon.« Arne runzelte die Stirn. Nicole konnte förmlich sehen, wie die Gedanken in seinem Kopf ratterten. »Joris und ich haben unsere Messergebnisse noch nicht vollkommen ausgewertet, doch dass die Werte im Vergleich zu anderen Regionen erhöht sind, haben wir schon feststellen können.«

»Aber das muss doch eine Ursache haben?« Nicole streckte die Beine von sich, weil sich ihr linker Wadenmuskel plötzlich verkrampfte.

Arne, der ihrer Bewegung gefolgt war, nickte langsam. »Es gibt wohl Hinweise für einen möglichen Verursacher …«

Im nächsten Moment hielt hinter ihnen ein gelber Abschleppwagen mit quietschenden Bremsen. Ein kräftiger

Mann in olivfarbener Arbeitshose sprang vom Fahrerhaus auf die Straße. Er hob die Hand in ihre Richtung, nickte und sprach dabei in sein Handy, das er vor sich hertrug.

»Das ist Ole«, sagte Arne schmunzelnd. »Jetzt wird alles ganz schnell gehen.«

Sein Bekannter klopfte ans Fenster, das Nicole sodann ganz klassisch runterkurbelte, um ihn zu begrüßen. Ole grinste breit: »Vun mi ut kann dat losgahn.«

Arne stieß die Tür auf, drehte sich dann aber noch einmal zu ihr um. »Du kannst gern im Auto bleiben.«

Nicole drückte die Ferse ihres linken Beines kräftig nach unten, der Krampf tat weh.

»Okay, das ist lieb von dir.«

Arne musterte sie, beugte sich ins Auto hinein und öffnete das Handschuhfach vor ihr. Sie schloss die Augen, als sein herb-männlicher Duft in ihre Nase drang.

»Hier, nimm mal eine davon.« Er drückte ihr mit einem verschmitzten Lächeln eine Dose in die Hand. »Magnesium«, sagte er, als sie ihn fragend anblickte. »Hilft bei Wadenkrämpfen – garantiert.«

9. Kapitel

Auf dem Weg zu Nicoles Auto stieß ihn Ole in die Seite. »Wat is dat denn för en smucke Deern?«

»Sie heißt Nicole und arbeitet auf dem Strandrosenhof.« Arne hoffte, dass sich sein Kumpel mit dieser Info zufriedengeben und nicht weiter nachfragen würde. Ole hatte nämlich ein ziemlich großes Mitteilungsbedürfnis und liebte Klatsch und Tratsch über alles.

Sie erreichten Nicoles Auto, einen roten Opel Corsa, der an der Beifahrerseite eine Delle hatte. »Am besten, du bringst den Wagen gleich in deine Werkstatt«, schlug Arne vor.

Ole kniff die Augen zusammen. »Hest du wat mit ehr?« Seine Knopfaugen, die Arne immer ein wenig an seinen Teddy aus der Kindheit erinnerten, leuchteten erwartungsvoll.

Arne lachte auf. »Kein Kommentar.«

Sein Kumpel grinste breit. »Keen Antwoort is ok en Antwoort.«

Kurze Zeit später stand Nicoles Auto auf dem Abschleppwagen. Ole zog die Handschuhe aus und steckte sie in die Seitentaschen seiner Arbeitshose. »Denn föhr de

Deern mal schöön na Huus.« Er winkte Nicole zum Abschied zu, drückte Arnes Hand und kletterte in das Fahrerhaus seines Wagens. Mit lautem Humpen fuhr er an, setzte den Blinker und verschwand in Richtung Kappeln, wo sich seine Werkstatt in der Nähe des Hafens befand.

»Vielen Dank«, begrüßte ihn Nicole, als er wieder neben ihr saß.

»Das habe ich gern getan«, erwiderte Arne, während er den Zündschlüssel umdrehte. Der Motor sprang brummend an. »Ich hoffe, dass Ole dein Auto wieder zum Laufen bringt.« Seine Augen wanderten wie von selbst über ihre hohen Wangen und ihren Mund, der ihn fast magisch anzog. Arne schluckte hart. »Soll ich dich nach Hause fahren?«

Sie zupfte an ihrem Ohrläppchen. »Wenn es dir nichts ausmacht?«

Arne schüttelte den Kopf. »Natürlich nicht, das ist doch eine Selbstverständlichkeit.«

Er legte den ersten Gang ein. »Wo wohnst du denn?«

»Eigentlich in Kappeln«, erwiderte sie ausweichend, »aber zurzeit in einer Ferienwohnung auf dem Strandrosenhof.«

Arne schmunzelte. »Also dort, wo du auch arbeitest?«

Nicole drückte den Kopf gegen die Nackenstütze. »Ja, genau.« Sie schenkte ihm ein warmes Lächeln. »Was für ein Glück, dass du hier vorbeigekommen bist.«

Auf dem Weg zu dem Gut in Brodersby unterhielten sie sich zwanglos. Arne hatte das Gefühl, als ob er Nicole schon ewig kennen würde, deshalb entspannte er sich immer mehr.

Jetzt wurde sein Plan, sie auf dem Strandrosenhof zu besuchen, Wirklichkeit, aber auf eine ganz andere Weise. Das Leben geschah einfach, ohne dass es sich wirklich planen ließ. Und das war auch gut so. Arne lenkte den Wagen durch die Hofeinfahrt und steuerte nach Nicoles Anweisung auf ein längliches Gebäude zu, in dem sich Ferienwohnungen befanden. »Schön ist es hier«, sagte er, nachdem er den Motor ausgestellt hatte. Für einen Moment schwiegen sie beide, aber es fühlte sich nicht unangenehm an. Er spürte, dass ihre Augen auf ihn gerichtet waren, deshalb drehte er den Kopf in ihre Richtung. Ihr linker Mundwinkel zuckte. »Möchtest du noch mit auf einen Kaffee zu mir kommen?«

»Super gern.«

Als Arne an Nicoles Seite die Treppe zu ihrer derzeitigen Wohnung hochstieg, rang er innerlich mit sich. Er befürchtete, dass er sie womöglich mit seinem Verhalten zu sehr bedrängte. Doch als sie die Tür geöffnet hatte und ihm mit einer einladenden Geste den Vortritt gewährte, verschwand das drückende Gefühl in seiner Brust so schnell, wie es gekommen war. Er folgte ihr in die Küche, in der es nach Vanille und Zimt roch. Kurz blitzte die Erinnerung an das letzte gemeinsame Weihnachtsfest mit seinen Eltern auf. Er hatte mit den beiden am Tisch im Esszimmer im unteren Geschoss des Hauses gesessen und Zimtsterne und Vanillekipferl geknabbert. Nach einer gefühlten Ewigkeit des Schweigens hatten sie ihm wechselnd mitgeteilt, dass sie sich trennen würden.

Nicole deutete auf einen Tisch mit zwei Stühlen vor dem Fenster. »Setz dich doch bitte schon einmal!«

Arne rückte sich den Stuhl zurecht, blickte aus dem kleinen Fenster und entdeckte ein paar Gänse, die auf der satten Wiese grasten.

»Ein schöner Ausblick«, sagte er, als Nicole zwei blaue Keramikbecher auf dem Holztisch abstellte.

»Ja, das finde ich auch«, meinte sie zögernd. Dann stieß sie einen kleinen Seufzer aus. »Ich bin froh, dass ich hier sein darf.«

Arne überlegte kurz, ob er sich nicht doch lieber verabschieden sollte, denn er war sich nicht sicher, worauf das Ganze hinauslaufen würde. Aber schließlich entschied er sich dagegen, denn er wollte Nicole unbedingt näher kennenlernen. Außerdem löste sich seine innere Anspannung, als er beobachtete, wie sie den Kessel, der zuvor auf dem Herd gestanden hatte, mit Wasser füllte, eine Kanne aus dem Hängeschrank über der Arbeitsplatte holte, den Deckel abnahm und einen Porzellanfilter darauf platzierte.

»Ich brühe Kaffee immer gern mit der Hand auf«, sagte sie, während sie das Pulver aus einer Dose mit einem Löffel abmaß. Dann schüttelte sie den Kopf, sodass ihr seidig schimmerndes Haar hin und her wippte. »Ich bin wirklich sehr glücklich darüber, dass ich hier so kurzfristig untergekommen bin.«

Arne überlegte, warum sie wohl hatte ausziehen müssen. Entweder es gab Gründe, die mit ihrem Mietverhältnis zu tun hatten, oder aber eine Trennung war möglicherweise die Ursache. Natürlich hätte er sie auch freiheraus fragen können, aber er wollte nicht, dass sie ihn zu neugierig fand, deshalb schwieg er und beobachtete sie lieber weiter. Nicole ließ in äußerst regelmäßigen Abständen Wasser in den Filter laufen. Es gefiel ihm, dass sie sich diesen alltäglichen Handgriffen so konzentriert widmete. Er selbst tickte ganz ähnlich.

»Arbeitest du schon lange hier?«, fragte er schließlich, denn plötzlich wollte er mehr von ihr wissen, vor allem das, was sie ihm bislang verschwieg.

»Schon einige Jahre«, erwiderte sie leichthin, während sie den Filter von der Kanne entfernte und den Deckel daraufsetzte.

»Was genau machst du denn hier?«

»Ach, eigentlich alles, was so anfällt.« Sie griff nach der vollen Kaffeekanne und nahm ihm gegenüber Platz. »Ich bin für die Reinigung des Gutshauses und der Ferienwohnungen sowie die Wäschepflege verantwortlich, ich plane die täglichen Einkäufe, kümmere mich um die Gäste und Kunden, aber ich helfe gelegentlich auch Jörg, unserem Mitarbeiter in der Landwirtschaft, beim Füttern der Tiere.« Sie fuhr mit dem Mittelfinger über ihre linke Augenbraue. »Im Verkaufsstand bin ich nur, wenn mal Not am Mann ist.«

»Dann bin ich aber froh, dass du Dienst hattest, als ich mit Luna hier war.« Arnes Herz schlug schneller, als er den Satz ausgesprochen hatte. Hoffentlich empfindet sie mich nicht als übergriffig, dachte er kurz, aber als sie ihm lächelnd den Becher mit Kaffee füllte, löste sich das negative Gefühl, das wieder mal durch sein Grübeln entstanden war, in Bruchteilen von Sekunden auf. Durch die gescheiterte Beziehung mit Marleen war er vorsichtig geworden.

»Hast du eine Ausbildung gemacht?«

»Ja, natürlich, auf einem Betrieb in der Nähe von Plön.« Ihr Gesicht verdunkelte sich. »War keine schöne Zeit.«

»Wieso, hat man dich dort etwa schlecht behandelt?« Arne ballte unwillkürlich die rechte Hand.

Sie schüttelte den Kopf. »Nein, mein Ausbilder war supernett.« Nicole füllte seinen Becher mit Kaffee. »Ich hätte nur lieber Illustration in Kiel studiert, aber meine Mutter war dagegen.« Nicole nahm ihren Becher in die Hand und nippte vorsichtig daran. »Schmeckt gut«, sagte sie, wobei Arne das Gefühl hatte, dass sie mehr zu sich selbst als zu ihm sprach.

»Das muss ich aber auch noch prüfen«, erwiderte er daher lächelnd.

Ihre Augenbrauen schnellten nach oben, dann nickte sie. »Ich bitte darum.«

Er schloss die Augen, trank einen Schluck und seufzte tief. »Das ist der beste Kaffee, den ich seit Langem getrunken habe.«

»Das ist nett, vielen Dank!«

Nicole nippte ebenfalls an ihrem Becher. »Warum bist du Meeresbiologe geworden?«

»Im Grunde habe ich mich schon als Kind für alle Tiere interessiert, die im Meer leben«, antwortete er. »Meine Eltern haben mir zur Einschulung ein Buch über Wale und Delfine geschenkt. Eigentlich hatte ich mir ein Handy gewünscht – ein Nokia wie mein bester Freund Luca –, aber mein Vater und meine Mutter waren dagegen. Schließlich gäbe es überall Telefonzellen.«

Nicole nickte. »Im Nachhinein war es dann ja auch ein tolles Geschenk, oder?«

»Auf jeden Fall.«

Sie unterhielten sich locker weiter, bis es draußen langsam dämmerte. Als eine kleine Gesprächspause eintrat, nahm Nicole die leeren Kaffeebecher und trug sie zur Spüle. »Wollen wir rüber ins Wohnzimmer, da ist es etwas gemütlicher?« Als er nickte, öffnete Nicole den Kühlschrank. »Ich habe Sekt oder Weißwein?«

Er zuckte mit den Schultern. »Ich muss ja noch fahren.« Sie beugte sich hinunter und holte eine Flasche alkoholfreies Bier heraus, das er dankend annahm. »Perfekt!«

❋

Im Wohnzimmer war es angenehm kühl, stellte Nicole fest, als sie mit dem Sektglas in der Hand den Raum betrat. Arne und sie blieben vor dem Sofa stehen und prosteten sich zu. Sie nahm nur einen kleinen Schluck, denn sie wollte nicht, dass ihr der Alkohol zu Kopf stieg. Dann machte sie eine einladende Geste, woraufhin Arne sich setzte. Sie selbst nahm mit Abstand neben ihm Platz. Dennoch spürte sie die Wärme seines Körpers überdeutlich, während sie ihr Gespräch fortsetzten.

Nicole war überrascht, dass er ein so zurückhaltender Mann war, denn bei ihrer ersten Begegnung hatte sie ihn eher als draufgängerischen Frauentypen eingeschätzt.

Während er mit ihr über seine Arbeit sprach, waren seine kräftigen Hände die ganze Zeit in Bewegung: Er gestikulierte fast im selben Rhythmus, wie er redete, stellte sie fest. Als er eine kleine Pause machte, blickte er sich im Raum um. In diesem Moment fiel ihr siedend heiß ein, dass auf dem Schreibtisch in der Ecke ihre Skizze von dem kleinen Schweinswal lag, der vom Weg abgekommen war. Zu spät, Arne war schon aufgesprungen. Er bewegte sich mit erhobenem Kopf, selbstbewusst, aber nicht übertrieben männlich. Einfach so, als ob er sich in seinem Körper wohlfühlte. Sie spürte ein leises Kribbeln im Nacken, als er sich über den Tisch beugte.

»Hast du das gezeichnet?«, fragte er, als sie hinter ihm stand.

»Ja«, erwiderte sie gedehnt. »Das ist nur eine Skizze.«

Er drehte sich zu ihr um. »Das ist richtig gut, weißt du das?«

Sie ging einen Schritt auf ihn zu und hielt ihm ihre Hand entgegen. Arne warf ihr einen fragenden Blick zu, den sie lieber ignorierte. Sie wollte mit ihm jetzt nicht über ihre innere Zerrissenheit sprechen, dazu kannten sie einander einfach zu wenig. »Vielen Dank für das Kompliment«, sagte sie deshalb nur und legte die Zeichnung auf das Regal oberhalb des Schreibtisches. Arne erstarrte für einen Moment, dann reichte er ihr die leere Flasche.

»Es ist schon spät, ich muss morgen früh raus.«

Nicole spürte, wie ihr die Hitze in die Wangen schoss. »Ja, natürlich«, sagte sie. »Ich muss morgen auch um halb sechs hoch.«

Im Flur vor der Haustür blieben sie im selben Moment stehen und drehten sich zueinander. Nicoles Herz klopfte bis zum Hals, als er die Hand nach ihr ausstreckte. Seine Finger berührten ihre Wange. »Bist du mit jemandem zusammen?« Seine Stimme klang heiser. Ihre Blicke verfingen sich, und Nicole hatte das Gefühl, als ob sie auf einem Karussell säße, das sich in Windeseile drehte.

»Ich war …«, wisperte sie schließlich. Seine Wärme kribbelte auf ihrer Haut, es war kaum auszuhalten. Mit aller Kraft hob sie den Kopf und sah ihm direkt in die Augen. »Eigentlich schon«, wisperte sie schließlich. »Er heißt Ulf«, fuhr sie tonlos fort. »Wir sind seit elf Jahren ein Paar, aber nun hat er sich während seiner Reha in eine andere verliebt.«

Arne umfasste ihre Wangen mit den Händen. »Das tut mir sehr leid«, flüsterte er.

Nicole spürte, wie der Schmerz, den sie die ganze Zeit verdrängt hatte, plötzlich in ihrer Brust brannte, und unterdrückte ein Schluchzen. Die Erinnerung an den Tag, als Ulf ihr seine Untreue gestanden hatte, drängte sich in ihr Bewusstsein.

»Du kannst ja nichts dafür«, presste sie schließlich hervor. Arne umschlang sie mit seinen kräftigen Armen. Sein Duft nach Sandelholz ließ sie erschauern. Sie sollte sich wirklich nicht gleich wieder verlieben, meldete sich ihr Verstand zu Wort, denn bislang hatten sie und Ulf sich noch nicht einmal offiziell getrennt. Plötzlich schämte sie sich für ihr Tun.

Arne löste die Arme von ihr. »Ich gehe jetzt lieber.«

Nicole nickte beklommen. »Ja, das ist bestimmt besser so.«

Sie bedankte sich noch einmal für seine Hilfe, öffnete die Tür und atmete schließlich erleichtert aus, als er gegangen war.

10. Kapitel

Nicole zuckte unter den Worten ihrer Mutter zusammen.

»Du willst jetzt doch noch Illustration studieren?« Sie richtete die grauen Adleraugen auf sie. »Mach dich doch nicht lächerlich!« Sie hatte es sich auf der neuen Chaiselongue bequem gemacht und ihr einen hart gepolsterten Sessel zugewiesen, auf dem Nicole sich wie ein kleines Kind fühlte, das nicht artig gewesen war.

Die schöne Altbauwohnung, in der ihre Mutter residierte, lag direkt am Schrevenpark und bot eine Aussicht auf den großen Teich, auf dem Enten und Schwäne langsam ihre Bahnen zogen. Sie war vor drei Wochen zweiundsechzig Jahre alt geworden, sah aber mit ihrer schlanken Figur, den immer perfekt getönten kastanienbraunen Haaren und dem wachen Blick deutlich jünger aus.

»Es ist erst einmal nur eine Idee«, erwiderte Nicole schließlich. Sie stellte das zartblaue Porzellantässchen, in dem ihre Mutter den grünen Darjeeling aus Bioanbau serviert hatte, zurück auf den gedrechselten Mahagonitisch. »Ich bin doch jetzt auf mich allein gestellt, seit …«

Sybille strich sich mit einer dramatischen Geste eine Strähne aus dem Gesicht. »Verschone mich bitte mit deinen Beziehungsproblemen.« Sie presste die schmalen Lippen, die sie mit roséfarbenem Gloss betont hatte, aufeinander. »Sei froh, dass du diesen Versager los bist. Habt ihr euch denn schon offiziell getrennt?«

»Nein, noch nicht«, antwortete Nicole mit betont ruhiger Stimme. »Aber es wird bestimmt darauf hinauslaufen.«

»Aha«, erwiderte ihre Mutter, die mit ihren Gedanken wahrscheinlich schon wieder woanders war.

Nachdem die kurze Teezeremonie beendet war, bepflanzten sie gemeinsam die neuen Terrakottatöpfe im Wintergarten, wo in zwei Wochen ein Literaturabend stattfinden sollte. Sybille hatte das Schreiben von Gedichten und Kurzgeschichten für sich entdeckt. »Ich freue mich sehr auf diese Veranstaltung«, sagte sie. Sie legte die Schaufel, mit der sie gerade die Erde in einem runden Gefäß mit blauen Hortensien flach geklopft hatte, zur Seite. »Dein Bruder kommt extra aus München hierher.«

Nicole reichte ihr die Keramikkanne, die mit Wasser gefüllt war. »Wie schön«, sagte sie. »Ich habe Leander ja seit Ewigkeiten nicht gesehen.«

Ihre Mutter ließ Wasser auf die Erde rinnen. »Dann musst du ihn mal besuchen«, erwiderte sie mit einem scharfen Unterton, dessen Klang Nicoles Puls in die Höhe trieb. Früher hatte sie ihrer Mutter häufig widersprochen und nach Streiteskalationen oft viele Tage nicht mehr mit ihr geredet. Nicole hatte dabei immer den Kürzeren gezogen, deshalb stimmte sie Sybille inzwischen entweder zu, oder sie sagte einfach gar nichts.

»Genau das werde ich tun«, antwortete sie jetzt in einer neutralen Tonlage, die sie sich ebenfalls im Umgang mit Sybille angewöhnt hatte.

»Dann ist ja gut.« Ihre Mutter war zufrieden, zumindest für den Moment.

Eigentlich hätte Nicole mit »Leander könnte doch auch mal in den Norden kommen« antworten müssen, aber sie hatte heute keine Lust auf das unangenehme Wortgefecht, das dann folgen würde.

Zwei Stunden später saß Nicole mit ihrer Tasche auf dem Schoß im Regionalzug nach Karby. Von dort aus würde sie in gut neunzig Minuten hoffentlich den Bus nach Brodersby erwischen. Leider war ihr Auto immer noch in der Werkstatt. Sie hoffte inständig, dass Arnes Freund das hinbekam, sonst wäre sie ganz schön aufgeschmissen. Sie blickte aus dem Fenster und ließ die Weizen- und Gerstenfelder, Laubwäldchen und Wiesen mit schwarzbunten Kühen vorbeiziehen. Für einige Minuten versank sie in diesem Anblick. Dann sprang ihr Gedankenkarussell aufs Neue an. Warum gelang es ihr eigentlich nie, ihrer Mutter Paroli zu bieten?, setzte sie ihre Grübelei fort. Immer fühlte sie sich als kleines, ungeliebtes Kind, das störte. Nach der Trennung von ihrem Vater hatte sich ihre Mutter mit verschiedenen Männern getroffen, war nächtelang unterwegs gewesen und hatte ihr Leben in vollen Zügen genossen. Damals war Nicole noch in die Grundschule gegangen. Eines Tages war Gerd in das Leben ihrer Mutter getreten, ein stattlicher Mann, der eine Brauerei betrieb und sehr wohlhabend war. Es begann eine unbeschwerte Zeit. Sie verreisten viel, übernachteten in Luxushotels und speisten in Restaurants mit livrierten Kellnern. Der neue Mann ihrer Mutter schenkte Nicole Kleider und glitzernde Schuhe, brachte ihr Schweizer Schokolade mit oder ging mit ihr in den Tierpark, wenn Sybille keine Zeit für sie hatte. Doch dann wurde ihre Mutter mit ihrem Bruder Leander schwanger, und von einem Tag auf den anderen änderte sich für sie alles. Sie liebte ihren Halbbruder innig, aber er war ganz anders als sie, schon äußerlich. Kein Mensch würde je auf den Gedanken kommen, dass sie Geschwister waren. Ihre Lebensläufe hätten zudem nicht unterschiedlicher verlaufen können. Das lag auch an Sybille, die alles, was Leander tat, mit großem Wohlwollen begleitete, egal ob er sich als ewiger Student die Zeit vertrieb oder sein Glück als Veranstaltungsmanager versuchte. Irgendwann bekam er aber dann doch die Kurve und studierte in kürzester Zeit Betriebswirtschaft. Nicole gönnte ihrem Bruder den Erfolg von ganzem Herzen. Jeder sollte nach seiner Fasson glücklich werden, davon war sie überzeugt. Nur dass Sybille ihren »einzigen Sohn« derart in den Himmel hob, während für sie lediglich bissige Bemerkungen übrig blieben, schmerzte sie sehr. Es war ungerecht und gemein, aber sie konnte leider nichts daran ändern, musste es aushalten und sich damit arrangieren. Eine andere Möglichkeit gab es nicht, bis auf den endgültigen Bruch mit ihrer Mutter, aber dazu hatte ihr bislang der Mut gefehlt. Sybille war und blieb ihre Mutter, jedenfalls biologisch gesehen. Emotional war sie das nie gewesen, sie liebte vor allem sich selbst, da war nur wenig Platz für andere. Als Nicole wegen ihrer Magersucht jede Woche zu einer Psychotherapeutin gemusst hatte, war ihre Mutter das Thema Nummer eins gewesen. Dr. Johanna Berti war eine kompetente und erfahrene Psychotherapeutin und Ärztin. Einmal die Woche bezahlte die Krankenkasse einen Besuch bei ihr in ihrer gemütlichen Praxis am Alten Markt in Kiel, die sich direkt neben einer Heilpraktikerin befand, die Akupunktur und Kräutertherapien anbot und sich vor Patienten kaum retten konnte.

Endlich hielt der Zug mit quietschenden Rädern. Nicole schulterte den Rucksack und stellte sich hinter einen älteren Herrn, der sich mit einem Gehstock abstützte. Schwüle Luft strömte ihr entgegen, als sie den Bahnsteig betrat. Sie blickte auf die Zeitanzeige ihres Handys und beschleunigte ihre Schritte, den Bus nach Brodersby erwischte sie nur knapp. Erleichtert ließ sie sich auf einen freien Sitz fallen. Gleich morgen früh würde sie in der Werkstatt von Ole anrufen. Sie musste unbedingt ihr Auto wiederhaben, das war jetzt erst einmal das Wichtigste.

❀

Arne drückte zum dritten Mal den Klingelknopf von Marleens Wohnung, aber nichts geschah. Er zog sein Handy aus der Tasche, entsperrte das Display und tippte den Terminkalender an. Erleichtert atmete er aus. Er hatte sich nicht geirrt. Er durfte heute Luna abholen, und sie sollte bis übermorgen bei ihm bleiben. Er hatte auch schon einen Plan für dieses Wochenende. Heute würden sie sich einen lustigen Tierfilm ansehen, morgen das Ostsee-Center in Eckernförde besuchen und den darauffolgenden Tag einen Drachen am Strand steigen lassen. Diesen müssten sie aber noch kaufen oder vielleicht sogar selbst basteln, wenn seine Tochter dazu Lust hätte. Arne hatte sich jedenfalls schon ein paar Videos zu diesem Thema angeschaut und das nötige Material besorgt: Transparentpapier in verschiedenen Farben, Drachenschnur, zwei schmale Holzleisten und einen kleinen Holzring. Den fertigen Drachen könnten sie dann am Weidefelder Strand fliegen lassen. Arne drückte ein letztes Mal auf die Klingel. Dabei fiel ihm auf, dass der Name seiner Ex-Freundin *Marleen Schütte* verwittert und kaum noch zu entziffern war. Genau wie ihre Beziehung, dachte er resigniert. Langsam wurde er wütend, aber das würde er sich, wenn sie endlich mal die Tür aufmachen würde, nicht anmerken lassen. Vielleicht war das sogar das Ziel dieser heutigen Aktion? Einfach mal die Klingel ignorieren, bis er tobte? Diesen Gefallen würde er ihr nicht tun.

Seufzend zog er sein Handy aus der Hosentasche und tippte eine WhatsApp-Nachricht. Noch während er schrieb, sah er, dass sie online war.

Kannst du mich mal reinlassen? Ich stehe vor der Tür!

Arne atmete bewusst aus und ein, während er auf die Antwort wartete.

Wir sind unterwegs. Dieses Wochenende kann Luna nicht zu dir kommen, sorry. Melde mich.

Arne biss die Zähne zusammen, bis sein Kiefer schmerzte.

Verdammt! Wie sollte er auf diese kryptische Nachricht reagieren?

Er entschied kurzerhand, dass er ihr nicht schreiben würde, sondern drückte auf ihre Handynummer.

Sie nahm seinen Anruf nach zwei Freitönen an. »Was willst du?«

Arne zählte innerlich bis drei. »Was soll das, Marleen?«

»Sorry, aber es ging nicht anders.«

Arnes Hals schnürte sich zusammen. Er schnappte nach Luft und zählte erneut bis drei. »Was soll das bedeuten?«, erwiderte er schließlich in normalem Gesprächston, obwohl er innerlich fast zerbarst.

»Ich bin bei meinen Eltern.«

Arnes Puls schoss in die Höhe. »*Wo* bist du?«

»Jetzt reg dich nicht auf!«

Arne zählte innerlich bis drei. »Warum?«, presste er schließlich hervor.

Stille in der Leitung. »Marleen?«

»Ich bin noch dran.«

Arne hörte eine männliche Stimme im Hintergrund. Möglicherweise ihr Vater, mutmaßte er. Aber vielleicht auch ...

»Hör zu, Arne«, sagte seine Ex-Freundin. »Ich will das mit dir nicht diskutieren. Wir verschieben deine Besuchstage einfach auf das kommende Wochenende?«

»In Ordnung«, stimmte Arne schließlich widerstrebend zu.

Als die Verbindung abbrach, hätte er am liebsten laut aufgeschrien, aber eine ältere Dame mit einem übergewichtigen Dackel schob sich an ihm vorbei, und er wollte die beiden nicht erschrecken. Er schluckte seine Wut hinunter, wandte sich ab und kehrte zu seinem Auto zurück. Die gesamte Planung für das Wochenende hatte sich von einem Moment auf den anderen in Luft aufgelöst. Er war aufgebracht wie schon lange nicht mehr. Verdammt, es war einfach ungerecht, dass er als unehelicher Vater überhaupt nichts einfordern durfte. War das rechtlich gesehen eigentlich immer noch so? Im Grunde hatte er gehofft, dass er auch in Zukunft alles mit Marleen klären und abstimmen könnte. Das war wohl eine Fehleinschätzung gewesen. Plötzlich kam ihm Erik Graf von Bardelow in den Sinn, ein ehemaliger Bekannter, den er in den vergangenen Jahren aus den Augen verloren hatte. Eine Zeit lang hatten sie zusammen gerudert, bis er aufgrund einer Sehnenscheidenentzündung der rechten Hand hatte pausieren müssen. Soweit er wusste, war Erik Anwalt geworden. Er nahm sich vor, ihn demnächst einmal zu kontaktieren.

Arne startete den Motor. Er fühlte eine innere Unruhe und hatte überhaupt gar keine Lust, nach Hause zu fahren. Auf dem Weg hierher hatte er ein Plakat gesehen. Heute fand am Südstrand von Eckernförde ein Open-Air-Festival statt. Bestimmt gab es dort noch Tageskarten. Er fuhr also Richtung Innenstadt und stellte den Wagen auf einem Parkplatz im Grünen Weg ab. Die Veranstaltung begann erst in zwei Stunden. Leider waren die Tickets online ausverkauft, aber er hatte Glück, denn ein junger Mann aus Eckernförde bot eine Karte in einem Forum zum Verkauf an, sogar zum Originalpreis. Arne traf sich mit ihm an der Strandpromenade und erfuhr, dass seine Freundin, mit der er eigentlich dorthin hatte gehen wollen, krank geworden war. Allein hatte er keine Lust und sich stattdessen mit seinen Freunden zum Bowlen verabredet.

Beschwingt steckte Arne die Karte in die Innentasche seiner Jacke. Er blickte zum Himmel, wo sich einige dunkle Regenwolken auftürmten, aber das trübte seine Vorfreude nicht. Kurz überlegte er, ob er Nicole anrufen sollte, aber dann verwarf er die Idee, denn er wollte sie nicht bedrängen. Arne schlenderte zurück in die Innenstadt, setzte sich in das Café an der Hafenspitze, das sich in einem ehemaligen Getreidespeicher befand, und bestellte sich ein alkoholfreies Bier. Er würde später mit dem Auto nach Hause fahren, deshalb würde er nüchtern bleiben müssen. Das war aber kein Problem für ihn. Kurze Zeit später servierte die junge Kellnerin, deren halblanges Haar lila gefärbt war, sein Getränk. Er bedankte sich, nahm einen ersten Schluck und streckte die Beine von sich. Ein Krabbenkutter fuhr nur ein paar Meter von ihm entfernt in den Hafen ein, umkreist von einer Schar Möwen. Eine hölzerne Brücke führte zum gegenüberliegenden Ufer, wo in einer ehemaligen, in dänischem Rot gestrichenen Werft ein Hotel eröffnet worden war. Urlauber in kurzen Hosen, weiten T-Shirts und Sonnenhüten tummelten sich davor.

Arne schloss die Augen und atmete die salzige, leicht nach Fisch riechende Luft ein und spürte, wie sich der Druck in seiner Brust langsam auflöste. Er freute sich auf das Festival am Strand. Vielleicht würde er dann endlich einmal den Kopf freibekommen.

11. Kapitel

»Boah, ist das laut!« Nicole stieß Leonie, die in einem kurzen pinkfarbenen Sommerkleid neben ihr stand, in die Seite. Ihre Freundin drehte sich lachend zu ihr um. Ihre meerblauen Augen leuchteten hinter der Sonnenbrille mit herzförmigen Gläsern auf.

»Ja, das ist es, und genau so soll es sein«, schrie sie gegen die Bässe an, die aus den meterhohen Lautsprechern rechts und links der riesigen Bühne drangen. Dahinter spannte sich der Ostsee-Abendhimmel mit violetten Schönwetterwolken, die aussahen, als hätte ein Maler sie dorthin getupft. Der DJ, ein sehr erfolgreicher Star der Szene, stand in seinem bunten Hemd hinter mehreren Mischpulten. Nicole warf den Kopf lachend in den Nacken. Dann beugte sie sich zu Leonie hinunter.

»Okay, lass uns tanzen!«

Nicole schloss die Augen, hüpfte auf und ab und drehte sich im Kreis. Sie spürte, wie Leonie sich neben ihr bewegte, und hörte, wie sie lautstark den Refrain mitsang. Als der DJ zu einem ruhigeren Musikstück überblendete, verlangsamte Nicole ihre Bewegungen, bis sie schließlich stehen blieb. Sie wandte sich der Ostsee zu, die spiegelglatt in der Dämmerung leuchtete. Was für eine wahnsinnige Location, dachte sie. Ein euphorisches Gefühl durchströmte sie. Warum hatte sie in den vergangenen Jahren eigentlich kaum Konzerte besucht? Ulf war kein unternehmungslustiger Mensch, er blieb nach der Arbeit und an den Wochenenden am liebsten zu Hause auf dem Sofa oder am Computer. Zu Beginn ihrer Beziehung hatte Nicole das sehr gestört. Hin und wieder war sie mit Freundinnen unterwegs gewesen, aber sie hätte eben auch gern mal etwas mit ihrem Partner unternommen.

Nicole war aus dem Takt gekommen. Sie blickte über Hunderte von Köpfen, die zum Beat der Musik auf und ab wippten. Ein Meer von hochgestreckten Armen mit dem Licht der Handydisplays ließ sie schmunzeln. Es war großartig! Sie bedankte sich innerlich bei Leonie, die sie hierher mitgenommen hatte. Endlich einmal den Kopf freibekommen, die Sorgen des Alltags vergessen. Genau das hatte sie gebraucht. Leonie ergriff ihre Hände, als der DJ den Anfang eines derzeitigen Hits abspulte. Ein Raunen ging durch die Menge, der junge Typ auf der Bühne streckte den linken Arm in die Luft und feuerte die Besucher an, indem er die ersten Takte mehrfach wiederholte. Die Leute um sie herum schrien begeistert, manche sprangen sogar vor ihnen auf und ab. Der DJ ließ nur den Beat weiterlaufen. Dann nahm er das Funkmikro in die Hand.

»Hey, was geht ab?« Er drehte den Sound etwas leiser, um ihn dann drei Sekunden später wieder voll hochzuziehen: »Ich hoffe, ihr habt Bock, zu feiern?«

Lautes Gekreische zischte wie ein Jet über die Köpfe der

Tanzenden hinweg. Der DJ fuhr die Bässe hoch: »Okay, let's go!«

Nun gab es kein Halten mehr: Alle um sie herum hüpften, schrien den Refrain mit und wippten auf und ab. Nicole fühlte den Beat, der durch ihren ganzen Körper vibrierte. Zum Glück hatte sie ihre Plugs in den Ohren, denn die Lautstärke erreichte locker die Schmerzgrenze. Leonie drehte sich um und streckte erneut beide Hände nach ihr aus. Gemeinsam tanzten sie im Kreis und lehnten sich kreischend mit den Oberkörpern zurück, sodass die Flugkraft wie ein Booster wirkte. Plötzlich bildeten sich um sie herum Trauben von Menschen, die zusammen in eine Richtung hüpften, sich zu Schnecken formierten und wieder auseinanderdrifteten. Zwei junge Männer zogen Nicole und Leonie mit sich. Es fühlte sich an, als würden sie von einem unsichtbaren Staubsauger durcheinandergewirbelt. Sie waren ein Teil der Tanzenden, und die Tanzenden waren ein Teil von ihnen. Schließlich löste sich die Formation der Feiernden auf.

Es war fast Mitternacht, als die letzten Töne erklangen. Hinter der Bühne schossen Raketen in den Himmel, direkt davor signalisierten weiße Lichtfontänen das Ende der Veranstaltung. Nicole und Leonie blieben Hand in Hand stehen, bis das letzte Licht verglüht war. Der Rauch waberte über ihre Köpfe hinweg und verschmolz mit dem Nachthimmel. Leonie stupste sie in die Seite. »Lass uns schon mal zum Ausgang gehen.«

Diese Idee hatten auch viele andere Besucher, sodass sich vor den Ausgängen lange Schlangen gebildet hatten.

»Das war richtig schön«, sagte Leonie mit einem seligen Lächeln im Gesicht.

»Ja, das finde ich auch«, stimmte Nicole ihr zu. »Danke, dass du mich mitgenommen hast.«

Ihre Freundin zupfte an dem engen bauchfreien Oberteil, das sie zu einer weiten Leinenhose und halbhohen schwarzen Schnürstiefeln trug. »Das machen wir jetzt öfter«, meinte sie. »Natürlich nur, wenn du Lust dazu hast.«

»Na klar …«, setzte Nicole an, aber dann verlor sie von einer Sekunde auf die andere den Faden. »Arne?« Sie schnappte kurz nach Luft. »Was machst du denn hier?«

❋

Was für ein verrückter Zufall, dachte Arne, denn sie war es wirklich. Nicole war mit der jungen Frau, die ihn am Weidefelder Strand interviewt hatte, unterwegs. Leonie Petersen – so hieß sie, erinnerte er sich. Einen klitzekleinen Moment spürte er eine nervöse Anspannung, die sich aber sofort löste, als Nicole ihm lachend um den Hals fiel. Ihre Freundin reichte ihm die Hand. Sie unterhielten sich über das Konzert, während sie weiter in der Schlange vor dem Ausgang standen. Es war noch immer angenehm warm, und es duftete leicht nach etwas Exotischem. Als sie schließlich draußen waren, bogen die Besucher entweder links in Richtung Kiel ab oder nahmen den Fußweg zurück in die Innenstadt von Eckernförde. Die beiden Frauen hatten das Auto, mit dem sie gekommen waren, ebenfalls auf dem Parkplatz Grüner Weg abgestellt, deshalb liefen sie mit dem größeren Teil der Konzertgäste parallel zur Ostsee weiter. Der Bereich vor dem Festivalgelände war abgesperrt, deshalb war die gesamte Straße mit Menschen gefüllt. Stimmengewirr drang von allen Seiten in seine Ohren, in der Ferne heulte eine Sirene.

Arne fühlte sich wohl zwischen den beiden Frauen, die ihn ganz selbstverständlich in ihre Mitte genommen hatten. Sie unterhielten sich über das Konzert, sodass der Rückweg zum Grünen Weg Arne viel kürzer als der Hinweg erschien. Als sie schließlich an der letzten Ampel vor dem Parkplatz stehen blieben, drehte sich Leonie zu ihm. »Sagt mal, ihr zwei Hübschen, wollt ihr nicht noch ein bisschen hierbleiben? Ich muss leider los, denn ich habe morgen früh Redaktionssitzung und will mich darauf noch vorbereiten.« Sie warf Nicole einen vielsagenden Blick zu. »Es ist so ein schöner Abend …« Sie deutete mit der Schulter in Richtung Innenstadt. »Perfekt für einen kleinen Spaziergang?«

Sie ließ den Blick zwischen ihm und Nicole hin- und herwandern. »Arne kann dich doch später nach Hause fahren?«

»Von mir aus sehr gern.«

Nicole nickte. »Dann machen wir das so.«

Die beiden Frauen umarmten sich. Leonie hielt ihm ihre Hand entgegen, die er lächelnd drückte: »Danke!«

Sie zwinkerte ihm zu. »Dafür nicht!«

Arne umschloss Nicoles Hand. Langsam schlenderten sie an den beleuchteten Schaufenstern von Boutiquen, Reisebüros, Schuhgeschäften, Nippes-Läden und Eisdielen vorbei, bis sie in den Pastorengang abbogen, der in die Altstadt führte. Im Licht der Straßenlaternen liefen sie über das Kopfsteinpflaster in Richtung Ostsee vorbei an schmalen, zwei- bis dreistöckigen ehemaligen Fischerhäuschen, vor denen Kletterrosen und Rittersporn wuchsen. Arne war hier schon oft mit Luna unterwegs gewesen. Seine Tochter liebte den Strand und die Ostsee genauso wie er. Außerdem gab es in Eckernförde ein Meerwasserschwimmbad, das sie gern in der kalten Jahreszeit besuchten.

»Wie geht es eigentlich deiner Tochter?«, fragte Nicole in seine Gedanken hinein.

»Ich glaube, gut«, erwiderte Arne zögernd. Er wunderte sich, dass sie ihm in diesem Moment ausgerechnet diese Frage stellte. Spürte sie etwa, dass er gerade an seine Tochter gedacht hatte?

Nicole blieb stehen und drehte sich zu ihm um. Ihre Augen trafen sich, als wären sie von einer unsichtbaren Kraft gesteuert. Das Licht der Straßenlaterne, unter der sie sich befanden, erhellte die zarten Konturen ihres Gesichts. Sie hatte lange, dichte Wimpern, stellte Arne fest, während sein Blick weiter zu ihrem Hals wanderte. Plötzlich umfasste sie mit beiden Händen seine Wangen, nur ganz leicht, aber dennoch spürte er die Wärme ihrer Haut, die sich ein wenig rau anfühlte.

»Was ist passiert?«, flüsterte sie.

Arne presste die Lippen aufeinander. Seine Gedanken wirbelten durcheinander. Am liebsten hätte er ihr alles erzählt, während sich in seinem Kopf etliche Gegenargumente formierten: Sie kannten sich kaum, er war nicht an einer Beziehung interessiert, sein Job hatte derzeit oberste Priorität, er musste Luna schützen …

»Sag's doch einfach«, forderte Nicole ihn auf. Er nickte langsam. Dann griff er nach ihrer Hand. »Lass uns erst mal ans Meer gehen.«

Arne fühlte sich innerlich zerrissen, aber trotzdem glücklich, als er mit ihr weiterlief. Er spürte die positive Energie, die von Nicole ausging und sich auf ihn übertrug. Sie erreichten den Hafen mit den angetauten Fischkuttern und Segelbooten, von denen er in der Dunkelheit nur die Umrisse erkannte. Eine Möwe kreischte über ihnen, und das Wasser hinter der Kaimauer gluckste leise. Der Duft von Salz und Seetang lag in der Luft, und in der Ferne heulte eine Sirene.

Zu ihrer Linken erhob sich der Rundspeicher aus rotem Backstein, in dem er einen Kaffee getrunken hatte. Auf der Terrasse standen gestapelte Stühle und Tische, die mit Ketten gesichert waren. In der letzten Zeit war es immer wieder passiert, dass nachts das Mobiliar in der Ostsee gelandet war, vermutlich von übermütigen Jugendlichen.

Arne bog mit Nicole an der Hand rechts ab. In wenigen Minuten erreichten sie die Hafenspitze, wo an mehreren Stegen weitere Segel- und auch Motorboote angetaut waren. Der moderne Bau des Ostsee Info-Centers, in dem sich unter anderem drei Aquarien, ein Erlebnistunnel und ein Fühlbecken für Kinder befanden, markierte den Übergang zur Strandpromenade, die um diese Zeit menschenleer war. Sie liefen ein Stück weiter bis zum Strand. Nicole zeigte auf einen Strandkorb, der nicht verschlossen war.

»Wollen wir uns einen Moment dort reinsetzen?«

Er rieb ihr über die Oberarme. »Ist dir kalt?« Sie nickte. »Ein bisschen ...«

Wie unaufmerksam von ihm ... Arne nahm ihre Hand und zog sie mit sich, bis sie den Strandkorb erreicht hatten. Dort schlüpfte er aus seinem dicken Baumwollpullover. Nicole hob protestierend die Hände.

»Keine Widerrede!«, sagte er in gespieltem Befehlston, sodass sie sich lachend fügte. Schließlich saßen sie nebeneinander und ließen die Beine auf die herausgezogenen Fußstützen fallen. »Ich hatte auch keine Lust mehr aufs Spaziergehen«, gestand Nicole, kickte ihre Sneakers von den Füßen und streckte die langen, schlanken Beine von sich. Sie schwiegen einen Moment, bis sich Arne schließlich ein Herz fasste.

»Ich wollte Luna heute bei Marleen abholen, aber sie waren beide nicht zu Hause.«

Nicole ergriff seine Hand. »Oje, das tut mir leid ...«, sagte sie zögernd. Sie hielt einen Moment inne und drehte den Kopf zu ihm. »Gab es einen Grund dafür?«

»Bestimmt, aber ich kann nur rätseln, um was es geht.«

»Was meinst du damit?«

»Marleen leidet unter Stimmungsschwankungen, um es mal vorsichtig auszudrücken.«

»Das rechtfertigt aber nicht ihr Verhalten, oder«, erwiderte Nicole. »Ich bin zwar keine Mutter, aber ich finde, ein Kind sollte nicht zum Spielball der Eltern werden.«

Arne schwieg, weil er nicht wusste, wie er auf diese klaren Worte reagieren sollte. Es traf den Kern dessen, was er empfand, fast zu hundert Prozent, doch er wollte nicht schlecht über die Mutter seiner Tochter reden. Sie war ein Teil von Luna, genauso wie er. Er hatte immer schon Abscheu empfunden, wenn Paare ihre Konflikte über die Kinder austrugen, deshalb wollte er solche Situationen mit Marleen unbedingt vermeiden.

»Ja, das stimmt, aber bei uns ist das bislang noch nie passiert. Ich hoffe, dass Marleen ihre Gründe dafür hat und wir demnächst in Ruhe darüber reden können.«

Er fühlte, wie Nicole neben ihm erstarrte. Er mutmaßte, dass die Nähe zu seiner Ex-Freundin der Grund dafür war und sie womöglich den Eindruck gewann, dass er noch an Marleen hing. Das hatte er nicht gewollt, deshalb wandte er sich ihr zu, hob die Hand und strich ihr sanft über die Wange. Ihre Gesichtszüge entspannten sich. »Ich bin aber sehr glücklich darüber, dass ich mit dir darüber reden kann«, flüsterte er.

Nicole hielt seinem Blick stand, nickte, nahm seine Hand und rückte dichter an ihn heran. Ein Lächeln deutete sich in ihren Mundwinkeln an. Ein euphorisches Gefühl durchströmte ihn, als er sie an sich zog. Ihre Lippen berührten sich, sie öffnete seufzend den Mund und sank in seine Arme. Er ließ die Hand langsam über ihren Rücken bis zu ihrem Nacken wandern. Nicole hob ein Bein über seine Hüfte und legte es auf seinen Oberschenkel. Sein Herz schlug hart gegen den Brustkorb. »Nicole ...«, wisperte er, während er sie noch fester an sich zog.

»Hey, Alter, guck mal!«

Nicole zuckte zusammen. Zwei junge Männer mit Bierflaschen in der Hand gingen grinsend an ihnen vorbei. Nicole löste sich ruckartig von Arne. Dann warf sie den Kerlen einen bösen Blick zu.

»Was gibt's da zu gucken?« Sie sprang aus dem Strandkorb und stemmte die Hände in die Hüften. Die beiden wichen erschrocken zurück.

»Schon gut, keine Panik«, erwiderte der größere der beiden Typen. Er stieß seinen Kumpel in die Seite. »Lass uns da hochgehen.«

Nicole blieb mit vor der Brust verschränkten Armen stehen, bis die jungen Männer aus ihrem Gesichtsfeld verschwunden waren. Erst dann ließ sie sich wieder neben ihn in den Strandkorb fallen.

»Denen hast du es aber gezeigt!«, sagte Arne grinsend. Es imponierte ihm, dass sie sich der Situation auf derart couragierte Weise gestellt hatte, auch wenn das eigentlich seine Aufgabe gewesen wäre. Wenn das Ganze eskaliert wäre, hätte er natürlich sofort eingegriffen. Nicht umsonst war er jahrelang zum Taekwondotraining gegangen. Als Dreizehnjähriger war er nämlich von seinen Schulkameraden oft als »Lauch« bezeichnet worden, sodass sein Vater ihn schließlich bei einer Kampfsportschule angemeldet hatte.

»Ich habe lange in einer Bar gearbeitet«, erwiderte Nicole schmunzelnd. »Da lernt man so etwas.«

Arne griff nach ihrer Hand. »Komm«, sagte er leise. »Genug der Heldinnentaten für heute, ich fahre dich nach Hause.«

12. Kapitel

Am darauffolgenden Tag reichte Nicole einer älteren Dame mit Sonnenhut das Wechselgeld über den Tresen des Verkaufswagens. Die Kundin bedankte sich lächelnd und steckte die zwei Erdbeermarmeladengläser in ihren Weidenkorb. Heute war der »Tag des offenen Hofes«, und seit acht Uhr morgens riss der Besucherstrom nicht ab. Ulli stand mit ihrer grünen Schürze und der hochgekrempelten Bluse plötzlich neben ihr.

»Mach mal eine Pause«, sagte sie. »Ich übernehme das hier.«

Nicole nickte. »Danke, das ist lieb von dir.«

Sie nahm sich eine Flasche Mineralwasser aus dem Kühlschrank und setzte sich damit auf den Klappstuhl, der hinter dem Verkaufsstand im Schatten eines riesigen Kastanienbaumes stand. Nicole schloss die Augen. Im Herbst würde der Baum Kastanien tragen, aus denen sie als Kind mit einem Messer und Streichhölzern kleine Boote und Männchen hergestellt hatte. Diese Basteleien hatte sie sehr geliebt, auch wenn ihre Mutter ihre Werke immer abfällig belächelt hatte. Sie stöhnte innerlich auf. Warum spukte ständig Sybille in ihrem Kopf herum? Sie war schließlich eine erwachsene Frau und kein kleines Kind mehr und musste endlich lernen, ihr eigenes Leben zu gestalten. Vielleicht sollte sie sich doch noch einmal psychologische Unterstützung holen, so wie damals, als Essen für sie eine Qual gewesen war? Allerdings war das nicht einfach. Sie hatte gelesen, dass derzeit sehr viele Menschen unter Burnout und Ängsten litten und deshalb die Wartelisten für eine Behandlung lang waren. Eine private Psychotherapeutin konnte sie sich nicht leisten, also musste sie sich selbst helfen.

Der Rundweg zu den Tiergehegen war nur wenige Meter entfernt. Sie entdeckte ein Paar mit zwei Kindern, die in einem Bollerwagen saßen, und dahinter marschierte eine Gruppe Jugendlicher mit einem älteren Herrn, der ein anthrazitfarbenes Sakko mit grünem Kragen trug. Vielleicht waren es ja die hiesigen Jungjäger mit ihrem Ausbilder.

Nicole streckte die Beine aus. Ihre Gedanken wanderten wie von selbst zur gestrigen Nacht zurück. Sie fühlte, wie sich Hitze in ihrem Körper sammelte, als sie sich Arnes Zärtlichkeiten vergegenwärtigte. Er hatte sie, nachdem die jungen Männer verschwunden waren, mit seinem Auto bis vor die Tür gefahren und sie dann zum Abschied auf die Wange geküsst. Nicole hätte ihn gern noch länger bei sich gehabt, vielleicht sogar die ganze Nacht, als sie aber morgens aufgewacht war, hatte ihr Verstand wieder die Oberhand gewonnen: Sie war noch nicht bereit für eine neue Beziehung, sondern musste erst einmal alles, was sie noch mit Ulf verband, beenden. Erst dann würde sie sich auf eine neue Liebe einlassen können.

Ihr Handy, das in der Seitentasche der Jeans steckte, plingte.

Nicole entsperrte das Display. Arne hatte ihr geschrieben: *Gut geschlafen?*

Sie grinste und tippte: *Sehr gut ☺!*

Luna und ich sind bei den Angler Sattelschweinen.

Etwa bei uns?

Er schickte ihr ein Selfie von ihm und seiner Tochter, die einen weißen Sonnenhut trug. Dahinter wühlten die gefleckten Vierbeiner mit ihren Rüsseln im Sand. *Jo.*

Okay, ich komme!

Schön, dass Arne seine Tochter doch noch hatte abholen dürfen, dachte sie. Offenbar hatte Marleen es sich wieder anders überlegt. Nicole meldete sich bei ihrer Chefin ab. »Ich bin in einer halben Stunde wieder da.«

Ulli nickte. »Du kannst auch länger wegbleiben, kein Problem.« Sie strich sich mit dem Handrücken über die Stirn. »Könntest du vielleicht noch ein paar Flaschen Holundersirup mitbringen?«

Nicole nickte. »Na klar.«

Sie hatte zum Glück vor ein paar Tagen noch Nachschub gekocht. Bei den sommerlichen Temperaturen war das Konzentrat aus Blüten, Zucker und Wasser, das sie in hübschen langhalsigen Flaschen mit dem Logo des Strandrosenhofs anboten, sehr beliebt.

Sie lief schnellen Schrittes den Rundweg entlang, überholte zwei ältere Herren mit Sonnenhüten, bis sie aus der Ferne bereits Arne und Luna entdeckte. Etwas außer Atem erreichte sie die beiden. »Hallo!« Sie japste nach Luft.

Arne tippte seiner Tochter auf die Schulter, die sie schüchtern anlächelte. »Hallo …« Dann rückte Luna nah an ihren Vater heran.

Nicole zog einen Kanten altes Brot, den sie sich morgens in die Hosentasche gesteckt hatte, heraus. »Guck mal, damit kannst du die Schweine füttern, wenn du magst?«

Luna streckte ihr die flache Hand entgegen. »Au ja!«

Während Arnes Tochter den Angler Sattelschweinen das Brot entgegenwarf, stellte sie sich neben Arne. »Hat Marleen es sich anders überlegt?«

»Ja, sie hat mich heute Morgen um sechs angerufen.«

Nicole zwinkerte ihm zu. »Das war nach dem gestrigen Abend aber ganz schön früh?«

»Stimmt …« Er rieb sich das markante Kinn. »Ich habe mich trotzdem sehr gefreut.«

Nicole wusste einen Augenblick nicht, was sie sagen sollte. Sie wollte ihm auf keinen Fall die Freude an dem unverhofften Wiedersehen mit Luna nehmen, verstand aber nicht, warum er seiner Ex-Freundin kein Paroli geboten hatte. Trotzdem: Luna war die Tochter von Arne und Marleen, das alles ging sie überhaupt nichts an.

»Was habt ihr denn noch vor?«, fragte sie schließlich. Sie lächelte, obwohl ihr plötzlich überhaupt nicht danach zumute war.

»Nichts Besonderes«, erwiderte er ausweichend. »Vielleicht gehen wir noch eine Pizza essen.«

Er suchte ihren Blick, aber sie reagierte nicht darauf. »Dann wünsche ich euch viel Spaß«, sagte sie stattdessen und winkte Luna zu. »Tschüss!« Sie nickte kurz in Arnes

Richtung und lief dann schnell weiter. Ein leichtes Kribbeln kroch ihren Nacken hoch. Er schaut mir nach, mutmaßte sie, aber sie drehte sich nicht um, sondern ging mit schnellen Schritten zurück zum Strandrosenhof. Dort standen die Besucher in einer langen Schlange vor dem Waffelstand an. Sie grüßte Leonie, die gerade zusammen mit Jörg Dienst hatte, ging dann aber weiter zum Gutshaus.

Als Nicole die Küche erreichte, atmete sie erleichtert auf. Sie schloss die Tür, lehnte sich von innen dagegen und ließ sich langsam hinabgleiten. In ihrem Inneren brodelte es. Arne hatte ihr gestern eindeutige Avancen gemacht, ihr sein Leid geklagt und sie danach – ganz Kavalier der alten Schule – zu Hause abgesetzt. Es hatte sich alles gut und richtig angefühlt, aber nun war sie vollkommen durcheinander. Er war Vater einer kleinen Tochter, und die Beziehung zu seiner Ex-Freundin war schwierig. Sie konnte verstehen, dass er zu Marleen weiterhin ein gutes Verhältnis haben wollte, aber wie wäre es, wenn sie und er ein Paar wären? Das alles machte keinen Sinn, stellte sie traurig fest. Es half nichts: Sie musste sich erst einmal um sich selbst kümmern. Außerdem war sie ohnehin nicht bereit für eine neue Liebe.

Nicole sprang hoch, schnappte sich einen Korb und stellte ein paar Flaschen Holundersirup hinein. Außerdem gab es mit Ulf noch viel zu klären, setzte sie ihre Überlegungen fort. Sie waren zum Beispiel beide Mieter der Wohnung, in der er jetzt allein lebte. Außerdem hatten sie ein gemeinsames Konto, auf das sie per Dauerauftrag die Hälfte der Miete überwies. Leider war der Betrag für den kommenden Monat schon abgebucht worden, erst danach hatte ihre Kündigung gewirkt. Bislang hatte Ulf das Geld noch nicht zurücküberwiesen. Nicole stöhnte auf. Es half alles nichts, sie sollte sich wirklich endlich mit ihm treffen. Als sie wieder beim Verkaufsstand eintraf, hatte sich auch dort eine lange Schlange gebildet. Sie meldete sich bei Ulli zurück, füllte das Regal mit den Holunderblütensirup-Flaschen auf, band sich eine Schürze um und stellte sich dann neben ihrer Chefin an den Tresen.

Als der letzte Gast gegangen war, atmete Nicole auf.

»Danke für deine Hilfe«, sagte Ulli und reichte ihr eine eisgekühlte Flasche Rhabarberschorle. »Hier, das haben wir uns jetzt verdient.«

Sie setzten sich nebeneinander auf die Holzstufe, die in den Eingang des Verkaufsstandes führte. Die Sonne stand bereits tief am Horizont und hüllte die Erdbeerfelder in ein warmes sommerliches Licht. Sie stießen ihre Flaschen aneinander.

»Hast du dich in deiner Wohnung gut eingelebt?«, fragte Ulli, nachdem sie einen tiefen Schluck genommen hatte.

»Ja, auf jeden Fall. Danke noch einmal, dass ich dort unterkommen darf.«

Ihre Chefin drehte sich zu ihr. Ein warmes Lächeln huschte über ihr leicht gebräuntes, fast faltenfreies Gesicht. »Das ist doch selbstverständlich. Du kannst so lange dort wohnen bleiben, bis du mit Ulf alles geklärt hast.« Ulli streckte das rechte Bein aus und strich mit der Hand darüber.

»Hast du immer noch Schmerzen?«, erkundigte sich Nicole.

Ulli nickte, wedelte aber gleichzeitig mit der Hand. »Halb so schlimm, Bewegung hilft, sagt mein Orthopäde.«

Nicole grinste. »Du willst dein Knie also nicht operieren lassen?«

»Nicht, solange ich noch gehen kann.« Ulli seufzte tief. »Wer sollte mich außerdem in der Zeit vertreten?«

Kurz dachte Nicole, dass sie dafür infrage käme, schließlich kannte sie sich bestens mit all den Aufgaben aus, die auf dem Strandrosenhof erledigt werden mussten. Aber dann hielt sie diese Idee doch für unangemessen. *Schuster, bleib bei deinen Leisten*, das war einer der vielen Sprüche, die ihre Mutter gern zitierte. Oder auch: *Wer hoch hinauswill, kann tief fallen.*

»Christoph vielleicht?«, erwiderte Nicole schließlich.

Ulli machte eine abwehrende Handbewegung. »Der hat genug mit den Veranstaltungen und der Planung unserer Solaranlage zu tun.« Sie stand auf. »Komm, wir schauen mal, was auf dem Innenhof noch los ist.«

Als sie kurze Zeit später dort ankamen, wehte ihnen ein leckerer Duft von Gegrilltem entgegen. Der Waffelstand war geschlossen, stattdessen gab es jetzt Bratwurst und ein Bötchen dazu. Ulli hatte dieses Jahr sogar eine vegetarische Variante besorgt. »Die Städter essen ja alle kein Fleisch mehr«, hatte sie bei dem letzten Teamtreffen gesagt. Das entsprach zwar nicht der Wahrheit, aber auch Nicole stellte fest, dass immer mehr Menschen auf tierische Produkte verzichteten, vor allem zum Wohl der Tiere, die auch in Deutschland leider noch nicht überall artgerecht gehalten wurden.

Jörg stand hinter dem Grill und grinste, als Nicole und Ulli an der Reihe waren. »Na, die Damen, eine leckere Wurst auf die Hand?« Er drehte blitzschnell vier duftende Exemplare von einer Seite auf die andere.

»Sehr gern«, erwiderten sie beide wie aus einem Munde. Nicole spürte plötzlich, wie hungrig sie war. Sie hatte zum Frühstück nur einen Toast gegessen und im Verkaufsstand ein paar Erdbeeren genascht. Sie musste aufpassen, dass sie nicht wieder in ihre alten Muster zurückfiel. Nichts essen war für sie keine Option mehr, nachdem sie von ihrer Ärztin in der Klinik nach acht Wochen entlassen worden war.

Mit ihrem Snack gingen sie zu den Sitzbänken. Ulli deutete mit der freien Hand auf einen Tisch, der etwas abseits stand. »Da ist noch etwas frei.«

Als sie beide dort ankamen, fiel ihr Blick auf einen Mann mit einem Kind. Nicoles Herz schlug schneller, als sie erkannte, dass es Arne und Luna waren. Sie und Ulli setzten sich auf die freien Plätze gegenüber den beiden, die im selben Moment erwartungsvoll die Köpfe hoben. Nicole stellte Ulli vor, woraufhin ihre Chefin beiden die Hand reichte. »Nett, euch kennenzulernen.«

Nicole spürte, wie sich ihre innere Anspannung etwas löste. Ulli war eine geübte Gastgeberin, aufrichtig interessiert und warmherzig. Sie unterhielt sich zwanglos mit Arne und seiner Tochter, bis die Sonne unterging.

»Ich glaube, wir müssen jetzt los«, sagte Arne schließlich.

Luna war in der Zwischenzeit nah an ihren Vater herangerückt. Ihre Augen fielen immer wieder zu, kein Wunder, es war bereits nach zweiundzwanzig Uhr. Ulli drehte sich mit einem kleinen Zwinkern zu ihr um: »Begleitest du unsere Gäste zum Parkplatz?«

Sie griff nach ihrem Teller, aber ihre Chefin hob die Hand. »Lass das Geschirr stehen, das räume ich schnell ab.«

Kurze Zeit später erreichten Nicole und Arne, der seine Tochter auf den Arm genommen hatte, den Parkplatz. Der Mercedes stand dort einsam unter einer Linde. Arne öffnete die hintere Tür, und Nicole half ihm, seine tief und fest schlafende Tochter auf dem Kindersitz festzuschnallen. »Schön, dass wir uns noch einmal gesehen haben«, sagte Arne leise, als sie sich gegenüberstanden.

»Mmh.« Seine plötzliche Nähe nahm ihr den Atem. Jede Zelle ihres Körpers vibrierte, als er einen weiteren Schritt auf sie zukam. Jetzt trennten sie nur noch wenige Zentimeter, und Nicole hielt kurz die Luft an. Einen stillen Moment sahen sie sich in die Augen, und plötzlich geschah etwas zwischen ihnen, das Nicole in jeder Zelle ihres Körpers spürte. Arne strich ihr sanft über die Wange, seine Finger wanderten zu ihrem Nacken, dann zog er sie noch näher zu sich heran. Sein Atem brannte auf ihrer Haut, als er sie sanft, aber dennoch voller Leidenschaft küsste. Arnes Zunge berührte ihre Lippen, woraufhin Nicole ihm seufzend entgegenkam. Sie ließ sich gegen seine Brust sinken und verschränkte die Arme hinter seinem

Nacken. Überall, wo sich ihre Körper berührten, kribbelte ihre Haut …

»Papa?« Lunas leise Stimme drang durch die halb geöffnete Autotür an ihre Ohren. Nicole zuckte innerlich zusammen, aber Arne strich ihr sanft über den Rücken, bevor er sich abwandte. »Ich bin hier, Schatz«, sagte er schließlich und warf Nicole einen bedauernden Blick zu. Sie zuckte mit den Schultern. Dann formte sie lautlos drei Worte mit den Lippen: *Ein anderes Mal!*

13. Kapitel

Endlich rief Ole zurück. Nicole hatte ihm zuvor mehrmals auf die Mailbox gesprochen, weil sie wissen wollte, was mit ihrem Auto los war. Seine Worte waren allerdings niederschmetternd: »Döör mi leed, aver dat Getriebe vun dien Auto is kaputt.«

»Oh nein, das darf doch nicht wahr sein«, platzte es aus ihr heraus. »Was wird das kosten?«

»Dusendachthunnert Euro tominnst.« Er räusperte sich. »Villicht warrt es ok billiger, mutt mal kieken.«

»Okay, dann warte erst einmal mit der Reparatur. Ich melde mich.«

Nicole schlug, nachdem sie aufgelegt hatte, die Hände über dem Kopf zusammen. Woher sollte sie so viel Geld nehmen? Bislang hatte Ulf die Kosten für die Autoreparaturen übernommen, da er sehr viel mehr verdiente als sie. Nicole setzte sich an den Schreibtisch im Wohnzimmer, schob den Zeichenblock zur Seite und startete ihren alten Laptop. Das Gerät knarrte und summte, bis das Betriebssystem endlich ächzend hochfuhr. Sie rief über den Browser die Webseite für das Online-Banking auf. Als sie die rote Zahl mit dem Minus davor sah, drehte sich plötzlich alles um sie herum. Seit sie ein Konto besaß, war sie noch nie ins Soll geraten. Sie tapste leicht schwankend in die Küche, nahm eine Flasche Mineralwasser aus dem Kühlschrank und trank mit geschlossenen Augen. Ihr Kreislauf fand wieder ins Lot, doch jetzt liefen ihr Tränen die Wangen hinunter. Schniefend kehrte sie ins Wohnzimmer zurück, aber leider hatte sich der Anblick auf dem Bildschirm nicht geändert. Ulf hatte ihr also immer noch nicht ihren Anteil an der Miete zurücküberwiesen. Seit einiger Zeit bezahlte sie Ulli zudem fünfhundert Euro für die Ferienwohnung. Ihre Chefin hatte das eigentlich nicht erwartet, aber Nicole hatte darauf bestanden, zumal der Betrag mehr als fair war. Nicole nahm ihr Telefon zur Hand, rief ihre Kontakte auf und drückte auf Ulfs Nummer. Mist, wieder nur die Mailbox, auf die sie bereits zweimal gesprochen hatte. Es half nichts, sie würde nach der Arbeit nach Kappeln fahren.

Zum Glück waren die Stunden auf dem Strandrosenhof wie im Fluge vergangen. Es hatte nach dem »Tag des offenen Hofes« viel zu tun gegeben. Nicole und Jörg hatten den Waffelstand abgebaut, die Bänke zurück in die Scheune getragen und das schmutzige Geschirr in die Spülmaschine einsortiert. Danach hatte sie geduscht und sich umgezogen. Netterweise hatte sie Leonie mit nach Kappeln genommen, da sie dort einen Abendtermin für den *Schlei-Boten* wahrnehmen musste. Nun stand Nicole vor der Eingangstür des Wohnblocks, in dem sie bis vor Kurzem gelebt hatte. Sie zögerte einen Moment, aber dann fasste sie sich ein Herz und drückte auf die Klingel. Nichts geschah, also wiederholte sie das Ganze zwei-, drei-, ja sogar viermal, bis endlich das gewohnte Surren erklang und sie die Tür öffnen konnte. Nicole stürmte die Treppe hoch, denn sie wollte ihren Besuch bei Ulf möglichst schnell hinter sich bringen. Als sie oben ankam, japste sie nach Luft. Eine füllige Frau mit strubbeligen blonden Haaren stellte sich ihr in den Weg.

Die neue Freundin musterte sie von oben bis unten. Sie sah nicht unsympathisch aus, stellte Nicole fest. Unter anderen Umständen hätte sie mit ihr vielleicht ein unverfängliches Gespräch begonnen, aber heute stand sie ihr einfach nur im Weg.

»Ich würde gern mit Ulf sprechen«, sagte Nicole.

»Ist schon okay, Babsi«, erwiderte Ulf, der sich neben seine Freundin schob. »Ich mach das schon.« Sie zog eine Grimasse, verschwand dann aber ohne Widerspruch im Flur. Ulf klimperte mit dem Haustürschlüssel. »Lass uns eine Runde um den Block gehen.«

Nicole hatte es für einen Moment die Sprache verschlagen. Erst als sie draußen waren, hatte sie sich wieder gefangen. »Kannst du mir bitte endlich das Geld überweisen, das für die Miete von meinem Konto abgebucht worden ist?«

Sie liefen nebeneinanderher, Schulter an Schulter, fast so, wie sie es viele Jahre immer nach dem Sonntagskrimi getan hatten. »Außerdem möchte ich endlich meine restlichen Sachen holen.« Ulf antwortete nicht, sondern guckte stur geradeaus. So war er schon immer gewesen, stellte

Nicole fest. Wenn ihm etwas nicht in den Kram passte, hatte er einfach auf »Durchzug« geschaltet. Zu Beginn ihrer Beziehung hatte Nicole ihn damit nicht durchkommen lassen, sondern so lange auf ihn eingeredet, bis er endlich Stellung bezogen hatte.

»Ulf?«

Er zuckte zusammen, dann atmete er geräuschvoll aus. »Ich kann das zurzeit nicht …«, begann er. Nicole blieb stehen und drehte sich nach Luft schnappend zu ihm um. Er hob beschwichtigend die Hände. »Ich musste für Barbara mehrere Rechnungen bezahlen, da sie ihr Konto bis zum absoluten Limit überzogen hatte.«

In diesem Moment hatte Nicole das Gefühl, als ob sich der Boden unter ihren Füßen auftäte.

»Wie bitte …?«, stotterte sie. Sie zählte innerlich bis drei. »Das kannst du doch nicht machen.«

Ulf verschränkte die Arme vor der Brust, sagte aber nichts. Am liebsten hätte sie ihn gepackt und durchgeschüttelt. »Mein Auto ist kaputt – das Getriebe«, fuhr sie aufgebracht fort. »Das wird mindestens eintausendachthundert Euro kosten.«

»Mhm.« Ulf regte sich immer noch nicht, sondern fuhr sich nur durchs schüttere dunkelbraune Haar.

»Mehr hast du dazu nicht zu sagen?« Nicole funkelte ihn wütend an. »Überweise mir die Hälfte der Miete bis Ende der Woche zurück auf mein Konto, sonst suche ich mir einen Anwalt.«

Ulf ließ die Arme fallen. »Ist ja gut«, zischte er. »Ich werde sehen, was ich tun kann.«

Nicole seufzte. »Und was ist mit meinen Sachen?«

»Komm einfach, wann du willst – das passt dann schon.«

Als Nicole eine Stunde später im Bus saß, ließ sie das Gespräch mit Ulf noch einmal innerlich Revue passieren. Er war so abweisend und kalt gewesen, dass sie immer noch fröstelte. Sie erkannte ihn nicht wieder. Zwar war er noch nie besonders empathisch gewesen, aber so abweisend nun auch nicht. Nicole presste ihre Tasche an sich. Bestimmt war diese Babsi daran schuld. Sie fragte sich, wie oder wobei die beiden sich wohl kennengelernt hatten. Bei der Wassergymnastik, im Frühstücksraum oder womöglich bei einer Sitzung des täglichen Gesprächskreises, von dem er immer so gleichmütig berichtet hatte? Gelegenheit macht Liebe – lautete nicht ein Sprichwort so?

Dieser Gedankenwirrwarr half ihr auch nicht weiter, zumal es für sie – und in dieser Hinsicht war sie sich absolut sicher – kein Zurück zu Ulf mehr geben würde, selbst dann nicht, wenn sich die Liebe zu Babsi als Strohfeuer erweisen sollte.

Als sie eine halbe Stunde später endlich die Tür zu ihrer Ferienwohnung hinter sich zufallen ließ, atmete sie erleichtert aus. Jedes Mal wenn sie ihr Domizil betrat, war sie Ulli unendlich dankbar für ihre Großzügigkeit. Natürlich musste sie sich beizeiten nach einer eigenen Wohnung umsehen, aber ihre Chefin hatte ihr bis Ende des Jahres Zeit gegeben, also noch knapp sechs Monate. Bis dahin würde sie bestimmt eine schöne neue Bleibe gefunden haben. Am kommenden Wochenende hatte sie frei, denn sie durfte die vielen Überstunden abbummeln, die sich durch den »Tag des offenen Hofes« angesammelt hatten. Die beiden Tage würde sie sich über das Wohnungsangebot in den verschiedenen Online-Portalen informieren und Leonie bitten, dass sie ihr die Wochenendausgabe des *Schlei-Boten* mit den Immobilienanzeigen mitbrachte.

Arne zog den Kragen seiner Jacke hoch, als er die Hafenspitze von Eckernförde erreichte. Es war heute kühl und windig, außerdem regnete es leicht. Er lief an dem blau-gelb gestreiften Leuchtturm vorbei, der durch ein modernes Leuchtfeuer auf dem Ostseesteg ersetzt und deshalb in den Farben der Stadt angestrichen worden war. Vor ihm erhob sich ein vierstöckiges Haus, in dem sich Wohnungen, aber auch das Büro seines Bekannten Erik Graf von Bardelow befanden, der Rechtsanwalt war. Er wollte endlich mehr über seine aktuellen Rechte und Pflichten als nicht ehelicher Vater erfahren. Natürlich hatte er sich gefreut, dass er Luna doch noch hatte abholen können. Warum er tags zuvor allerdings vor verschlossenen Türen gestanden hatte, wollte Marleen ihm nicht erklären.

Arne stieß die gläserne Eingangstür auf und hastete die Treppen zum Büro hoch. Er klingelte, und als der Summer ertönte, ließ sich die Tür öffnen. Hinter dem Empfangstresen saß eine sympathisch wirkende Frau, die ihn freundlich begrüßte. Sie trug eine gelbe Bluse, die sehr gut zu ihren hochgesteckten dunklen Haaren passte. »Sie müssen Herr Dr. Sanders sein«, sagte sie. »Dr. von Bardelow erwartet Sie schon.«

Arne betrat das geräumige Büro seines Bekannten, der sich sofort von seinem Stuhl hinter dem Schreibtisch erhob. Sie begrüßten sich herzlich.

»Danke, dass du Zeit für mich hast«, sagte Arne. »Wir haben uns ja Ewigkeiten nicht gesehen.«

Erik Graf von Bardelow führte, nachdem sich sein Vater Bernhard davon zurückgezogen hatte, die Geschäfte von Gut Schwansee in Waabs an der Ostsee, war aber auch als Anwalt sehr erfolgreich, wie Arne in Erfahrung gebracht hatte. Er war mit Mona, einer renommierten Künstlerin, verheiratet und Vater von einjährigen Zwillingen, die Bea und Theresa hießen.

»Möchtest du etwas trinken?«, fragte Erik.

»Ein Glas Wasser vielleicht«, sagte Arne und setzte sich auf den bequemen Ledersessel vor Eriks Schreibtisch.

»Hole ich dir.«

Arne fand es sympathisch, dass er damit nicht seine Bürokraft beauftragte, sondern selbst kurz in die Küche ging und mit zwei eisgekühlten Flaschen, die bereits geöffnet waren, zurückkam.

Arne zog das Glas vom Hals der Flasche runter und füllte es mit Wasser. Erik prostete ihm zu. »Womit kann ich dir helfen?«

Arne nahm einen Schluck, hob dann aber die Hand. »Damit das klar ist: Ich bin als Mandant hier, also stelle mir bitte eine Rechnung.« Er reichte ihm seine Visitenkarte. »Hier sind meine Kontaktdaten.«

Erik musterte den Text, wobei ihm eine Strähne seines schwarzen Haares in die Stirn fiel. Er strich sich über die leicht gebogene Nase. »Ich wusste gar nicht, dass du beim Institut für Meeresbiologie gelandet bist?«

»Ich arbeite seit zwei Jahren dort«, erwiderte Arne.

»Bestimmt ein interessanter Job?«

»Ich bin sehr zufrieden«, pflichtete ihm Arne bei. »Ich untersuche gerade zusammen mit meinem Assistenten die Stärke des Unterwasserlärms in der Eckernförder Bucht.«

Erik nippte an seinem Glas. »Darüber habe ich vor Kurzem einen Bericht gesehen. Das ist ein interessantes Thema. Es würde mich freuen, wenn du mich dazu auf dem Laufenden hältst.« Er hielt einen Moment inne. »Aber nun zu deinen Fragen«, sagte er schließlich. Arne hatte mit Erik bereits kurz telefoniert, sodass er über seine persönliche Situation im Bilde war. »Ich würde gern wissen, welche Rechte ich eigentlich habe.«

Erik lehnte sich im Stuhl zurück und schilderte ihm in groben Zügen die Rechte und Pflichten eines nicht ehelichen Vaters, die im Bürgerlichen Gesetzbuch verankert waren. Man müsse dabei das Sorge- und das Umgangsrecht unterscheiden. »Das Sorgerecht steht grundsätzlich nur der leiblichen Mutter zu«, erklärte Erik. »Allerdings ist der unverheiratete Vater«, er nickte ihm zu, »also auch du, berechtigt, Umgang mit seinem Kind zu haben.«

Arne nickte. »Das haben wir eigentlich auch alles geklärt, nur am vergangenen Wochenende hat Marleen, also

Lunas Mutter, diese Vereinbarung nicht eingehalten.« Er machte eine kurze Pause und ließ die Situation vor der Tür noch einmal innerlich Revue passieren. »Ich habe mich verarscht gefühlt«, brach es schließlich aus ihm heraus. Erik hob beschwichtigend die Hände.

»Das kann ich gut verstehen, aber wenn es nur das eine Mal passiert ist, würde ich an deiner Stelle die ganze Angelegenheit auf sich beruhen lassen.« Er stellte seine Flasche auf dem Schreibtisch ab. »Die Eltern nicht ehelicher Kinder sollen das Umgangsrecht möglichst selbst aushandeln. Wenn dies nicht möglich ist, wird meistens das Jugendamt mit einbezogen oder eine Elternberatung empfohlen. Erst wenn dies alles nicht funktioniert, kann das Familiengericht entscheiden.«

Arne spürte, wie sich etwas in ihm zusammenzog. Auf keinen Fall wollte er den Umgang mit Luna vor einem Gericht einklagen. Erik schien seine Überlegungen zu erraten: »So weit muss es aber nicht kommen«, sagte er. »Ich an deiner Stelle würde trotzdem mit der Mutter deiner Tochter das Thema ansprechen. Du kannst ihr auch ruhig sagen, dass du dich über deine Rechte informiert hast.« Er nickte ihm aufmunternd zu. »Vielleicht reicht das ja schon.«

Eine halbe Stunde später verließ Arne Eriks Büro. Nachdem alles Rechtliche geklärt war, hatten sie ihr Gespräch privat fortgesetzt und sich gegenseitig versichert, diesmal nicht so viel Zeit bis zum nächsten Treffen verstreichen zu lassen.

Als Arne vor die Tür trat, regnete es nicht mehr. Zwischen den dunklen Wolken blitzten der blaue Himmel und die Sonne hervor. Arne wandte sich nach rechts, denn er wollte noch ein wenig frische Luft tanken, bevor er zurück nach Kiel fuhr. Vor dem rot gestrichenen Eingangsbereich des Ostsee Info-Centers hatte sich eine Gruppe von Jugendlichen in gelben, roten und hellgrünen Regenjacken versammelt. Eine Frau mit kurzen grauen Haaren und Sonnenbrille verteilte Eintrittskarten. Er war mit Luna auch schon öfter in der Ausstellung gewesen. Seine Tochter liebte Seesterne über alles, und diese durften Besucher im Fühlbecken, das mit Ostseewasser gefüllt war, sogar in die Hand nehmen.

Arne lief weiter, bis die Promenade begann. Die meisten Strandkörbe waren noch verschlossen, aber einige Urlauber tummelten sich bereits an der Wasserkante. Die Kinder hatten Schaufeln und Eimer dabei, die Erwachsenen blickten aufs Meer. Während Arne weiterlief, löste sich langsam seine innere Anspannung. Er blieb schließlich stehen und ließ den Blick zu dem Strandkorb wandern, in dem er mit Nicole gesessen hatte. Dort hatten sie sich das erste Mal geküsst und später noch einmal vor seinem Auto auf dem Parkplatz des Strandrosenhofs. Ein euphorisches Gefühl durchflutete ihn. Er musste Nicole wiedersehen, und zwar so schnell wie möglich.

14. Kapitel

Arne betrachtete stirnrunzelnd die Auswertung der Messergebnisse aus der Eckernförder Bucht, die ihm Joris ausgedruckt hatte. Sein Assistent hatte heute früher Schluss gemacht, da er noch verabredet war. Arne hatte nicht weiter nachgefragt, aber ihm war aufgefallen, dass er seit der Begegnung mit Leonie am Weidefelder Strand etwas von der Rolle war. Arne schmunzelte. Wäre auch einmal an der Zeit, dass er sich für Frauen interessierte, schließlich hatte Joris im Mai bereits seinen dreißigsten Geburtstag gefeiert. An dem Tag hatte er, wie es Brauch war, vor dem Kieler Rathaus die Treppe fegen müssen, nachdem diese komplett mit Konfetti überschüttet gewesen war. Ihm war diese Prozedur vor drei Jahren zum Glück erspart geblieben.

Arne strich das Papier mit den verschiedenen Diagrammen glatt. Die Lautstärke war von zwei Faktoren abhängig: der Frequenz und dem Pegel, der in Dezibel gemessen wurde. Menschen empfanden dauerhaften Lärm von über 120 Dezibel als Schmerz, ab 190 bis 200 Dezibel konnte sogar der Tod eintreten.

Schon als Junge hatte Arne gelesen, dass fast alle

Meerestiere sich mit Schallwellen orientierten und auch auf diese Weise kommunizierten. Wissenschaftler aus Deutschland hatten bereits vor einigen Jahren nachgewiesen, dass das Gehör von Schweinswalen ab einem Wert von 164 Dezibel geschädigt werde. Arne ließ den Blick über die verschiedenen Messwerte gleiten. An einigen Tagen hatten sie Schallwellen mit Höchstwerten von bis zu 260 Dezibel gemessen. Arne lehnte sich in seinem Stuhl zurück, sodass der Lederbezug leise knarrte. Mittlerweile war er sicher, dass die Firma Ocean Energy, die derzeit in der Eckernförder Bucht nach Erdöl suchte, dafür verantwortlich war. Er mutmaßte, dass sie dazu Schallkanonen, die auch Airguns genannt wurden, benutzte, um auf dem Meeresgrund den besonders nachgefragten Rohstoff aufzuspüren. Sollte er den Zusammenhang nachweisen können, würde er ein Paper zu dem Thema schreiben und sich für weitere Forschungsgelder bewerben. Er und Joris mussten also Gas geben, bevor ein Kollege oder eine Kollegin auf dieselbe Idee kam. Es schmerzte ihn, dass der Lebensraum der Meerestiere durch die Menschen immer mehr zerstört wurde. Ihn faszinierte die Unterwasserwelt jeden Tag aufs Neue. Die Vielfalt der Lebewesen war überwältigend. Niemand wusste genau, wie viele Arten es gab – die Schätzungen variierten von einer bis zu sogar zwei Millionen. Nur 230 000 Meeresbewohner waren bekannt. Das Schicksal einzelner Tiere berührte ihn immer besonders, vor allem wenn eines aus der Art schlug. Derzeit verfolgte er das Schicksal von »Delle«, einem Delfin, der untypischerweise als Einzelgänger in der Lübecker Bucht lebte. Der Große Tümmler sprang dort in regelmäßigen Abständen aus dem Wasser, und die Fotos, die dabei entstanden, erfüllten sein Herz jedes Mal mit Freude.

Arne verbrachte die folgenden Stunden im Büro mit den täglichen Routinearbeiten. Die Fahrt mit dem Forschungsschiff war ein Highlight gewesen, denn er liebte die Zeit an der frischen Luft. Normalerweise sah sein Alltag im Büro eher langweilig aus: Projektberichte von Kollegen und Kolleginnen lesen, recherchieren und Anträge für Forschungsgelder formulieren. Der letzte Punkt war besonders wichtig. Als Adressaten kamen öffentliche Institutionen wie zum Beispiel das Bundesministerium für Bildung und Forschung infrage, aber es gab auch Wissenschaftsfonds und Unternehmen, die in diesen für die Zukunft Deutschlands bedeutenden Bereich investierten.

Arne waren öffentliche Gelder allerdings lieber, denn das gesamte Verfahren war transparent. Wenn hingegen Unternehmen bestimmte Forschungsbereiche förderten, bestand die Gefahr, dass von der Firma ein spezielles Ergebnis gewünscht wurde. Natürlich würde dies niemals in schriftlichen Vereinbarungen oder Verträgen stehen, aber Erwartungen konnten auch zwischen den Zeilen deutlich gemacht werden. Immer mal wieder gab es in den Medien Schlagzeilen zu Forschungsergebnissen, die durch die finanzierenden Unternehmen beeinflusst worden waren. Arne hatte sich schon als Student dafür eingesetzt, dass die Forschung unabhängiger werden müsse. Dies konnte allerdings nur gelingen, wenn Universitäten, Institute und

Labore, in denen Wissenschaftler tätig waren, ausschließlich durch öffentliche Gelder finanziert würden. Arne war ehrgeizig, aber nicht um jeden Preis. Wenn er nachweisen könnte, dass die Firma Ocean Energy für den Tod der Schweinswale in der Eckernförder Bucht verantwortlich war, würde er das genau so veröffentlichen, auch wenn dies einigen Menschen nicht gefallen würde.

Arne versank in seinen bisherigen Auswertungen, bis es an seiner halb geöffneten Tür klopfte. »Kann ich Sie kurz sprechen?« Ehe er antworten konnte, war sein Kollege Dr. Jens Messerschmidt bereits eingetreten. Er ließ sich auf dem Stuhl vor seinem Schreibtisch nieder, seufzte und schlug die langen Beine übereinander. Dann fiel sein Blick auf die Diagramme, die auf Arnes Schreibtisch lagen. »Gibt es erste Ergebnisse?«

In Arnes Kopf schrillten die Alarmglocken. »Nichts Konkretes«, erwiderte er knapp. »Wir haben die Messungen noch nicht vollständig ausgewertet.«

Dr. Messerschmidt kniff die wässrig blauen Augen hinter der randlosen Brille zusammen. »Aha.«

Sein Kollege glaubte ihm nicht, aber das war Arne egal. Er musste unbedingt vermeiden, dass ihm Messerschmidt ins Handwerk fuschte, denn das war bereits einige Male passiert. Er war der Typ Mensch, der immer nur die eigenen Vorteile im Blick hatte, deshalb ging er ihm am liebsten aus dem Weg. Zum Glück gab es zwischen ihnen arbeitsmäßig wenig Berührungspunkte, und das sollte auch so bleiben.

»Womit beschäftigen Sie sich gerade?«

Arne machte eine abwehrende Handbewegung. »Nichts Besonderes, der übliche Bürokram halt.«

Messerschmidt blieb noch eine Weile, dann verabschiedete er sich endlich. »Man sieht sich.«

Arne atmete erleichtert aus, als sein Kollege das Büro verlassen hatte. Er verschränkte die Arme hinter dem Kopf und streckte die Beine von sich. Woran Messerschmidt derzeit arbeitete, wusste er nicht. Sie waren Konkurrenten, wenn es um öffentliche Gelder ging, aber sein Kollege pflegte auch Kontakte mit hiesigen Firmen. Zudem war er in der Politik gut vernetzt und kannte viele Landtagsabgeordnete persönlich.

Arne sprang auf und stellte sich ans Fenster. Die Littorina, mit der er und sein Team die Unterwassermikrofone gereinigt und ausgewertet hatten, lag angetaut an dem Steg direkt vor dem GEOMAR-Gebäude, in dem sich sein Büro befand. Sein Blick wanderte weiter über die Kieler Förde zu den zwei Werftkränen, die bis Ende 2012 die Aufschrift HDW getragen hatten, die Abkürzung für Howaldtswerke-Deutsche Werft, die danach allerdings in ThyssenKrupp Marine Systems umbenannt worden war. Seitdem war das markante Erkennungszeichen entfernt worden.

Als er nach unten guckte, sah er, dass sich eine Schar von Menschen um das Seehundbecken versammelt hatte. Es war Fütterungszeit. Die vier Seehunde Kielius, Krümel, Sally und Luna hatten den Nachtstall verlassen, in den sie sich jederzeit zurückziehen konnten, und zogen bereits im Außenbecken ihre Bahnen.

Als Nele, die derzeitige Auszubildende, am Beckenrand mit dem Eimer Heringe erschien, versammelten sich die Meerestiere vor ihr. Die junge Frau mit den grün gefärbten Haaren machte eine Bewegung mit der Hand, woraufhin sich Luna um ihre eigene Achse drehte. Das Publikum klatschte, und Nele warf der Seehunddame einen Hering zu, den sie geschickt mit der Schnauze auffing. Dann tauchte sie unter, und der nächste Kandidat war an der Reihe. Arne grinste, schloss das Fenster und kehrte an seinen Schreibtisch zurück. Zwei bis drei Stunden würde er noch arbeiten müssen, aber dann war endlich Feierabend.

Als Nicole die Glastür zur Bank Kappeln öffnete, kam Sven Winkelmann ihr entgegen, bis er direkt vor ihr stand. Der Duft nach seinem Rasierwasser, das nach Zedern und Zitrone roch, drang in ihre Nase.

Er begrüßte sie förmlich und strich sich dabei mit dem Handrücken über den etwas zu kurz geschnittenen Pony. Dann machte er eine einladende Geste. »Hier entlang bitte, Frau Prager.«

Nicole folgte ihm durch einen Gang, der mit einem grauen Veloursteppich ausgelegt war. Links und rechts hingen Plakate mit Mitarbeiterinnen und Mitarbeitern, die vor Freude in die Luft sprangen. Die Frauen trugen Kostüme und blaue Halstücher mit weißen Punkten, die Männer Krawatten im selben Style. Die Slogans – *Online-*

Banking? Voll normal! oder: *Gönn Dir Deine Bank!* – sollten wohl die jüngere Zielgruppe ansprechen. Ihr Bankberater öffnete die Tür und trat einen Schritt beiseite: »Bitte nach Ihnen.«

Sie betraten einen schmucklosen Raum mit einem großen Schreibtisch, auf dem ein Laptop stand. Eine Zimmerpalme in der Ecke wucherte in Richtung des Fensters, durch das fahles Morgenlicht hereindrang. Nicole umklammerte ihre Handtasche, während Sven Winkelmann auf die Tastatur hämmerte. Schließlich seufzte er.

»Schön, dass wir uns mal wieder persönlich sehen.« Er hielt einen Moment inne, kam dann aber gleich zur Sache. »Sie haben den Dispositionskredit auf Ihrem Konto bereits komplett ausgereizt«, sagte er. »Wozu brauchen Sie denn zweitausend Euro?«

»Für die Reparatur meines Autos.«

Sven Winkelmann verzog den Mund zu einem breiten Grinsen und entblößte dabei fast quadratische Zähne. »Unfall gehabt?«

Nicole schüttelte den Kopf. »Nein, ein Getriebeschaden.«

Sie beugte sich ein Stück nach vorne. »Ich bin auf mein Auto angewiesen. Ich arbeite, wie Sie doch wissen, auf dem Strandrosenhof von Brodersby und wohne dort auch.«

Herr Winkelmann seufzte. »Eventuell könnte ich Ihren Dispositionskredit erhöhen?«

Nicole rutschte auf ihrem Stuhl hin und her. »Ich weiß nicht …« Sie war noch nie im Minus gewesen. Vielleicht hätte sie sich vor dem Gespräch mit ihrem Berater, der mittlerweile zum Filialleiter aufgestiegen war, besser informieren müssen. In den vergangenen Jahren hatte vor allem Ulf sich um die finanziellen Angelegenheiten gekümmert, deshalb fühlte sie sich jetzt komplett überfordert.

Sven Winkelmann beugte sich nach unten, öffnete eine Schublade und zog einen Flyer heraus. »Wie wäre es mit einem Privatkredit?« Er reichte ihr die mehrseitige Infobroschüre. »Hier steht alles drin, was Sie wissen müssen: die Laufzeiten und Zinsen, die bei uns während der ganzen Zeit gleich hoch bleiben.«

Nicole zuckte mit den Schultern. »Ich überlege es mir«, sagte sie schließlich. »Auf jeden Fall würde ich gern einen Betrag zurückbuchen, ist das möglich?«

Ihr Bankberater nickte. »Das dürfte kein Problem sein. Selbst berechtigte Lastschriften können innerhalb einer gewissen Frist zurückgerufen werden.«

Als Nicole eine Stunde später die Tür zu ihrer Wohnung hinter sich zufallen ließ, atmete sie tief durch. Zwar hatte sie noch immer keine Lösung für die Finanzierung der Autoreparatur gefunden, aber ihr würde schon irgendetwas einfallen. Sie ging in die Küche und setzte sich an den Tisch vorm Fenster. Dunkle Wolken zogen über den graublauen Himmel, nachmittags waren kräftige Regenschauer angesagt. Nicole freute sich auf die kleine Abkühlung, denn in den vergangenen Tagen war es oft drückend heiß und schwül gewesen. Außerdem trockneten die Weizenfelder und Weiden langsam aus. Alle Landwirte in Schleswig-Holstein wünschten sich endlich Regen, ansonsten würde es in diesem Jahr mit der Ernte schlecht aussehen. Wie von selbst wanderten ihre Gedanken zu Arne und dem Kuss vor seinem Auto. Sie schloss die Augen, und ein prickelndes Gefühl breitete sich von ihrem Nacken bis zu den Beinen aus. Er hatte sich seitdem nicht mehr bei ihr gemeldet, sie aber auch nicht bei ihm. Das war nur gut so: Sie wollte sich nach wie vor nicht gleich in eine neue Beziehung stürzen, und eine reine Bettgeschichte kam für sie sowieso nicht infrage. Sex ohne Liebe war nichts für sie, das hatte sie bereits mit siebzehn für sich geklärt. Arne hatte sich noch nicht von der Mutter seiner Tochter gelöst, und das würde in Zukunft auch so bleiben. Luna war ein liebenswertes Kind, bestimmt litt sie unter der Trennung ihrer Eltern, und wenn sie als neue Partnerin ihres Vaters ins Spiel käme, würde für die Kleine alles noch verwirrender werden. Ein Zitat von Tolstoi bildete sich in ihrem Kopf, sie hatte es in einer Zeitschrift im Wartezimmer ihres Zahnarztes gelesen: »Alle glücklichen Familien sind einander ähnlich, aber jede unglückliche Familie ist auf ihre besondere Art unglücklich.«

Die Erinnerung an den Tag, als ihr Bruder Leander geboren wurde, traf sie plötzlich wie ein spitzer Pfeil ins Herz. Sie war gerade acht Jahre alt geworden, als ihre Mutter noch einmal schwanger wurde. Ihr Stiefvater Gerd war außer sich vor Freude gewesen, da er damals schon über fünfzig war und die Hoffnung, Vater zu werden, längst aufgegeben hatte. Ihre Mutter hatte die Zeit bis zur Geburt fast ausschließlich auf dem Canapé verbracht, da sie verschiedene Beschwerden geplagt hatten. Zu Beginn Übelkeit und Kreislaufprobleme, später Sodbrennen, Rückenschmerzen und vor allem schlechte Laune. Diese hatte sie ständig an ihr ausgelassen, sodass Nicole ihr möglichst aus dem Weg gegangen war. Trotzdem hatte sie sich auf ihr Brüderchen gefreut, denn dann würde sie ein Geschwisterchen haben wie die meisten ihrer Freundinnen und Klassenkameradinnen. Endlich war es so weit gewesen: Die Wehen hatten bei ihrer Mutter eingesetzt, und am darauffolgenden Tag war Nicole mit Gerd in die Klinik gefahren. An der Hand ihres Stiefvaters hatte sie das Einzelzimmer betreten, in dem ihre Mutter mit dem kleinen Bruder lag. Leander sei sein Name, das hatte ihr Gerd kurz vor dem Betreten noch ins Ohr geflüstert.

Im nächsten Moment geriet Nicoles innerer Film ins Stocken, und sie hatte das Gefühl, als ob die Szene, die sich vor ihren Augen abspielte, plötzlich aufs Neue zur Realität wurde:

Ihre Kehle brannte, als sie vor dem Bett stehen blieb. Ihre Mutter hatte den Kopf zu ihrem Sohn gedreht. Sie streichelte die Wange des Säuglings, der in eine hellblaue Decke eingewickelt war. Nicole sah nur das kleine rote Gesicht, halb von einer hellblauen Mütze bedeckt.

»Mami …«, wisperte sie. Sybille erstarrte, dann traf Nicole ein Blick, der sie im Erdboden versinken ließ. Ihre Mutter wandte sich Gerd zu, den sie hoheitsvoll begrüßte. Sie reichte ihm das Baby. »Dein Sohn!«

Ihr Stiefvater nahm Leander unbeholfen in den Arm und ließ sich auf den Stuhl sinken, der vor dem Bett stand. Nicole hatte sich in der Zwischenzeit in die Ecke neben der Tür gestellt, vielleicht zwei Meter vom Bett ihrer Mutter entfernt, aber es fühlte sich an, als wäre sie Hunderte Kilometer von der kleinen Familie getrennt, mit der sie sich im selben Raum befand. Als sie schließlich an Gerds Hand das Zimmer wieder verließ, hatte ihre Mutter kein einziges Wort mit ihr gesprochen.

15. Kapitel

Nachdem es zwei Tage geregnet hatte, stiegen die Temperaturen wieder auf fast dreißig Grad. Nicole zupfte drei dunkelrote Erdbeeren von den Stielen und ließ die süßen Früchte in den Korb fallen, den sie neben sich abgestellt hatte. Die Erdbeermarmelade war schon wieder fast ausverkauft, deshalb wollte sie für Nachschub sorgen. Es war wenig los auf den Feldern, wahrscheinlich waren viele Urlauber, aber auch Einheimische nach der kurzen Abkühlung an die Ostsee gefahren. Nicole trug einen breitkrempigen Strohhut und hatte morgens Sonnencreme aufgetragen, aber trotzdem glühte ihr Gesicht, deshalb steigerte sie ihr Tempo, bis sie genügend Früchte gepflückt hatte. Dann machte sich schnellen Schrittes auf den Weg zurück zum Verkaufsstand, in dem Jörg heute aushalf. Er hob seine Schirmmütze an, als er sie erblickte, deshalb ging sie auf ihn zu.

»Moin«, begrüßte sie ihn.

»Moin«, erwiderte er und hob fragend die Augenbrauen.

»Ich bin dir noch eine Erklärung schuldig«, begann Nicole und nickte ihm zu, während sie innerlich nach den richtigen Worten suchte. »Ulf und ich sind nicht mehr zusammen«, sagte sie schließlich. »Er hat sich in eine andere Frau verliebt.«

Jörg grinste schief. »Das habe ich mir schon gedacht.« Er strich sich übers unrasierte Kinn. »Ist es schlimm für dich?«

»Am Anfang schon«, gestand sie zögernd. »Mittlerweile geht es mir aber schon besser.«

»Das freut mich«, sagte er und warf ihr einen warmen Blick zu. »Du findest bestimmt auch bald …« Er brach mitten im Satz ab, weil sich zwei junge Frauen in knielangen Sommerkleidern näherten, die ihre Ausbeute bezahlen wollten. Nicole und er tauschten einen kurzen, vielsagenden Blick, dann lief sie zum Rundweg, bis sie das Gehege erreichte, in dem die Angler Sattelschweine im Schatten lagen. Zwei von ihnen saßen nebeneinander mit den Hinterteilen in einem Wasserloch. Nicole grinste. Die putzigen Vierbeiner sahen aus wie ein altes Ehepaar im Moorbad. Sie ging rasch weiter, vorbei an den Schafen, den Sundheimer Hühnern und schließlich den Gänsen, die im hohen Gras dösten. Als sie den Innenhof erreichte, winkte sie Ulli zu, die auf einem Traktor an ihr vorbeiknatterte. Das rote Tuch, das sie sich um den Kopf gewickelt hatte, flatterte wie eine kleine Fahne im Wind. Bestimmt war ihre Chefin auf dem Weg zu den Kartoffelfeldern, denn dort würde als Nächstes die Ernte starten. Nicole erreichte die Stufen zum Eingang des Gutshauses, als ihr plötzlich jemand auf die Schulter klopfte. Erschrocken zuckte sie zusammen, fast wäre ihr der Korb mit den Erdbeeren aus der Hand gefallen. Sie drehte sich um.

»Ulf?«

Ihr Ex-Freund nickte zögernd. »Wir müssen reden.« Unter seinen Augen lagen tiefe Schatten, als hätte er mehrere Nächte durchgemacht. Sein Hemd, das um seinen Oberkörper schlotterte, war fleckig, die knielange Shorts zerknittert. »Hast du Zeit?« In seinem Blick lag etwas Flehendes, das ihr Herz erweichte.

»Komm mit«, sagte sie und deutete zur Treppe. »Wir können einen Kaffee trinken.«

Sie stieß die Tür zur Küche auf und ließ Ulf den Vortritt. Mit dem Kopf deutete sie auf den großen Tisch, an dem jeden Morgen die Teamsitzungen stattfanden. »Setz dich doch!«

Die große blaue Thermoskanne, die auf der Ablage stand, war noch halb gefüllt. Sie nahm schnell zwei Becher aus der Spüle, hielt sie unters Wasser und trocknete sie mit einem sauberen Handtuch ab.

»Schöne Küche«, sagte Ulf, nachdem sie ihm einen Kaffee in die Hand gedrückt hatte. In diesem Moment fiel Nicole auf, dass ihr Ex-Freund sie bislang noch nie auf ihrer Arbeit besucht hatte. Nur einmal waren sie gemeinsam zum Erdbeerpflücken auf dem Strandrosenhof gewesen. Nicole setzte sich ihm gegenüber, trank einen Schluck und sah ihn dann mit hochgezogen Augenbrauen an.

»Was führt dich hierher?«

»Du hast also deinen Mietanteil zurückbuchen lassen?«

Nicole spürte, wie ihr die Röte ins Gesicht schoss. Sie schnappte nach Luft, aber Ulf hob beschwichtigend die Hände. »Deshalb bin ich aber nicht hier.« Er stellte den

Becher zurück auf den Tisch. »Das ist alles schon okay so!« Er rutschte auf seinem Stuhl hin und her. Innerlich musste Nicole schmunzeln. Er war noch nie der Typ der großen Worte gewesen. Meistens hatte sie von ihren Erlebnissen erzählt oder Themen angesprochen, die sie beschäftigten, während er am liebsten über seinen Job und Sport redete, insbesondere über Fußball.

Nicole hielt sich die Hand an die Stirn, die sich zum Glück nicht mehr ganz so heiß anfühlte. Zu Hause würde sie duschen und sich eine Gesichtsmaske gönnen. »Nun spuck schon aus, was los ist!«

Sie sah, wie Ulf ein letztes Mal mit sich rang, dann platzte es aus ihm heraus: »Babsi ist schwanger.«

Die drei Worte trafen Nicole mitten ins Herz. Plötzlich hatte sie das Gefühl, als ob sich die Küche um sie herum drehte. Sie wollte etwas erwidern, brachte aber kein Wort heraus. Was hätte sie auch sagen sollen: Herzlichen Glückwunsch? Ulf hatte das Thema Kinder immer vermieden, aber mit Babsi ging das alles von heute auf morgen? Sie verstand die Welt nicht mehr.

Ulf legte die Hand auf ihren Arm. »Ich wollte dir das persönlich sagen, bevor du es von jemand anderem erfährst.«

Nicole stellte den Becher ab und griff zur Kanne. »Möchtest du noch etwas Kaffee?«

Statt einer Antwort sah er sie nur schuldbewusst an. »Es ist einfach passiert.«

Nicole schüttelte den Kopf. »So etwas geschieht nicht einfach«, erwiderte sie tonlos. »Da gehören immer zwei dazu!« Die Schärfe in ihrer Stimme war nicht beabsichtigt gewesen, aber sie konnte sich auch nicht zurückhalten.

Ulf rutschte auf dem Stuhl hin und her. »Ich wollte dir nicht wehtun«, presste er schließlich hervor.

»Hast du aber.«

Er zog seine Hand wieder zurück. »Ich weiß.« Er wich ihrem Blick aus und schob den Kaffeebecher zur Seite. »Ich muss dann mal.«

Nicole begleitete ihn noch bis zur Eingangstür. Sie reichte ihm die Hand, dann drehte Ulf sich um, stieg die Treppen hinunter und lief weiter über den Innenhof. Nicole blieb in der Tür stehen, sie fühlte sich wie versteinert. Als er endlich aus ihrem Gesichtsfeld verschwunden war, drehte sie sich abrupt um. In der Küche angekommen, fiel ihr Blick auf die Erdbeeren, die sie gepflückt hatte. Alle Energie war nach dem Gespräch mit Ulf aus ihr gewichen. Trotzdem musste die Arbeit erledigt werden. Die Gläser zum Einmachen standen aufgereiht auf sauberen Küchentüchern. Nicole band sich eine Schürze um und legte los. Während sie die Erdbeeren wusch, in einem Sieb abtropfen ließ und in kleine Stücke schnitt, erinnerte sie sich an die gemeinsamen Jahre mit Ulf. Fast wie von selbst spulten sich die Erinnerungen in ihrem Kopf ab, und ihre Kehle schnürte sich schmerzhaft zusammen. Sie erinnerte sich daran, dass sie sich einmal zum Spaß als Indianer verkleidet hatten. Grund dafür war ein geplanter Besuch bei den Karl-May-Spielen mit Freunden in Bad Segeberg gewesen. Sie hatten sogar ihre Gesichter bemalt und auf dem Balkon ihrer Wohnung eine provisorische Friedenspfeife geraucht. Einmal waren sie nach Klitmøller zum Campen gefahren, um dort surfen zu gehen. Es war eine spontane Idee gewesen, aber leider hatte es in Dänemark nur geregnet, sodass sie fast die ganze Zeit in ihrem kleinen Holzhaus in den Dünen geblieben waren. Sie hatten in der Sauna geschwitzt, waren nackt in die Nordsee gerannt und hatten sich danach an dem Kachelofen gewärmt. Sie waren ein Herz und eine Seele gewesen.

Nicole schniefte und wischte sich eine Träne ab, die ihr die Wange hinunterlief. Nachdem sie sich die Nase mit einem Küchenhandtuch geputzt hatte, setzte sie sich auf einen der Stühle und ließ den Kopf auf ihre verschränkten Arme fallen. Vor drei Jahren, es war kurz vor Weihnachten gewesen, hatte sie das Thema Kinder zuletzt angesprochen. Erst hatte Ulf sich auf das Gespräch eingelassen, aber schließlich hatte er ein weiteres Mal betont, dass er keine Familie gründen wolle. Für ihn sei alles so perfekt, wie es war. Aber sie hatte nicht lockergelassen, bis er schließlich wutentbrannt aus der Wohnung gerannt und erst am darauffolgenden Tag wieder nach Hause gekommen war.

Nicole füllte die klein geschnittenen Erdbeeren mit dem Gelierzucker in einen Topf. Sie stellte den Herd an und wartete, bis die Masse sich langsam erwärmte. Als der süße Duft in ihre Nase drang, entspannte sie sich nach und nach. Das Gespräch mit Ulf lag wie ein dunkler Schatten über ihr. Sie war verletzt, stellte sie fest, aber Ulf tat ihr auch leid. Wahrscheinlich war er nicht hundertprozentig glücklich über die Situation, dazu kannte sie ihn einfach zu gut. Babsi hatte vermutlich gar nicht über die Folgen ihres Zusammenseins mit Ulf nachgedacht, sondern ihren Gefühlen freien Lauf gelassen. Wenn aber eine Frau um die dreißig nicht verhütete, dann nahm sie eine Schwangerschaft in Kauf, oder sie legte es sogar darauf an. Sie schnappte sich den Besen, fegte den Boden und räumte danach den Tisch ab, an dem zum morgigen Dienstbeginn sich wieder das gesamte Team versammeln würde. Als die Marmelade gelierte, stellte Nicole den Topf auf ein Brett und füllte die heiße Masse in die Gläser.

Danach wischte sie die Arbeitsflächen ab und hängte die Hand- und Trockentücher auf. Schließlich gab es nichts mehr zu tun. Am liebsten hätte sie weitergearbeitet, denn dann musste sie nicht ständig über ihr Liebesleben grübeln. Sie schrieb Ulli eine WhatsApp-Nachricht, dass sie für heute Schluss machen würde. Wenige Sekunden später kam schon die Antwort ihrer Chefin: »Alles klar! Schönen Feierabend und bis morgen!«

Nicole hängte die Schürze, die sie sich zum Marmeladekochen umgebunden hatte, an einen der Haken neben der Tür. Dann wusch sie sich die Hände, ließ noch einmal den Blick durch ihr Reich wandern und verließ kurze Zeit später das Gutshaus. Eigentlich war sie heute mit Leonie zum Schwimmen verabredet, aber ihre Freundin hatte kurzfristig wieder mal einen Termin für ihre Zeitung wahrnehmen müssen. Als sie ihre Wohnung erreichte, grollte es in der Ferne. Sie zog sich schnell aus, warf ihre Sachen in den Wäschekorb und stellte sich unter die Dusche. Während das warme Wasser auf ihre Schultern prasselte, entspannte sie sich langsam. Zum Schluss drehte sie den Hahn auf kalt, das hatte sie sich vor einiger Zeit angewöhnt, damit morgens ihr Kreislauf besser in Schwung kam. Aber auch nach einem Arbeitstag fühlte sie sich danach frischer. Sie griff sich eins der weißen Handtücher, die auf einem Hocker neben dem Waschbecken lagen, rubbelte sich gründlich ab und ging dann ins Schlafzimmer. Sie öffnete die Tür des mit Strandrosen bemalten Bauernschranks, den Ulli vor einiger Zeit in einem Laden auf Gut Schwansee in Waabs gekauft hatte. Wenn sie irgendwann eine eigene Wohnung hätte, würde sie sich dort auch nach Möbeln umschauen, nahm sie sich vor. Dieser Gedanke versetzte sie von einem Moment auf den anderen in eine etwas optimistischere Stimmung. Allein zu leben, hatte auch Vorteile, stellte sie fest, während sie in eine Jogginghose schlüpfte und sich dann ein weites T-Shirt überzog. Sie würde sich die Möbel kaufen, die ihr gefielen, und müsste sich mit niemandem abstimmen.

Sie holte sich eine Flasche Rhabarberschorle aus dem Kühlschrank und ging damit ins Wohnzimmer. Draußen wurde es langsam dunkel, aber sie hatte keine Lust, das Licht anzumachen. Sie ließ sich aufs Sofa fallen, streckte die Beine aus und schloss die Augen. Das Fenster hatte sie einen Spalt offen gelassen. Draußen regnete es jetzt, dicke Tropfen prasselten gegen die Scheibe. Die Landwirte freuten sich bestimmt, endlich Wasser für die trockenen Felder. Ihr Handy summte, sie hatte es in der Küche auf den Tisch gelegt. Als sie sah, von wem die Nachricht war, schoss ihr Puls in die Höhe. Arne! Sie atmete einmal tief durch.

Hast du Lust, morgen schwimmen zu gehen?

Nicole überlegte nicht lange. *Gern! Wo und wann?*, schrieb sie zurück.

Weidefelder Strand, 18 Uhr – oder lieber später?

Sie überlegte kurz und rief sich den Dienstplan ins Gedächtnis.

Nein, das passt.

Ich hole dich ab! ☺

Sie sendete Arne ein Smiley, dann wischte sie über das Display. Ein kribbeliges Gefühl breitete sich in ihrem Körper aus. Am liebsten würde sie jetzt ins Meer springen – trotz des Regens. Schwimmen war ihre Leidenschaft. Leider hatte sie nur wenig Zeit dazu, die Sommermonate waren kurz, außerdem musste sie viel arbeiten und war dann abends erschöpft. Im Herbst und Winter drehte sie manchmal im Meerwasserschwimmbad in Eckernförde ihre Runden, aber das war immer mit viel Aufwand verbunden. Ihrer Mutter war es sehr wichtig gewesen, dass sie eine sichere Schwimmerin wurde. Daher war sie mit ihr schon zum Babyschwimmen in Kiel gegangen. Natürlich konnte Nicole sich daran nicht erinnern, aber ihre Mutter, die ebenfalls sehr gut schwamm, hatte ihr von dieser Zeit erzählt. Als sie vier Jahre alt geworden war, hatte sie einen Kurs zur Wassergewöhnung besucht, und dann war irgendwann der Seepferdchen-Kurs gekommen. An den Prüfungstag konnte sie sich gut erinnern. Sie war vom Startblock aus ins tiefe Wasser gesprungen und fünfundzwanzig Meter mit der Brust ohne fremde Hilfe geschwommen. Dann hatte sie aus dem schultertiefen Wasser einen Ring an die Oberfläche holen müssen. Schließlich hatte ihre Trainerin noch die Baderegeln abgefragt. Sie hatte alles mit Bravour bestanden. Ihre Mutter hatte das Seepferdchen-Abzeichen an ihren Badeanzug genäht, und sie hatten danach Spaghetti-Eis gegessen. Es war eine der schöneren Erinnerungen an ihre einsame Kindheit. Schwimmen war für sie immer wichtig gewesen. Für sie war es mehr als nur ein Sport: Im Wasser fühlte sie sich unbeschwert und frei.

16. Kapitel

Nachdem es fast die ganze Nacht geregnet hatte, schien am darauffolgenden Tag die Sonne. Arne setzte den Blinker und fuhr in Weidefeld an dem weißen Parkhäuschen vorbei, in dem jetzt um diese Zeit niemand mehr saß. Er fand einen freien Platz fast direkt vor dem zweiten Übergang. Am Strand war nicht mehr viel los, die Familien waren bestimmt schon zum Abendessen aufgebrochen. Nicole schlug vor, noch ein Stück weiter nach rechts zu gehen. »Dort sind wir mehr für uns.«

Ein kleines Lächeln deutete sich in ihren Mundwinkeln an. Arne nickte. »Super Idee.«

Sie zogen die Schuhe aus und liefen barfuß über den Sand. Arne liebte dieses kribbelige Gefühl, das sich von seinen Fußsohlen aus im ganzen Körper ausbreitete. Sie spazierten dicht nebeneinander am Strand entlang, hin und wieder berührten sich dabei wie selbstverständlich ihre Schultern. Schließlich deutete Arne auf einen Platz in der Nähe der Dünen. Nicole nickte.

»Perfekt.«

Sie stellten die Taschen ab und ließen sich in den Sand fallen. »Schön, dass es heute geklappt hat«, sagte Arne, der ihre Nähe wie ein Brennen auf der Haut spürte. Sein Herz schlug schneller, als sie noch ein Stück näher an ihn heranrückte.

»Ja, das finde ich auch«, stimmte sie seufzend zu.

»Hat sich Ulf eigentlich noch einmal bei dir gemeldet?«

Arne hatte das Gefühl, als ob Nicole neben ihm für einen Augenblick erstarrte, aber dann nickte sie zögernd. »Seine Freundin ist schwanger.«

»Puh«, schoss es aus ihm heraus. »Das ist heftig.«

Sie ergriff seine Hand. »Ich war zuerst auch geschockt, aber für mich ist es jetzt okay. Vielleicht sollte das alles so sein.«

»Eine Trennung ist trotzdem nicht leicht, oder?«

»Ja, das stimmt«, meinte sie. »Zum Glück haben wir aber keine Kinder und auch kein Vermögen, das irgendwie auseinanderdividiert werden müsste.«

Nicole hielt inne, doch dann drehte sie sich zu ihm um, und ihre Blicke trafen sich für einen langen, innigen Moment, bis sich ihre Lippen fast wie von selbst fanden. Er umfasste ihre Hüfte, zog sie ganz nah an sich heran, sodass er ihren Herzschlag an der Brust spürte. Arne ließ die Hand unter das Top gleiten. Ihre Haut fühlte sich zart und empfindsam an. Ganz langsam strich er mit den Fingern an ihrer Wirbelsäule entlang, bis sie sich seufzend an ihn presste. Der Strand und das Meer rückten für ihn in weite Ferne, bis nur noch sie beide übrig blieben.

Solche Szenen gibt es bloß in Hollywood-Liebesfilmen, dachte er verwirrt. Nicole fühlte sich vertraut, aber gleichzeitig fremd an. Arne hatte noch nie zuvor etwas

Ähnliches erlebt, selbst mit Marleen nicht. In seinem Kopf blitzten wilde erotische Bilder auf, die ihn alles um sich herum vergessen ließen.

Nicole löste sich mit einem Mal sanft von ihm und sah ihn mit erwartungsvoll leuchtenden Augen an.

»Später!«, wisperte sie lächelnd, als hätte sie seine Gedanken erraten. Sie nahm seine Hand und zog ihn nach oben. Arne grinste und blickte zur Ostsee, die in der Abendsonne funkelte. »Eins, zwei, drei!«

Sie rannten Hand in Hand über den Strand, stürzten sich ins Wasser und kraulten los. Arne war ein routinierter, guter Schwimmer, aber Nicole war ihm ebenbürtig und blieb ohne Mühe mit ihm gleichauf. In wenigen Sekunden erreichten sie eine weiße Boje, die den Übergang zum Tiefen markierte.

»Hey«, sagte er nach Luft japsend. »Du schwimmst wie eine Meerjungfrau – Respekt.«

»Du hast es aber auch drauf«, erwiderte sie augenzwinkernd.

»Goldenes Schwimmabzeichen?«

»Mmh!«

»Ich auch«, flüsterte er und strich ihr eine nasse Strähne aus dem Gesicht. »Hundert Meter kraulen?«

Nicole brachte sich in die Startposition. »Ich bin bereit.«

Arne legte sich ins Wasser, Nicole tat es im gleich, und schon schossen sie los, als wären sie Trainingspartner. Sie schwammen zwei Meter voneinander entfernt, schnell, aber nicht im Wettkampftempo. Leider hatte Arne keine Chlorbrille dabei, das Salz brannte fies in den Augen, aber es war auszuhalten. Nicole musste zudem ebenfalls mit dem Ostseewasser klarkommen, und außerdem ging es ihm nicht um Schnelligkeit, sondern um das gemeinsame Erlebnis. Nach gefühlten fünfzig Metern hob er die Hand, Nicole streckte den Kopf hoch, nickte und wechselte wie er die Richtung. »Endspurt!«, rief sie ihm zu, woraufhin er ebenfalls den Rückweg einleitete. Als sie ihr Ziel erreicht hatten, fielen sie sich jauchzend in die Arme. Ein Glücksgefühl durchströmte Arne. Am liebsten hätte er in diesem Moment die Zeit angehalten, denn er hatte sich seit Ewigkeiten nicht mehr so lebendig gefühlt.

Wieder an Land, zogen sie die nassen Badesachen aus, schlüpften in ihre Shorts und T-Shirts und breiteten dann ihr Handtuch auf einem geschützten Platz in den Dünen aus.

»Das war schön«, sagte Arne, nachdem er Nicoles Hand, die sich eiskalt anfühlte, umschlossen hatte. Einige Minuten lagen sie still nebeneinander. Arne spürte, wie sich sein Atem verlangsamte und er sich schließlich vollkommen entspannte. Fast wäre er eingenickt. So vertraut hatte er sich eigentlich noch nie an der Seite einer Frau gefühlt. Schließlich richteten sie sich wieder auf. Er kramte eine Flasche Mineralwasser aus der Tasche und reichte sie Nicole, die sie dankend annahm.

»Wie geht es Luna?«, fragte sie zögernd, nachdem sie einen Schluck getrunken hatte. Kaum hatte sie den Satz ausgesprochen, hielt sie inne, als ob sie über sich selbst überrascht wäre.

Arne, der ihre plötzliche Anspannung spürte, nippte ebenfalls an der Flasche.

»Gut, wir schicken uns jeden Tag Sprachnachrichten.« Er hoffte, dass er den Satz leicht und unbeschwert betont hatte, war sich aber nicht sicher. Es war ein schwieriges Thema, über das er mit Nicole lieber in einer anderen, vielleicht etwas alltäglicheren Situation gesprochen hätte und nicht nach einem gemeinsamen Bad in der Ostsee. Die hellen Härchen auf ihren Unterarmen hatten sich aufgerichtet, und ihre Brüste zeichneten sich unter dem dünnen Stoff ihres roséfarbenen T-Shirts ab.

»Hast du dich mit Marleen schon ausgesprochen?«

»Noch nicht, aber ich war bei einem Anwalt«, antwortete er schließlich und berichtete ihr in aller Kürze von dem Besuch bei Erik Graf von Bardelow.

»Ich habe also ein Umgangsrecht«, fasste er das Ergebnis seines Gesprächs mit seinem Bekannten zusammen. »Marleens Rechte als Mutter gehen natürlich weiter, sie allein hat in unserem Fall das Sorgerecht.«

Nicole rieb sich mit den Händen über die Oberschenkel. »Dann hoffe ich für euch, dass ihr alles weiterhin unter euch regeln könnt und nicht irgendwann ein Gericht eingeschaltet werden muss.«

Arne presste die Lippen aufeinander. Die Leichtigkeit des Zusammenseins mit Nicole war für einen Augenblick verschwunden. »Ja, das wünsche ich mir auch.«

Sie schwiegen eine Weile, aber es fühlte sich für Arne nicht unangenehm an. »Ich werde alles geben, damit Luna nicht unter unseren Konflikten leiden muss.«

Ein leichter Wind war aufgekommen. Der Strandhafer um sie herum raschelte leiste. Arne liebte dieses Geräusch, das er immer besonders intensiv wahrnahm, wenn er mit geschlossenen Augen in den Dünen lag.

»Ich bin ohne Vater aufgewachsen«, sagte Nicole jetzt, und für Arne hörte es sich an, als ob sie mit sich selbst spräche. Er umfasste ihre Hand und drückte sie.

»Du weißt aber schon, wer er ist?«

»Nur, dass er Tom Wagner heißt und irgendwo auf der Welt als Koch arbeitet.« Sie schaute einen Moment gedankenverloren in die Ferne. »Meine Mutter hat ihn während der Kieler Woche kennengelernt. Er war damals als Schiffskoch unterwegs. Sie hatten eine kurze Affäre, die mit dem letzten Tag der Kieler Woche endete.« Nicole zuckte mit den Schultern. »Die beiden hatten verhütet, aber das hatte wohl nicht richtig funktioniert.«

Arne rückte etwas näher an sie heran. »Hast du ihn denn irgendwann kennengelernt?«

Er spürte, wie sie für einen kurzen Moment erstarrte. »Nein, leider nicht ...«, begann sie. Sie ließ den Blick in die Ferne schweifen, und Arne hatte das Gefühl, als ob sie von einem Moment auf den anderen in ihren Erinnerungen versank. »Meine Mutter hat nie ein Wort über ihn verloren, es gibt noch nicht einmal ein Foto von ihm.«

Sie seufzte und umarmte ihre angezogenen Beine. »Ich habe natürlich seinen Namen viele Male gegoogelt, aber nichts über ihn herausgefunden.« Sie seufzte. »Vielleicht hat er ja auch geheiratet und den Nachnamen seiner Frau angenommen.«

»Aber er weiß schon, dass es dich gibt?«

»Diese Frage habe ich meiner Mutter natürlich auch gestellt, aber nie eine Antwort bekommen.« Sie hielt einen Moment inne und zupfte einen Grashalm aus dem Sand.

»Für mich war Gerd mein Papa«, sagte sie schließlich. »Mein Stiefvater hat sich immer um mich gekümmert, vor allem wenn meine Mutter unterwegs war. Er ist mit mir ins Kino gegangen und in Tierparks, hat mich versorgt, wenn ich krank war, und mit mir Schulaufgaben gemacht.«

Sie ließ den Sand in ihren Händen durch die Finger rieseln. »Als mein Halbbruder Leander geboren wurde, hatte er natürlich nicht mehr so viel Zeit für mich.«

Arne hatte das Gefühl, als ob etwas Trauriges in ihrer Stimme mitschwang, aber vielleicht irrte er sich auch. Er rückte etwas näher an sie heran. »Siehst du deinen Stiefvater denn oft?«

Nicole schüttelte den Kopf. »Er ist leider gestorben«, erwiderte sie leise. »Zwei Tage nachdem wir meinen dreißigsten Geburtstag in der Wohnung meiner Mutter gefeiert haben.«

»Oh, das tut mir leid.« Sie schmiegte den Kopf an seine Schulter. Diese kleine vertraute Geste ließ Arnes Puls nach oben schießen. Einen Moment saßen sie still nebeneinander. »Hast du auch Geschwister?«, fragte sie nach einer Weile.

»Leider nicht, ich bin ein verwöhntes Einzelkind«, antwortete er schmunzelnd. Er rieb die Hände aneinander, denn er war noch nicht bereit, ihr vom Leben in seinem Elternhaus zu erzählen. »Wollen wir aufbrechen?«

Nicole nickte. »Wenn du magst, können wir bei mir noch einen Kaffee trinken.«

❋

Als Nicole die Tür zu ihrer Wohnung öffnete, verließ sie für einen Augenblick der Mut. Sie hatten eine wunderbare Zeit am Strand verbracht, und vielleicht wäre es besser gewesen, wenn sie Arne nicht mit nach oben gebeten hätte, zumal er sein Auto direkt vorm Wirtschaftsgebäude des Strandrosenhofes geparkt hatte und sich jeder, der dort vorbeikam, seinen Teil denken konnte. Doch dann nahm er sie noch im Flur in den Arm, drückte sie fest an sich, und alle Bedenken lösten sich an seiner starken Brust innerhalb einer Sekunde auf.

»Möchtest du etwas …«, sagte sie, aber bevor sie ihren Satz beenden konnte, spürte sie seine Lippen auf ihrem Mund. Nicole hatte das Gefühl, als ob sich alles um sie herum drehte. Sie war in ihrem Leben schon oft geküsst worden, aber Arne beherrschte diese Kunst wie kein anderer. Er eroberte ihren Mund, blieb dabei aber immer vorsichtig und abwartend. Als sie ihm seufzend entgegenkam, intensivierte er seine Liebkosungen. Er ließ die Hände in ihre Haare gleiten und erhöhte den Druck seiner Zunge. Eine heiße Welle durchzuckte ihren Körper, als er seine Hand unter den Bund ihrer Shorts schob und zielstrebig genau dort ankam, wo sie es sich die ganze Zeit schon gewünscht hatte. Sie revanchierte sich, indem sie den Gürtel seiner Jeans öffnete, woraufhin er kurz von ihr abließ und sich der Hose entledigte. Dabei ließ er sie nicht aus den Augen, erst recht nicht, als auch sie ihre Shorts abstreifte. Sie nahm ihn bei der Hand und zog ihn zum Schlafzimmer. Zum Glück hatte sie morgens die Bettwäsche frisch bezogen, ein leichter Duft nach Rosen versetzte sie in ein Gefühl der Schwerelosigkeit. Als sie sich schließlich nackt gegenüberlagen, hielt Arne einen Moment inne. Er strich ihr über die Wange, seine Augen funkelten im Halbdunkeln. »Hast du …?«, begann sie, doch er legte zwei Finger auf ihre Lippen. Er verschwand kurz, und als er wieder das Zimmer betrat, empfing sie ihn mit leicht gespreizten Beinen. Jede Faser ihres Körpers fieberte ihm entgegen, und als sie ihn schließlich in sich spürte, schob sie ihm das Becken entgegen. Während er sich langsam in ihr bewegte, sah er sie die ganze Zeit an, seine Hände strichen über ihr Gesicht, und sein heißer Atem brannte auf ihren Wangen. Schließlich drehte er sich auf den Rücken, sodass sie auf ihn hinunterblicken konnte. Sie genoss das Gefühl, dass er sich ihrem Tempo anpassen musste, und bewegte ihre Hüfte mit einer Energie, die durch ihren ganzen Körper strömte. Sie schüttelte die Haare, beugte sich nach vorne und ließ die Brüste über seine Haut gleiten.

»Verdammt, Nicole …«, stammelte er, während sie sich ihrem Höhepunkt hingab. Wie durch einen Nebelschleier spürte sie, dass er ebenfalls kam, sodass sie sich schließlich auf die Seite fallen ließ. Er umfasste ihre Hand, während er schwer atmend neben ihr liegen blieb. Nicole schloss die Augen und genoss das Gefühl, sich seit sehr langer Zeit einmal wieder mit einem Mann vereint zu haben. Mit Ulf war sie körperlich von Beginn an nicht auf einer Wellenlänge gewesen, aber für sie war dies kein Grund gewesen, sich nicht auf ihn einzulassen. Sie hatte immer gehofft, dass die Anziehungskraft zwischen ihnen irgendwann von selbst entstehen könnte, aber dies war ein Trugschluss gewesen. Arne beugte sich über sie und küsste sie behutsam. Tränen sammelten sich in ihren Augen, als die Zärtlichkeit dieser Geste bis in ihr Herz drang. Viele Männer drehten sich nach dem Sex einfach um oder sprangen womöglich gleich aus dem Bett. Arne war vollkommen anders. Er hatte sie seit ihrem Kennenlernen wie eine Prinzessin behandelt, respektvoll und mit einem Einfühlungsvermögen, das ihr bislang noch nie jemand entgegengebracht hatte. Sie kuschelte sich an ihn und verbarg ihr Gesicht in seiner Armbeuge. Sein Herz pochte wie wild in der Brust, sie spürte die Vibration an ihrer Wange. Arne war ein Mann und kein erwachsener Junge, der nicht wusste, was er eigentlich wollte. In diesem Moment spürte Nicole, dass ihr genau das immer in der Beziehung mit Ulf gefehlt hatte. Sie waren Freunde gewesen, die ab und zu Sex gehabt hatten. Für eine Weile hatten sie eine schöne Zeit miteinander gehabt, aber das war nicht mit dem zu vergleichen, was sie gerade mit Arne erlebte. Sie sprang aus dem Bett.

»Möchtest du etwas trinken?«

Er lag mit hinter dem Nacken verschränkten Armen in seiner ganzen Pracht vor ihr und grinste. Dann ergriff er ihre Hand und zog sie zu sich hinunter. »Vielleicht später …«

17. Kapitel

Der *Science*-Artikel über die Schweinswale in der Ostsee war fast fertig. Arne hatte zwei Tage den Text korrigiert, ihn auf Unstimmigkeiten abgesucht und die grafischen Darstellungen und Tabellen überprüft. In seiner Einleitung hatte er verschiedene Fakten aufgezählt, die für den Tod der Schweinswale infrage kamen: Kollisionen mit Schiffsschrauben, Verheddern in den Stellnetzen von Fischern, Unterwassersprengungen, Umweltgifte wie zum Beispiel Quecksilber, vor allem aber Unterwasserlärm. Zu Beginn hatte er erklärt, wie er die Messungen vorgenommen hatte, und schließlich hatte er als Todesursache eine erworbene Schwerhörigkeit infolge der Suche nach Erdöl mittels Schallkanonen nachgewiesen, die derzeit durch die Firma Ocean Energy stattfand. Ein wichtiger Teil seines Textes war in diesem Zusammenhang der Autopsiebericht von Dr. Manuela Grothe vom Institut für Meerestierforschung in Büsum. Sie hatte dargelegt, warum der tote Schweinswal, der an den Weidefelder Strand angespült worden war, sich unter Wasser nicht mehr hatte orientieren können. Der Grund dafür sei, dass sein Gehör durch Lärm geschädigt war. Die Wissenschaftlerin hatte eindeutig dokumentiert, dass im Innenohr des Meeressäugers die Flimmerhärchen fehlten. Ferner vermutete sie, dass sich die Schweinswale durch ihre Schwerhörigkeit auch immer wieder in den Fischernetzen verfingen, da sie die im Wasser umherschwimmenden Teile nicht orten konnten.

Arne war sich sicher, dass er mit diesem Artikel Aufsehen erregen würde. Der Unterwasserlärm war kein Nischenthema mehr, sondern Wissenschaftler aus der ganzen Welt untersuchten derzeit die Auswirkungen auf Fische, Meeressäuger und Kopffüßler wie Tintenfische und Kraken. Viele Institutionen erhoben Daten, allerdings gab es bislang noch keinen Überblick über die unterschiedlichen Ergebnisse. Deshalb sollte demnächst in Norwegen ein Treffen mit renommierten Kollegen stattfinden. Arne hoffte sehr, dass er eine Einladung erhalten würde, zumal man dort fast zu jeder Jahreszeit Wale von Schiffen aus beobachten konnte. Im Sommer waren es vor allem Pottwale, während im Winter die fischreichen Fjorde Orcas und Buckelwale anlockten. Er fragte sich, ob Nicole solche Erlebnisse ebenfalls gefallen würden. Die Vorstellung, mit ihr an der Reling eines Walbeobachtungsbootes zu stehen, ließ sein Herz schneller schlagen, zumal sich sofort die Bilder ihrer ersten gemeinsamen Nacht vor sein inneres Auge schoben. Dieser Nachmittag war komplett anders verlaufen, als er es erwartet hatte. Ein gemeinsamer Strandbesuch – das war sein Plan gewesen. Nach dem kleinen Schwimmwettkampf in der Ostsee hatte sich aber etwas zwischen ihnen verändert. Er war sich nicht sicher, ob er verliebt war oder ob es nur die körperliche Anziehungskraft war, die ihm in ihrer Wohnung den Verstand geraubt hatte. Er spürte ein leichtes Ziehen in der Leistengegend, als er sich die Küsse und Berührungen vergegenwärtigte.

Arne stand auf und stellte sich ans Fenster. Leichter Nebel zog in dünnen Streifen über die Kieler Förde. Das Ostufer auf der anderen Seite war nur noch als eine graublaue Silhouette zu erkennen. Einige Spaziergänger in bunten Jacken schlenderten unten am Institut vorbei, und in dem Seehundbecken erkannte Arne eins der Tiere als länglichen Schatten unter der Wasseroberfläche. Er kehrte schließlich zu seinem Schreibtisch zurück, denn er wollte seinen Text ein letztes Mal Korrektur lesen und deshalb ausdrucken. Nachdem er an seinem PC dazu den Befehl erteilt hatte, ging er in den Flur, wo der Drucker stand, ein altes Modell, das immer einen Höllenlärm veranstaltete, wenn die Seiten des Dokuments aus dem Schlitz herausgeschossen kamen. Im Ausgabefach lag bereits ein kleiner Stapel Papier, wahrscheinlich hatte jemand die Ausdrucke vergessen. Arne nahm die Blätter in die Hand. Kurz bevor er sie in den blauen Eimer für Altpapier werfen wollte, blieb sein Blick an einem Satz hängen: *Die Suche nach Erdöl und Erdgas in der Eckernförder Bucht mit Schallkanonen, sogenannten Airguns, ist nicht für das Sterben von Meeressäugern – wie zum Beispiel Schweinswalen – ursächlich* ... Arne runzelte die Stirn, blätterte weiter und las schließlich, wer den Text verfasst hatte. Es war, wie er schon vermutet hatte, sein Kollege Dr. Messerschmidt. Ein ungutes Gefühl breitete sich in seiner Magengegend aus.

Er nahm die Seiten mitsamt dem Ausdruck seines *Science*-Artikels zurück mit ins Büro. Für einen Moment haderte er mit sich. Auf den ersten Blick hatte sein Kollege ebenfalls einen Text zum Thema Unterwasserlärm und dessen Auswirkungen verfasst. Das konnte doch kein Zufall sein? Er nahm an, dass Dr. Messerschmidt den Ausdruck nur aus Versehen vergessen hatte. Insofern fragte er sich, ob er die Abhandlung überhaupt lesen durfte. Arne seufzte, stand auf und schloss die Tür hinter sich. Zurück an seinem Schreibtisch, überlegte er nicht mehr lange, denn die Neugierde ließ ihn alle Bedenken vergessen. Er griff nach dem Ausdruck. Es handelte sich um eine Zusammenfassung für ein Gutachten, das Dr. Messerschmidt im Auftrag der Landesregierung von Schleswig-Holstein erstellt hatte. Demnach war nicht der Unterwasserlärm für das Sterben der Schweinswale ursächlich, sondern der Mangel an kleinen Fischen in der Ostsee. Arne legte die Stirn in Falten. Die Fakten sprachen auf den ersten Blick für die Einschätzung seines Kollegen. Es war richtig, dass Schweinswale täglich bis zu dreitausend Fische fingen und fraßen, da sie einen sehr großen Energiebedarf hatten. Dieses Nahrungsangebot war in der Tat in den vergangenen Jahren stark geschrumpft, da das Ostseewasser immer schmutziger und wärmer wurde, wodurch die Fische entweder starben oder abwanderten. Allerdings ließ sein Kollege die weiteren Fakten, wie zum Beispiel den Unterwasserlärm, einfach unter den Tisch fallen. Arne überflog die Liste der Organisationen und Firmen, die am Ende der Kurzfassung des Gutachtens als Förderer aufgelistet waren. Sein Puls schoss in die Höhe, als er schließlich einen wohlbekannten Namen las: Ocean Energy.

»Das gibt es doch nicht!«, entfuhr es ihm, nachdem er den Text seines Kollegen auf dem Schreibtisch abgelegt hatte. Wie dreist konnte man sein? Dr. Messerschmidt hatte sich noch nicht einmal die Mühe gemacht, den fragwürdigen »Sponsor« seiner Arbeit unter den Teppich zu kehren.

Arne heftete den Text von Dr. Messerschmidt in einen Ordner, den er in seinen Schrank stellte. Er würde zunächst sein Wissen für sich behalten und erst einmal abwarten. Sein Kollege war zwar selbstverliebt und erfolgsbesessen, aber er traute ihm keine Unterschlagung von wissenschaftlichen Fakten zu. Andererseits kannte er Dr. Messerschmidt zu wenig, um sich ein Urteil erlauben zu können. Zum Beispiel wusste er fast gar nichts über seinen Lebensstil. Er fuhr einen Mittelklassewagen, trug hochwertige Kleidung und war, obwohl er in diesem Jahr seinen achtunddreißigsten Geburtstag gefeiert hatte, noch immer Junggeselle. Dr. Messerschmidt erzählte nur selten etwas über sein Privatleben. Das war immerhin eine Eigenschaft, die Arne schätzte, denn er war ebenfalls kein Freund von ausufernden Berichten der Kollegen über Urlaube, Wochenenderlebnisse und Ehe- oder Beziehungsprobleme. Vielleicht lebte Messerschmidt über seine Verhältnisse und benötigte dafür mehr Geld, als er verdiente? Womöglich war er mit einer Frau liiert, die viel Wert auf exklusive Reisen, Klamotten, Schuhe und Handtaschen und den Besuch von Gourmetrestaurants legte? Arne presste sie Lippen aufeinander, denn er schämte sich innerlich für seine stereotypen Gedankengänge, die sich allerdings in den Medien in vielfältiger Weise widerspiegelten: Blondinen, die sich wohlhabende Männer angelten, aber selbst nichts auf die Reihe bekamen, oder junge Frauen, die mit CEOs im mittleren Alter liiert waren. Den umgekehrten Fall, dass sich eine reiche, ältere Frau einen jungen Liebhaber nahm, gab es natürlich auch, aber das war eher eine Ausnahme, soweit er es beurteilen konnte.

Er trank einen Schluck aus der Tasse, aber der Tee war in der Zwischenzeit kalt geworden und schmeckte bitter.

Die Erinnerung an die Nacht mit Nicole schob sich plötzlich in sein Bewusstsein. Bislang hatte er sich noch keine Gedanken darüber gemacht, ob er sich mit ihr eine dauerhafte Beziehung vorstellen konnte, sondern nur die gemeinsame Zeit als ein Geschenk angenommen. Plötzlich regte sich in ihm das schlechte Gewissen. Womöglich machte sie sich Hoffnungen? Arne zweifelte, ob er solchen Erwartungen gerecht werden konnte. Die Art und Weise, wie Marleen sich von ihm getrennt hatte, lastete immer noch auf ihm. Seitdem fehlte ihm das Grundvertrauen, dass eine glückliche Partnerschaft funktionieren konnte. Außerdem fragte er sich, wie Luna darauf reagieren würde, wenn sie ihren Papa nicht mehr für sich allein hätte. Arne strich sich gedankenverloren übers Kinn. Manchmal verlor er sich in seinen Grübeleien, obwohl er genau wusste, dass ihn diese Gedankenspiralen in keiner Weise weiterbrachten. Er erinnerte sich an ihre erste Begegnung auf dem Strandrosenhof, und ein warmes Gefühl strömte durch ihn hindurch. Alles fühlte sich gut und richtig mit Nicole an, und außerdem wusste er aus Erfahrung, dass sich das Leben selten planen ließ. Wie sagte man noch gleich? *Erstens kommt es anders und zweitens als man denkt.*

Andererseits hatte er immer wieder die Erfahrung gemacht, dass Gefühle auch in die Irre führen konnten. Als Kind hatte er fest daran geglaubt, dass sich seine Eltern lieben würden. Natürlich hatten sie sich auch gestritten, oft sogar sehr lautstark, nachdem er bereits zu Bett gegangen war. Wort- und Satzfetzen, die er damals gehört hatte, drangen plötzlich in sein Bewusstsein: *Ich lasse mir das nicht länger gefallen ... Du musst dich entscheiden ... Wenn das so weiter geht, verlasse ich dich ...*

Was genau damals zwischen seinen Eltern vorgefallen war, wusste er nicht, nur dass sich sein Vater und seine Mutter im Haus räumlich getrennt hatten. Er hatte sich schon oft gefragt, ob er deshalb ein gebranntes Kind war und aufgrund seiner schlechten Kindheitserfahrungen Bindungsängste entwickelt hatte. Sein Zuhause war letztlich kein sicherer Hort gewesen. Offenbar hatte er Angst vor der Liebe, weil er nicht erneut enttäuscht werden wollte. Er sollte wohl besser an sich arbeiten, stellte er fest, denn er wollte nicht länger die schlechten Erlebnisse aus seiner Kindheit mit sich herumschleppen. Dafür war das Leben zu kurz. Er mutmaßte, dass er sich nie hundertprozentig auf Marleen eingelassen hatte, weil er das Vertrauen in die Liebe nach der Trennung seiner Eltern verloren hatte. War das der Grund, warum es zwischen ihnen »nicht gepasst«

hatte? Womöglich wäre es für ihn besser gewesen, wenn sein Vater nach der Trennung ausgezogen wäre. Arne war sich sicher, dass sein Vater der Mutter etwas angetan hatte, was sie ihm bis heute nicht verziehen hatte. Dadurch, dass beide mit ihm weiterhin unter einem Dach gelebt hatten, war für ihn von außen betrachtet alles beim Alten geblieben, auch wenn sich das Zusammenleben mit ihnen immer falsch angefühlt hatte. Außerdem hatte er bis zu seinem Auszug nach dem Abi gehofft, dass die beiden wieder zusammenfinden würden. Zur Entlassungsfeier im Gymnasium waren sie getrennt gekommen und hatten auch Plätze gewählt, die mehrere Meter voneinander entfernt gewesen waren.

Arne spürte, wie sich ein schmerzhaftes Ziehen in seiner Brust ausbreitete. Der Tag damals war für ihn eine Katastrophe gewesen, obwohl er als einer der drei besten Schüler geehrt worden war. Auf dem Abiball, der am Abend in der Aula stattgefunden hatte, war nur sein Vater erschienen, der sich gut gelaunt an den Tisch der alleinerziehenden Mütter gesetzt hatte. Er war ein hervorragender Tänzer und hatte eine nach der anderen zum Tanzen aufgefordert, während seine Mutter den Rest des Abends allein zu Hause verbracht hatte. »Du musst mich verstehen«, hatte sie Arne am Telefon gesagt. »Dein Vater ist, wie er ist.« Ihre Stimme hatte sich gepresst angehört, so als ob sie mit aller Kraft die Tränen zurückhalten wollte. »Ich kann mir das einfach nicht länger angucken.«

Arne stand auf, verschränkte die Arme hinter dem Kopf und drückte die Ellenbogen nach hinten. Wenn er lange am Schreibtisch saß, schmerzten am Ende eines Arbeitstages seine Schultern und der untere Rückenbereich, obwohl er einen ergonomischen Schreibtischstuhl hatte. Das Schwimmen mit Nicole hatte ihm gutgetan, stellte er fest. Vielleicht hatte sie Lust auf ein weiteres Mal. Arne lächelte, denn er wusste ganz genau, wohin er sie diesmal entführen würde.

18. Kapitel

Nicole rutschte auf der Chaiselongue, auf der normalerweise immer ihre Mutter saß, hin und her. Einige Gäste standen bereits in kleinen Gruppen zusammen. Eine junge Kellnerin mit kurzen strohblonden Haaren und schwarz umrandeten Augen lief mit einem Tablett voller Sektkelche durch den Raum.

»Hier bist du!« Sybille sah mit hochgezogenen Augenbrauen auf sie herab. Sie presste die schmalen Lippen zusammen. »Willst du dich nicht unter die Gäste mischen?«, zischte sie. Nicole hatte das Gefühl, als ob dieser Satz nicht als Frage, sondern als Befehl gemeint wäre.

»Ja, gleich«, erwiderte sie ausweichend. Ihre Mutter schnappte nach Luft, wurde dann aber zum Glück von einem kleinen Mann mit einem freundlichen, runden Gesicht, auf dessen hoher Stirn Schweißperlen glänzten, beiseitegezogen. Nicole atmete auf. Sie strich mit der flachen Hand über den knielangen blauen Rock, den sie sich am Tag zuvor in einer Boutique gekauft hatte. Dazu trug sie eine weiße Bluse und silberne Sandaletten. Ihre Haare hatte sie zu einem Zopf geflochten und mit einem blauen Samtband zusammengebunden. Sie hatte sich ihrer Mutter zuliebe so angezogen und sich über den wohlwollenden Blick gefreut, den sie bei ihrer Ankunft erhalten hatte.

Eine ältere Dame, Nicole schätzte ihr Alter auf Anfang siebzig, setzte sich neben sie.

»Ich bin Margot«, sagte sie. »Deine Mutter hat mir erzählt, dass du als Hauswirtschafterin arbeitest?« Sie strich sich mit beiden Händen über den dunkelblauen Rock. »Ich finde das großartig«, sprudelte es aus ihr heraus. Ihre kleinen hellen Augen leuchteten. »Heutzutage kann niemand mehr einen Haushalt anständig führen.« Sie schmunzelte. »Es gehört viel mehr dazu als kochen, Wäsche waschen und Kinder erziehen, aber nur wenige Menschen wissen das. Ich habe diesen Beruf auch gelernt und es nie bereut, vor allem nicht, als ich geheiratet habe.« Margot nickte bedächtig und blickte für einen Moment in die Ferne. »Ich konnte sofort den Haushalt schmeißen, und als dann unsere vier Kinder geboren wurden, bin ich ganz zu Hause geblieben.«

Sie tätschelte Nicoles Unterarm. »Ich weiß natürlich, dass ihr jungen Frauen heutzutage ganz andere Pläne habt.«

»Mhm«, erwiderte Nicole zögernd, denn bislang hatte sie sich über eine mögliche Zukunft als Ehefrau kaum Gedanken gemacht. Obwohl sie über dreißig Jahre alt war, lag das Leben schließlich noch vor ihr. Trotzdem lösten Margots Worte etwas in ihr aus. Sie hatte sich in den vergangenen Jahren über ihre Träume und Ziele eher wenig Gedanken gemacht, aber das würde sie möglichst bald ändern – am besten noch heute Abend, spätestens aber morgen früh. Sie dachte an das hübsche Notizheft, auf dem ein bunter Heißluftballon und ein schönes Lebensmotto abgedruckt waren: *Folge deinen Träumen, sie kennen den Weg!*

Sie hatte es spontan bei einem Bummel durch Eckernförde in einem Schreibwarengeschäft entdeckt und sofort gekauft.

»Hier steckst du also!« Die durchdringende Stimme ihrer Mutter ließ Nicole zusammenzucken. Sybille ergriff Margots Hand. »Komm, ich möchte dir jemanden vorstellen.« Sie streifte Nicole mit ihrem Blick. »Du entschuldigst uns doch?«

Ihre Mutter führte Margot zu einer kleinen Gruppe, die auf dem Weg in den Wintergarten war. Wahrscheinlich hatte sie schon einen Plan im Kopf, welche ihrer Gäste sie vorrangig miteinander bekannt machen wollte. Nicole wusste, dass Sybille nichts dem Zufall überließ. Mit ihren Einladungen verfolgte sie im Allgemeinen irgendeinen wohltätigen oder gesellschaftlichen Zweck, *Networking* nannte sie diese Art des Umgangs mit Menschen, die sie für ihre persönlichen Ziele einspannen wollte. »Tue Gutes und rede darüber«, war einer ihrer liebsten Leitsprüche, deshalb engagierte sie sich in diversen Stiftungen und Fördergesellschaften. Dabei ging es ihr nicht um wirtschaftliche Vorteile, denn sie war finanziell sehr gut aufgestellt. Sybille war süchtig nach Anerkennung und präsentierte sich gern als selbstlose Wohltäterin.

Nicole ließ den Blick durch den Raum schweifen. Alle Gäste unterhielten sich angeregt, es würde also kaum auffallen, wenn sie sich kurzerhand aus dem Staub machte.

Sie erhob sich vorsichtig, drehte sich um und ging mit halb gesenktem Kopf an zwei Männern vorbei, die in ein Gespräch vertieft waren. Die Worte »Schweinswale in der Eckernförder Bucht« ließen sie aufhorchen. Sie blieb daher stehen und öffnete ihre Handtasche, als ob sie etwas suchen würde. Der eine der beiden trug eine randlose Brille, die er sich soeben mit dem Zeigefinger zurück auf die Nase schob. »Auf jeden Fall steht fest, dass die Schweinswale nicht dadurch sterben, weil in der Eckernförder Bucht nach Erdöl gesucht wird.« Er warf den Kopf grinsend in den Nacken. »Das haben sich irgendwelche Umweltschützer zusammengereimt, die keine Ahnung haben.«

Komisch, dachte Nicole, das hatte sie von Arne aber ganz anders gehört. Ob dieser Mann ein Kollege von ihm war, der auf demselben Gebiet forschte, aber zu anderen Ergebnissen kam? Das war in der Wissenschaft bestimmt nichts Ungewöhnliches, überlegte sie, aber seltsam fand sie das Ganze trotzdem. Wie konnte sich dieser Mann so sicher sein, dass nur seine Forschungsergebnisse der Wahrheit entsprachen? Soweit sie wusste, gab es auf fast allen wissenschaftlichen Gebieten unterschiedliche Interpretationen von Sachverhalten.

»Hey!« Nicole zuckte zusammen, doch als sie sich umdrehte, strömte ein warmes Gefühl durch die hindurch. »Leander, wie schön.«

Ihr Bruder stand wie eine Erscheinung vor ihr: groß, schlank und durchtrainiert und mit einem Blick, der Eisberge zum Schmelzen brachte. Sie umarmten sich, wobei

Leander sie fest an sich drückte. Er strich sich eine Strähne seines aschblonden Haars aus der Stirn.

»Ich hatte gehofft, dich hier zu treffen.« Er musterte sie schmunzelnd. »Die Trennung von Ulf scheint dir gutzutun.«

»Kann sein«, sagte sie leichthin. Ihr Bruder war mit ihrem Ex-Freund nie richtig warm geworden, die beiden lebten in völlig unterschiedlichen Welten.

Leander blinzelte ihr zu. »Gibt es etwa schon einen Neuen?«

Sie hob die Augenbrauen. »Vielleicht …«

Er rieb mit der Hand über ihren Oberarm. »Das freut mich aber.« Er fixierte sie mit seinen haselnussfarbenen Augen. »Ich will alles wissen, okay?«

»Noch gibt es nicht viel zu erzählen«, erwiderte sie ausweichend. »Wenn sich das ändert, wirst du der Erste sein, der davon erfährt.«

Nicole hatte mit Leander telefoniert, nachdem sie bei Ulf ausgezogen war, deshalb wusste er auch, dass sie nun auf dem Strandrosenhof wohnte. Ihr Bruder lebte derzeit in Hamburg, sie sahen sich nicht häufig, aber sie hielten über WhatsApp engen Kontakt und schrieben sich mindestens dreimal die Woche. Er war mittlerweile ihr wichtigster Vertrauter, obwohl sie in ihrem Leben oft auch eifersüchtig auf ihn gewesen war. Ohne ihn hätte sie den Kontakt zu ihrer Mutter wohl schon mehrmals abgebrochen, aber Leander vermittelte immer wieder zwischen ihr und Sybille, sodass es nie zu einem endgültigen Bruch gekommen war. Jetzt zog er eine E-Zigarette aus der Brusttasche seines maßgeschneiderten weißen Hemdes und deutete mit dem Kopf zur Eingangstür. »Kommst du mit?«

Kurze Zeit später saßen sie nebeneinander auf der Treppe mit Blick auf den Vorgarten, in dem Stockrosen und Sommerflieder blühten. Im schwachen Licht der Straßenlaternen, das durch die Buchsbaumhecke drang, waren nur die Umrisse der Pflanzen zu erkennen. Während Leander an seiner E-Zigarette zog, sog Nicole den betörenden Duft der Blüten ein. Sie stupste ihren Bruder in die Seite, als das Eukalyptusaroma seiner E-Zigarette in ihre Nase drang. »Willst du nicht endlich mal ganz aufhören?«

Leander antwortete nicht, sondern ließ den Dampf langsam durch die Nase entweichen. »Irgendwann schon«, sagte er schließlich. Fasziniert betrachtete Nicole sein klassisches Profil, das dem der griechischen und römischen Statuen glich, die in der Kieler Kunsthalle dauerhaft ausgestellt waren. Es waren zwar keine Originale, sondern Kopien aus Gips, aber sie waren auf Podesten und unter Reliefs sehr ansprechend präsentiert. Nicole hatte dort sogar mal einen Kurs zum Thema »Der menschliche Körper« belegt und einige Zeichnungen von den Bildnissen muskulöser Männer und leicht bekleideter Frauen in verschiedenen Posen angefertigt.

»Wie lange bleibst du in Kiel?«, fragte sie ihren Bruder schließlich.

»Nur bis übermorgen«, antwortete er. »Länger kann ich mir nicht freinehmen, ich stecke bis über den Kopf in Arbeit.«

Leander war derzeit bei der Deutschen Bahn beschäftigt. Nicole hatte sich zu Beginn über die Wahl des Arbeitgebers gewundert, denn zuvor hatte er bei einem hippen Start-up-Unternehmen gearbeitet. Allerdings hatten ihn schon als kleiner Junge Eisenbahnen interessiert. Seine Märklin-Eisenbahn, die er zu seinem fünften Geburtstag geschenkt bekommen hatte, war sein Heiligtum gewesen. Stundenlang hatte er die schwarze Lok mit den roten Rädern und zwei Anhängern im Kreis fahren lassen, bis er weitere Gleise, zwei Transportwagen und Bauernhoftiere dazubekam. Nicole hatte ihrem Bruder eine Scheune aus einem Karton gebastelt. Viele seiner Freunde hatten seine Leidenschaft geteilt, aber als die Jungs in die Pubertät gekommen waren, hatten sie sich mehr für Fußball und die Mädchen aus der Klasse interessiert. Leander war hingegen ein Fan der Bahn geblieben, insofern passte dieser Job in jeder Hinsicht zu ihm.

»An welchem Projekt arbeitest du denn gerade?«, fragte sie, denn sie hatten lange nicht mehr über ihre Arbeit gesprochen.

Leander seufzte tief. »Ich leite das Team automatisiertes Fahren«, erklärte er, »wir sind aber erst in der Startphase.«

»Hört sich spannend an«, meinte Nicole. »Ich kann mir das aber nicht so richtig vorstellen«, fügte sie nach einer kleinen Pause hinzu. »Was passiert zum Beispiel, wenn etwas mit der Programmierung nicht in Ordnung ist?«

»Du meinst fehlerhafte Algorithmen?«

Nicole grinste. »Wahrscheinlich ...«

»Sorry, ich verfalle leider immer wieder in meinen Fachjargon. Im Grunde ist es nur eine Arbeitsanleitung, um Schritt für Schritt ein Problem zu lösen. Wenn du zum Beispiel ein Rezept ausprobierst, ist das auch ein Algorithmus.«

Nicole stupste ihren Bruder in die Seite. »Aber was ist, wenn ich nach Gefühl koche?«

Leander überlegte einen Moment. »Dann ist das kreatives Chaos.«

Ein knarrendes Geräusch ließ sie beide aufhorchen. »Hier steckt ihr also.«

Ihre Mutter stand in der Eingangstür. Sofort war die leichte Sommerstimmung verflogen. »Leander, kommst du mal bitte?« Ihr Bruder zuckte bedauernd mit den Schultern. »Wir sehen uns später?«

Sybille kam mit geöffneten Armen auf ihren Sohn zugelaufen, hakte sich bei ihm unter und redete auf dem Weg zurück in die Wohnung ununterbrochen auf ihn ein. Der Anblick der vertrauten Zweisamkeit versetzte Nicole einen schmerzhaften Stich ins Herz, deshalb wandte sie sich ab. Sie hatte einmal gelesen, dass die meisten Eltern ihre Kinder ungleich behandelten, auch wenn Mütter und Väter dies nie zugegeben würden. Allerdings geschah das dem Artikel zufolge meistens nur zeitweise, zum Beispiel, wenn ein Kind besonders viel Aufmerksamkeit und Liebe bedurfte, weil es krank war oder Schulprobleme hatte. Nicole strich sich mit der Hand über die schmerzende Nackenmuskulatur. Sie war trotzdem glücklich, dass Leander ihr Bruder war und sie sich so gut verstanden. Er war immer für sie da, selbst wenn er beruflich und oft auch privat ständig unter Hochspannung stand. In dieser Hinsicht waren sie sehr unterschiedlich. Leander ging immer an seine Grenzen, denn er langweilte sich schnell, deshalb benötigte er neue »Kicks«, wie er zu sagen pflegte. Über sein Liebesleben sprach er selten, allerdings zeigte er sich auf seinem Instagram-Kanal oft an der Seite schöner Frauen, die er zu Konzerten und ins Theater begleitete. Hin und wieder datete er auch Männer, aber Nicole wusste nicht, ob diese Treffen auf rein freundschaftlicher Basis abliefen oder mehr dahintersteckte. Möglich waren aber mit Sicherheit beide Varianten.

Sie hörte, wie Applaus hinter der Eingangstür ertönte, deshalb stand sie auf, strich den Rock glatt und kehrte in die Wohnung von Sybille zurück. Sie lief über den Flur in Richtung Wintergarten, in dem sich die Gäste ihrer Mutter versammelt hatten. Eine junge Frau mit Dreadlocks spielte dort auf ihrer Gitarre die *Bourrée in e-Moll* für Laute von Johann Sebastian Bach, welche sie sehr liebte. Sie gesellte sich zu den Zuhörern und schloss die Augen, während sie sich langsam zum Takt der Musik hin und her wog. Als junges Mädchen hatte sie bei Mattis, einem Jungen aus der Oberstufe, zusammen mit ihrer Freundin Lilly Gitarrenunterricht gehabt. Als Grundlage hatte der gelbe Buchklassiker von Peter Bursch gedient, der mit farbigen Fotos und ohne Noten den Einstieg besonders leicht machte.

Leider hatte sich ihre Freundin in Mattis verliebt. Lilly war nach dem Unterricht immer noch länger geblieben, angeblich, weil sie eine bestimmte Zupftechnik nicht verstanden hatte, aber Nicole hatte sie natürlich gleich durchschaut. Als sie Lilly einmal darauf angesprochen hatte, war ihr sofort die Röte in die Wangen geschossen. Zum Abiball war sie mit Mattis an ihrer Seite erschienen, und kurze Zeit später hatten die beiden geheiratet. Seitdem hatte sie von Lilly nur über gemeinsame Bekannte etwas gehört, zum Beispiel, dass sie Mutter von drei Kindern geworden war und in Flensburg lebte. Nicole zuckte zusammen, als der letzte Ton verklang und Applaus aufbrauste. Im Anschluss daran gab es Fingerfood, das die junge Kellnerin auf einem silbernen Tablett servierte. Irgendwann war dieser Abend endlich überstanden. Leander war schon nach dem Konzert verschwunden, deshalb schloss sich Nicole Margot an, die ebenfalls loswollte. Sie half der alten Dame in den leichten blauen Mantel, wobei ihr die Umhängetasche aus der Hand glitt.

»Mist«, entfuhr es ihr, als sich der Inhalt auf dem Holzfußboden ausbreitete. Nicole hatte nachmittags am Strand gezeichnet und deshalb ihre Werke zufällig mit dabei. Rasch beugte sie sich hinunter, aber Margot war schneller und nahm ihren Skizzenblock, der aufgeschlagen gelandet war, in die Hand. Sie runzelte die Stirn, dann aber strahlte sie über das ganze freundliche Gesicht. »Das ist richtig gut«, sagte sie schließlich. »Hast du den Schweinswal gezeichnet?«

Nicole nickte. »Das ist nur eine Skizze …«

»Sieht für mich aber nach einer kleinen Geschichte aus«, überlegte Margot, während sie die weiteren Zeichnungen musterte. »Der kleine Kerl macht auf mich den Eindruck, als ob er etwas sucht?«

Nicole lächelte. »Vielleicht …«, sagte sie gedehnt. »Ich habe eine Geschichte im Kopf, das stimmt.«

Margot nickte anerkennend, gab ihr den Skizzenblock zurück und zog eine Visitenkarte heraus. »Meine Tochter Emilia hat einen kleinen Verlag für Kinder- und Jugendbücher in Neumünster. Das Thema Schweinswale ist sehr gefragt.«

19. Kapitel

Am nächsten Morgen wachte Nicole mit Kopfschmerzen auf. Der Abend bei ihrer Mutter hatte ihr ordentlich zugesetzt, und obwohl sie außer dem kleinen Begrüßungssekt nichts getrunken hatte, fühlte sie sich vollkommen verkatert. Es war erst sechs Uhr morgens, durch das halb geöffnete Fenster in ihrem Schlafzimmer hörte sie das Zwitschern der Amseln, die in den Ahorn- und Kastanienbäumen vor der Tür den Tag begrüßten. Sie streckte sich und trank den Rest Wasser aus dem Glas, das auf dem weißen Nachtschränkchen stand. Es schmeckte etwas schal, weckte aber ihre Lebensgeister. Nicole sprang aus dem Bett, duschte schnell, rubbelte sich ab und zog danach einen Slip und ein weites T-Shirt an. Der Boden mit den Keramikfliesen in der Küche fühlte sich unter ihren nackten Füßen angenehm kühl an. Sie füllte den Kessel mit Wasser, setzte ihn auf den Herd, und als sie wenige Minuten später an ihrem Tisch den ersten Schluck Kaffee trank, kehrten ihre Lebensgeister langsam zurück. Ihre Gedanken wanderten zum gestrigen Abend. Der Satz des Meeresbiologen kam ihr wieder in den Sinn. Dr. Messerschmidt hieß er, wie sie in Erfahrung gebracht hatte.

Er hatte behauptet, dass die Schweinswale nicht durch Schallwellen von ihrem Weg abgekommen und an Land gespült worden seien. Auf jeden Fall würde sie Arne davon erzählen. Nicole nippte an ihrer Tasse und ließ die Begegnung mit Margot noch einmal in ihrem Kopf Revue passieren. Vom ersten Moment an hatte sie sich mit der älteren Dame verbunden gefühlt. Ein warmes Gefühl breitete sich in ihrer Brust aus, als sie an die freundlichen hellen Augen dachte, mit denen Margot bis in ihr Herz durchgedrungen war. Sie sprang auf, fand ihre Tasche im Flur und fingerte die Visitenkarte heraus, die Sybilles Bekannte ihr zugesteckt hatte:

Emilia Schönfeld
Blütenstaub-Verlag, Neumünster

Nicole nahm ihr Handy und speicherte die Festnetz- und die Mobiltelefonnummer von Margots Tochter ab.

Dann ging sie ins Wohnzimmer zu ihrem Schreibtisch, auf dem ihr Skizzenblock lag. Sie setzte sich, blätterte das Deckblatt um und betrachtete ihre bisherigen Zeichnungen eines Schweinswals. Daneben lag ihr Notizheft mit der Aufschrift *Folge deinen Träumen, sie kennen den Weg.*

Nicole atmete tief durch, schloss die Augen und ließ die Geschichte eines kleinen Schweinswals in der Ostsee in ihrem Kopf entstehen. Sie nahm einen Stift zur Hand:

Der kleine Schweinswal schwamm munter durch das Meer. Er ließ sich von den Wellen treiben, tauchte in die Tiefe zum

Meeresboden und schoss dann wieder nach oben. Sein Herz war leicht, denn er war frei. Doch eines Tages kam er vom Weg ab, und er wusste plötzlich nicht mehr, wie er zurück nach Hause kommen sollte.

Nicole hielt inne und las den Text, der ihr spontan eingefallen war. Sie überlegte, welche Bücher ihr als Kind besonders gefallen hatten, und ihr fiel als Erstes *Die kleine Raupe Nimmersatt* von Eric Carle ein, dann *Der kleine Prinz* von Antoine de Saint-Exupéry und schließlich *Pippi Langstrumpf* von Astrid Lindgren. Nicole rief den Browser auf ihrem Handy auf und gab »die erfolgreichsten Kinderbücher« in die Suchmaske ein. Sie fand mehrere Listen zu diesem Thema mit unterschiedlichen Rankings, aber ihre Lieblingsbücher von früher waren dort allesamt aufgelistet. Ein Buch tauchte sehr oft an erster Stelle auf: *Wo die wilden Kerle wohnen* von Maurice Sendak. Es war 1963 erschienen und galt längst als Klassiker der Kinderliteratur. Nicole las, dass dieses Werk willensstarken und fantasievollen Kindern Mut machen wollte. Sie lehnte sich zurück und streckte die Beine unter dem Schreibtisch aus. Ihr kam der Gedanke, dass die Helden und Heldinnen der über Generationen erfolgreichen Bücher tapfer, aber auch lustig waren und sich für andere einsetzten. Außerdem hatten sie sich am Ende ihrer Reise weiterentwickelt – so wie die Raupe Nimmersatt, die sich zum Schluss in einen Schmetterling verwandelt hatte.

Nicole listete auf einem Blatt Papier die Eigenschaften eines Schweinswals auf, der in der hiesigen Ostsee lebte, und hoffte, dadurch dem möglichen Heldendasein des Meeressäugers auf die Spur zu kommen:

STECKBRIEF

Name: Schweinswal oder auch Kleiner Tümmler

Besonderheit: Die Meeressäuger senden Klicklaute ab und orientieren sich anhand des Echos, das dadurch entsteht, sie »sehen« also mit den Ohren.

Alter: bis zu 20 Jahren

Gewicht: 40 bis 90 Kilogramm

Länge: maximal 2,5 Meter

Aussehen: gedrungener Körper, runder Kopf mit flacher Schnauze

Verbreitung in Schleswig-Holstein: Kieler und Eckernförder Bucht, vor Sylt, Amrum und Fehmarn

Verhalten: Einzelgänger, manchmal zu zweit, scheu und sensibel. Sprünge aus dem Wasser sind selten.

Gefahr: Unterwasserlärm, z. B. durch Airguns, die bei der Suche nach Erdöl- und Erdgasvorkommen in der Nord- und Ostsee eingesetzt werden

Nicole legte den Stift beiseite und betrachtete ihre Liste, die ihr als Wissensgrundlage dienen sollte. Die Informationen hatte sie im Internet gefunden, aber sie besaß auch noch ein Sachbuch über Wale und Delfine, welches sie von ihrem Stiefvater geschenkt bekommen hatte. Sie betrachtete ihre Zeichnungen und hoffte, dass ihr eine kleine Geschichte einfallen würde, hatte dabei aber das Gefühl, als ob lauter Puzzleteile in ihrem Kopf herumschwirrten, die nicht zusammenpassten.

Nicole trank den Rest Kaffee in einem Zuge, dann ließ sie der Blick auf die Zeitanzeige ihres Handys aufschrecken: In zwanzig Minuten war die heutige Teamsitzung in der Gutshausküche. Sie musste sich beeilen, wenn sie nicht zu spät kommen wollte. Während sie sich anzog, kehrten ihre Gedanken zu dem Nachmittag bei ihrer Mutter zurück, der ganz anders verlaufen war, als sie es erwartet hatte. Erst hatte sie sogar absagen wollen, weil ihr Auto immer noch in der Werkstatt war, aber nun war sie froh, dass sie schließlich doch mit dem Bus nach Kiel gefahren war. Sie würde sich auf jeden Fall bei Emilia Schönfeld melden und ihr eine Idee für ein Kinderbuch vorstellen, denn eine solche Gelegenheit durfte sie nicht verstreichen lassen. Sie ging ins Bad, stellte sich ans Waschbecken und betrachtete ihr etwas müde wirkendes Gesicht im Spiegel. Sie hatte zu wenig geschlafen, deshalb lagen dunkle Schatten unter ihren Augen. Nicole tupfte Feuchtigkeitscreme auf die Wangen und klopfte sie mit den Fingern in die Haut ein. Dann trug sie mit einem weichen Pinsel etwas Puder auf, tuschte sich die Wimpern, zwirbelte die Haare nach oben und befestigte sie mit einer Klemme. Im Flur griff sie nach ihrer Tasche, öffnete die Tür, kehrte noch einmal ins Wohnzimmer zurück und nahm ihr Handy, das sie auf dem Schreibtisch liegen gelassen hatte, in die Hand. Ihr Blick fiel auf das Display. Arne hatte ihr eine WhatsApp-Nachricht geschickt: *Lust auf einen kleinen Ausflug nach Kiel? Ich würde dich um 20 Uhr abholen?*

Nicoles Herz machte vor Freude einen kleinen Sprung. Schnell tippte sie die Antwort: *Sehr gern!*

Drei Punkte signalisierten ihr, dass Arne ihr noch etwas schrieb. Sie hielt für einen Moment den Atem an, dann las sie: *Nimm deine Schwimmsachen mit!*

Arne lenkte den Strich-Achter auf den Rasenparkplatz direkt am Nord-Ostsee-Kanal in Kiel-Holtenau. Jetzt am frühen Abend waren nicht mehr viele Menschen unterwegs, deshalb fand er gleich einen freien Platz. Er öffnete die Tür, ging ums Auto herum und reichte Nicole die Hand. »Darf ich bitten?«

Sie schwang ihre langen Beine aus dem Auto und ließ sich lächelnd von ihm hochziehen. Arne holte seine Sporttasche aus dem Kofferraum und drückte Nicole ihre Umhängetasche aus Bast in die Hand. Dann deutete er auf den historischen Leuchtturm, der an der Einfahrt zur Schleuse stand.

»Wir müssen in diese Richtung.«

Arne liebte das rotbraune Backsteingebäude, zu dem Kaiser Wilhelm I. am 3. Juni 1887 den Grundstein gelegt hatte. Die halbkugelförmige Kupferkuppel ragte majestätisch aus dem achteckigen Unterbau – der sogenannten Drei-Kaiser-Halle –, in der auch Trauungen stattfanden.

»Voll schön!«, sagte Nicole, als sie nach einem kurzen gemeinsamen Gang auf der Steinplatte vor dem Eingang standen. Arne deutete auf das Relief, das sich über der mit

Ornamenten verzierten Tür befand. »Das sind die beiden Göttinnen der Nord- und der Ostsee, die sich die Hände reichen.«

»Das ist wunderbar«, sagte Nicole leise und lehnte sich an ihn. Er spürte dort, wo sie ihn berührte, ein Ziehen, das wie eine kleine Welle durch seinen Körper strömte.

»Ich kann mir kein schöneres Sinnbild für einen Kanal vorstellen, der die beiden Meere miteinander verbindet.«

Sie deutete mit dem Kopf in die entgegengesetzte Richtung. »Ich bin meistens dort hinten im Schiffercafé, da gibt es ein leckeres Frühstück, das letzte Mal war ich mit meiner Freundin Sophia hier.«

»Ja, das kenne ich auch«, erwiderte er. »Das hat vielleicht noch geöffnet?«

Nicole schüttelte den Kopf. »So war das nicht gemeint.« Sie küsste ihn leicht auf den Mund. »Ich bin gespannt aufs Schwimmen.«

Sie liefen runter an den Kai, wo zwei Angler an einem Poller standen, den Blick starr auf das spiegelglatte Wasser gerichtet, in dem sich fast immer jede Menge Heringe, Hornhechte und Meerforellen tummelten. Die beiden halb mit Wasser gefüllten Eimer waren allerdings leer, das Anglerglück ließ heute wohl auf sich warten. Hand in Hand gingen sie weiter am Kanal entlang, bis vor ihnen das weiße Gebäude der Seebadeanstalt Holtenau auftauchte. Dahinter erhoben sich die vierstöckigen Terrassenhäuser, die auf dem ehemaligen Bundeswehrgelände gebaut worden waren.

Nicole blieb stehen und drehte sich zu ihm um. »Hast du etwa ...?«

Arne zog schmunzelnd einen Schlüssel aus der Tasche seiner Shorts. »Jo!«

Sie stupste ihn in die Seite. »Das glaube ich jetzt nicht?«

Arne spürte Nicoles Vorfreude, als sie den Holzsteg betraten. Er steckte den Schlüssel in das Schloss der halbrunden, mit Stacheln verzierten Tür aus Eisen, die sich knarrend öffnete. Es dämmerte mittlerweile, sodass die Lampen das lange weiße Gebäude der Badeanstalt in ein goldenes Licht hüllten. Er hatte den Schlüssel von einem Freund bekommen, der zu den glücklichen Schwimmern gehörte, die unabhängig von den offiziellen Badezeiten die Anstalt nutzen durften. Er solle seinen Besuch dort aber nicht »an die große Glocke« hängen, denn die Schlüssel waren verlost worden, und es gab keine weiteren mehr.

Sie zogen die Schuhe aus und liefen barfuß über die Holzplanken, die sich noch immer warm anfühlten, obwohl es jetzt fast dunkel war. Sie kamen an den geschlossenen Umkleidekabinen vorbei, und erreichten den Steg mit der Treppe ins Wasser, der im rechten Winkel an den ersten Teil angebaut war. Dort schoben sie den Strandkorb, der in der Ecke stand, in die Nähe des Holzgeländers, zogen die Fußstützen heraus und ließen sich nebeneinander hineinfallen. Einen Moment genossen sie beide einvernehmlich die Stille. Unter ihnen gluckste das Ostseewasser, der leichte Sommerwind ließ das Laub in den Bäumen, die auf dem Rasenstreifen hinter der Böschung wuchsen, leise rascheln. Über ihnen kreischte eine Möwe, die danach in einem hohen Bogen in der Ferne verschwand. Arne öffnete seine Sporttasche und zog ein Badehandtuch und zwei Dosen alkoholfreies Bier heraus. Als sie die Verschlüsse fast gleichzeitig entfernten, durchbrach das Zischen die nahezu vollkommene Stille. Sie prosteten sich zu. »Auf einen schönen Abend«, sagte Nicole und legte den Kopf auf seine Schulter. Er ließ den Blick über das dünne, eng anliegende T-Shirt gleiten, unter dem sich ihre Brüste deutlich abzeichneten. Sie trug schwarze Shorts, die ihre leicht gebräunten Beine perfekt zur Geltung brachten. Ein euphorisches Gefühl breitete sich in seinem Körper aus. Am liebsten hätte er sie auf seinen Schoß gezogen, aber stattdessen sprang er hoch, griff nach ihr und schloss sie in die Arme. Er spürte Nicoles Herzschlag an seiner Brust, und als er die Lippen sanft auf ihre legte, seufzte sie und presste sich an ihn. Arne streichelte ihren Nacken, umfasste ihren Po und drückte sie schließlich an die Holzwand des Steges. Plötzlich durchbrachen Stimmen die Stille, und sie hielten einen Moment inne. Eine Gruppe junger Männer und Frauen spazierte an der Promenade entlang, sie unterhielten sich lautstark und hörten dazu deutsche Hip-Hop-Musik aus einer mobilen Soundbox. Als sie verschwunden waren, war wieder alles still. Trotzdem war der intime Moment verflogen, deshalb griff er nach ihrer Hand: »Schwimmen?«

Statt einer Antwort ließ Nicole ihn los, entledigte sich in Windeseile ihrer Klamotten und war schon auf dem Weg zur Treppe, als bei Arne endlich der Groschen fiel.

»Na, warte«, rief er, während er sich das T-Shirt über den Kopf zog. Wenige Sekunden später standen sie nebeneinander auf der vorletzten Stufe der Treppe, die ins Wasser führte. Nicole schnappte nach Luft und reckte die Arme in die Höhe: »Eins, zwei, drei!« Arne spürte, dass sie fast zeitgleich ins Wasser eintauchten. Er kraulte los, glücklich, sie an seiner Seite zu wissen. Zwar verspürte er den Drang, nach vorne zu preschen, aber ihm ging es nicht um den Sieg bei diesem kleinen Wettstreit, sondern um das wunderbare Gefühl, das Nicole in ihm auslöste, während sie neben ihm kraulte. Die Schwimmbahn war fünfzig Meter lang, deshalb gab er Nicole ein Zeichen zum Wenden. Sie hätten auch weiter parallel zum Ufer kraulen können, aber auf diese Weise fühlte es sich wie beim letzten Mal am Weidefelder Strand wie ein kleiner Wettkampf an. Als sie den Ansatz der Treppe erreichten, warfen sie sich über die Wasserfläche hinweg einen fragenden Blick zu. Er nickte, woraufhin Nicole kurz die letzte Stufe antippte und blitzschnell wendete. Arne war einen Moment irritiert, was ihn ein, zwei Sekunden kostete, wodurch sich der Abstand zwischen ihr und ihm vergrößerte.

Als sie nach insgesamt zweihundert Metern den Steg erreichten, klatschten sie beide fast zur gleichen Zeit aufs Holz. Nicole schob sich die klitschnassen Haare aus dem Gesicht. »Unentschieden«, sagte sie schwer atmend und reichte ihm die Hand. »Okay …«, erwiderte er, umschlang ihre Taille und ließ sich rücklings ins Wasser fallen. Sie ließ die Arme locker, er spürte ihren Po auf seinem Unterleib, während er langsam rückwärtsschwamm, als wollte er sie vor dem Ertrinken retten. Inzwischen war es ganz dunkel geworden, und um sie herum breitete sich die Stille wie ein weiches Tuch aus. Arne fühlte sich plötzlich wie ein

Blatt, das mit dem Strom schwamm, federleicht und ohne Ziel. Als sie schließlich aus dem Wasser stiegen, leuchtete der Mond am schwarzblauen Himmel. Wortlos trockneten sie sich ab, schlüpften in ihre Kleider und verließen eng umschlungen die Badeanstalt. Als sie schließlich wieder im Auto saßen, drehte Arne sich zu ihr um. »Kommst du noch mit zu mir?«

Nicole kräuselte nachdenklich die Stirn, woraufhin sich Arnes Magen kurz schmerzhaft zusammenzog. Doch dann strahlte sie übers ganze Gesicht. »Wir können auch zu mir fahren, das ist, glaube ich, näher.«

20. Kapitel

Der Duft von Kaffee drang in ihre Nase. Nicole erwachte aus einem schönen Traum: Sie war in einem Seerosenteich geschwommen, um den herum hohe Laubbäume wuchsen. Sonnenstrahlen fielen durch die Blätter und kitzelten ihre Nase. Alles um sie herum war friedlich und entspannt – wie im Paradies.

Als sie vorsichtig die Augen aufschlug, fiel ihr Blick auf eine Keramiktasse. Sie zwinkerte, denn irgendetwas musste mit ihr nicht stimmen. Nicole konnte sich jedenfalls nicht erinnern, wann ihr das letzte Mal jemand einen Becher Kaffee ans Bett gebracht hatte.

»Guten Morgen!«

Arne kam zurück ins Bett, sein Duft empfing sie wie ein warmer Sonnenregen. Sie nahm einen Schluck, stellte die Tasse dann aber auf dem Boden ab und kuschelte sich in seine Armbeuge.

»Wie spät ist es?«, murmelte sie, denn sie hatte gestern jedes Zeitgefühl vergessen, nachdem sie sich wild geküsst hatten und schließlich in ihrem Bett gelandet waren. Die Erinnerung an seine Berührungen ließ sie erschauern.

Sie warf einen Blick auf die Uhr ihres Handys. Da kam

ihr ein Gedanke, den sie seit dem Besuch bei ihrer Mutter mit sich herumgetragen hatte.

»Kennst du einen Dr. Messerschmidt?«

»Na klar, er ist mein Kollege.«

»Ich habe mitbekommen, wie er etwas über das Sterben der Schweinswale sagte, und da wurde ich natürlich hellhörig.« Nicole rollte sich auf den Rücken und ließ die Begegnung mit dem Wissenschaftler noch einmal innerlich Revue passieren. Arne hatte sich auf die Seite gelegt und stützte sich mit der Hand ab. Seine funkelnden Augen ruhten auf ihr, aber sie ließ sich in diesem Moment nicht davon ablenken. Es war ihr wichtig, dass er erfuhr, was sie gehört hatte. »Dein Kollege sagte, dass sich die Schweinswale nicht wegen der Schallwellen verirren und sterben würden, sondern …« Sie hielt einen Moment inne, denn sie wollte nichts Falsches sagen. »Jetzt fällt es mir wieder ein«, fuhr sie schließlich fort. »Dr. Messerschmidt glaubt, dass die Schweinswale zu wenig kleine Fische in der Ostsee finden und deshalb verhungern.« Nicole spürte, wie Arne neben ihr kurz erstarrte, sich dann aber wieder entspannte.

»Das ist ja ein Ding«, sagte er schließlich, richtete sich auf und verschränkte die Arme vor der breiten Brust, an die sich Nicole in diesem Moment gern gelehnt hätte. Offenbar hatte sie mit ihren Worten in ihm einen Stein ins Rollen gebracht, und deshalb war sie doppelt froh, dass sie sich alles gemerkt hatte, was sein Kollege gesagt hatte. Was für ein seltsamer Zufall, dass sie Zeugin dieser Äußerung geworden war.

Arne fuhr sich mit der Hand durch das rotblonde, von

der Nacht zerzauste Haar. »Mein Kollege hat im Auftrag der Landesregierung ein Gutachten über das Sterben der Schweinswale in der Ostsee geschrieben.« Er hielt einen Moment inne. »Was ich dir jetzt sage, muss aber unter uns bleiben.«

Für einen kleinen Moment schnürte sich Nicoles Kehle zu, aber als sie seinen warmherzigen Gesichtsausdruck bemerkte, löste sich das Gefühl der Enge wieder auf. »Ich habe eine Kopie seiner Arbeit durch Zufall im Ausgabefach des Druckers in unserem Büro gefunden.«

Nicoles Augenbrauen schnellten in die Höhe. »Hast du den Ausdruck behalten?«

Er nickte. »Ich hatte gleich das Gefühl, dass damit etwas nicht in Ordnung ist.«

»Du meinst, dass er vom eigentlichen Thema ablenken wollte?«

Arne warf ihr einen anerkennenden Blick zu. »Guter Gedanke ...« Er sprang aus dem Bett und griff nach dem T-Shirt, das am Abend zuvor auf dem Boden gelandet war. »Gut möglich, dass eine Institution oder Firma dahintersteckt«, sagte er gedehnt. »Leider kommt es immer wieder vor, dass Forschungsergebnisse nicht hundertprozentig unabhängig entstehen.«

Nicole schnappte sich ihre Shorts, die verknäult am Fußende des Bettes lagen. »Du meinst, dass Wissenschaftler sich durch Spenden- oder Fördergelder beeinflussen lassen?«

»Ja, so in der Art«, antwortete Arne. »Es ist eine Grauzone, aber es gab genug solcher Fälle, in denen Forschungsergebnisse an die Wünsche des Spenders …«, er holte tief Luft, »… sagen wir mal, angepasst wurden.«

»Gibt es eine Möglichkeit, das herauszufinden?«

Arne zuckte mit den Schultern. »Keine Ahnung, es müsste jemand sein, der mit der ganzen Wissenschaftswelt nichts zu tun hat.« Er zog sich das T-Shirt über den Kopf. »Es wird nicht einfach sein, verwertbare Beweise zu finden, und selbst wenn es gelingt, kann ich mir keine Konsequenzen vorstellen …«

»Das darf doch nicht sein«, sagte Nicole mit Nachdruck. »Geld regiert die Welt?« Sie ballte die Hände zu Fäusten. Arne musste innerlich schmunzeln, denn er hatte sie bislang noch nie derart aufgebracht erlebt.

»Kennst du den Emmely-Fall?«

Als er den Kopf schüttelte, legte Nicole los: »Emmely ist der Spitzname einer Kassiererin, die zwei liegen gebliebene Pfandzettel im Wert von 1,30 Euro eingelöst hatte und der deshalb fristlos gekündigt wurde.« Sie strich sich eine Strähne aus dem Gesicht. »Nach dreißig Dienstjahren wohlgemerkt.«

»Aber das ist doch auch nicht in Ordnung?«, warf Arne ein. »Das ist Unterschlagung, oder?«

»Nun mach mal halblang! Gesetze sind für die Menschen da und nicht umgekehrt.« Nicole straffte die Schultern. »Emmely klagte in zwei Instanzen vor dem Arbeitsgericht. Schließlich hob das Bundesarbeitsgericht das Urteil auf. Die Richter meinten, dass eine Abmahnung genügt hätte. Emmely kehrte zu ihrem Arbeitgeber zurück, aber in eine andere Filiale.«

Arne bemerkte, dass Nicole leicht zitterte, und am liebsten hätte er sie in den Arm genommen. »Wie ging die Geschichte weiter?«, fragte er stattdessen.

»Sie hat dort noch eine Zeit lang gearbeitet«, erwiderte Nicole mit einem nachdenklichen Gesichtsausdruck. »Allerdings ist sie dann mit nur siebenundfünfzig Jahren gestorben.«

»Oh, das tut mir leid«, sagte er ehrlich berührt. »Die Kleinen hängt man, die Großen lässt man laufen?«

Nicole nickte. »Ich finde das schlimm«, sagte sie leise. »Forschung muss frei sein und darf nicht vom Geld abhängen.« Arne fühlte, wie sich ein Knoten in seiner Brust löste. Sie sprach genau das aus, was er dachte, obwohl sie mit seiner Welt kaum vertraut war. Es rührte ihn, dass sie alles, was ihn derzeit bewegte, mit ihrer einfühlsamen Art auf den Punkt brachte. Er ging ums Bett herum und nahm sie in den Arm. »Du hast vollkommen recht«, flüsterte er ihr ins Ohr. Als sie den Kopf hob, begegneten sich ihre Blicke. Sein Atem beschleunigte sich, und er empfand ihre Nähe plötzlich wie ein Brennen auf der Haut.

»Wann musst du los?«, wisperte er ihr ins Ohr.

»Erst in einer Stunde«, flüsterte sie und ließ eine Hand unter sein T-Shirt gleiten. Als sie sich wenige Sekunden später nackt gegenüberlagen, vergaß er nicht nur die Zeit, sondern alles andere, was er für diesen Tag eigentlich geplant hatte.

Nicole hielt schützend eine Hand vor die Augen. Die Mittagssonne hüllte die Wildblumenwiese in gleißendes Licht. Nachdem Arne ihre Wohnung verlassen hatte, war sie schnell unter die Dusche gesprungen und glücklicherweise noch rechtzeitig im Gutshaus zur morgendlichen Dienstbesprechung erschienen. Am kommenden Samstag sollte ein Junggesellinnenabschied stattfinden. Tabea wollte ein Sommerfest im Boho-Stil feiern. Ulli hatte ihr erzählt, dass die zukünftige Braut Lifestyle-Instagram-Influencerin war und das gesamte Event auf ihrem Kanal posten würde. Sie wollte mit ihren Freundinnen an einem langen Holztisch zunächst ein kleines Menü genießen und danach in einem weißen Zelt mit Sitzkissen weiterfeiern. Die Braut wünschte sich als Deko Wildblumensträußchen, Kerzen in Windlichtern, Lichterketten, aber auch bunte Papiergirlanden und natürlich bestes Sommerwetter mit einem schönen Sonnenuntergang.

Nicole grinste innerlich und ließ den Blick über Rosenmalven, Wiesenmargeriten, Kornblumen und Klatschmohnblüten gleiten. Der Rotklee und die Wilde Möhre hatten sich in diesem Jahr besonders ausgebreitet, und dazwischen entdeckte sie das leuchtende Gold der Echten Saatwucherblume. Das leise Summen der Hummeln und Bienen, die sich emsig auf die Blüten stürzten, drang in ihre Ohren.

Vor zwei Jahren hatte sie hier mit Sophia sieben verschiedene Wildblumen zum Mittsommerfest gepflückt. Ihre Freundin hatte die Pflanzen in der Nacht unter ihr Kopfkissen gelegt und von Christoph geträumt, worüber sie überglücklich gewesen war. Einer schwedischen Legende nach würde er nämlich ihr Ehemann werden. Einige Monate später hatte Christoph Sophia tatsächlich gefragt, ob sie ihn heiraten wolle. Gedankenverloren drehte Nicole eine Kornblume hin und her. Es war Anfang August, deshalb war es zu spät im Jahr, um diese Tradition auszuprobieren. Aber an Heiraten wollte sie doch noch gar nicht denken. Sie und Arne hatten ein paar wunderschöne Stunden zusammen erlebt, doch ob sich daraus eine feste Beziehung entwickeln könnte, wusste sie nicht. Es gab einfach zu vieles, was zwischen ihnen stand, stellte sie mit einem Anflug von Traurigkeit fest. Vielleicht würde er irgendwann doch wieder mit der Mutter seiner Tochter Luna zusammenleben wollen? Außerdem hatte sie ihre Beziehung zu Ulf noch gar nicht verarbeitet, sondern einfach alles, was passiert war, verdrängt. Dennoch war zwischen ihr und Arne mehr im Spiel als der Spaß am gemeinsamen Schwimmen und die Lust aufeinander. Er hatte es ihr angetan, das spürte Nicole tief in ihrem Herzen, aber sie hatte Angst davor, dass alles ganz schnell wieder vorbei sein konnte. Deshalb öffnete sie sich ihm gegenüber nicht in jeder Hinsicht, um nach dem Debakel mit Ulf nicht gleich in die nächste Katastrophe zu rutschen.

Nicole wischte sich mit dem Handrücken über die Stirn. Es war heute sehr schwül, für den frühen Abend waren Gewitter angesagt. Sie nahm sich vor, die Wildblumen für die Sträuße erst einen Tag vor der Veranstaltung zu pflücken. Heute würde sie das Menü für den Junggesellinnenabschied planen und dem Lieferanten für das Zelt Dampf machen, denn eigentlich hätte es schon gestern hier eintreffen müssen.

Während sie zum Gutshaus zurücklief, drängten sich wieder die Bilder des vergangenen Abends mit Arne in ihren Kopf, als wollten sie die vernünftigen Gedanken, denen sie eben noch nachgehangen hatte, einfach beiseiteschieben. Sie passten körperlich einfach perfekt zusammen. Es gab kein Zaudern und keine Scham zwischen ihnen, alles fühlte sich selbstverständlich und zugleich unglaublich aufregend und sexy an. Außerdem war er schlau, einfühlsam, ein guter Vater und sehr attraktiv. Nicole stöhnte innerlich, denn das Teufelchen mit dem Namen Selbstzweifel hielt ihr ein Schild vor die Nase: *Was will dieser Mann von dir?*

Als sie die Tür zur Gutsküche aufstieß, schlug ihr der Duft von Frischgebackenem entgegen. Sie hatte morgens Cookies mit Schokoladenstückchen gebacken, und der unverkennbare Geruch lag immer noch in der Luft. Sie grüßte Leonie, die am Kopfende des langen Holztisches vor ihrem Laptop saß. Ihre Freundin hob die Hand, tippte aber konzentriert weiter. Hin und wieder arbeitete Leonie bei ihr, weil ihr der Trubel in der Redaktion zu viel wurde. Nicole öffnete die Keksdose, holte ein paar Cookies heraus und legte sie in eine Porzellanschale, die mit bunten Streublumen verziert war. Sie stellte die Leckereien auf den Tisch, woraufhin Ullis Tochter ihr einen dankbaren Blick zuwarf. »Du bist ein Schatz.« Sie nahm sich einen Keks, biss mit geschlossenen Augen ein Stück ab und kaute dann andächtig. »Mhm, wie lecker sind die denn?«, sagte sie schließlich seufzend. »Genau das habe ich gebraucht«, fuhr sie fort, widmete sich dann aber wieder mit gerunzelter Stirn ihrer Tastatur.

Nicole kannte das schon. Wenn Leonie einer Story auf der Spur war oder sie ein Thema besonders gefangen nahm, arbeitete sie oft tagelang an einem Artikel. Sie war ehrgeizig, hatte Biss und ein Gespür für Geschichten, die Leonies Meinung nach alle »auf der Straße« lagen.

Nicole holte zwei Gläser aus dem Regal, füllte sie mit Mineralwasser und schob eins davon Leonie zu, das andere nahm sie mit an ihren Platz. Sie schlug ihr privates Rezeptbuch auf, denn sie suchte nach Ideen für den Junggesellinnenabschied. Ihr Notizbuch mit ihrem Lieblingskuli lag griffbereit daneben.

Nach zwanzig Minuten hatte sie eine erste Liste erstellt:

Kürbissuppe mit gerösteten Kürbiskernen und -öl
Biofeldsalat aus dem Garten mit karamellisierten Walnusskernen
Focaccia Garden
Gegrilltes Gemüse mit Datteldip
Selbst gemachtes Vanilleeis mit Brombeeren

Sie lehnte sich im Stuhl zurück und überlegte, welche Zutaten noch im Kühlschrank und der Speisekammer vorrätig waren. Sie hatte eingefrorene Hokkaidokürbis-Stückchen, die sie für die Suppe verwenden konnte, denn die diesjährige Ernte begann erst Anfang September. Biofeldsalat war auf Sophias Gartenparzelle noch reichlich vorhanden, zumal sie dort auch ein kleines Gewächshaus mit Christoph gebaut hatte. Gemüse gab es jetzt im August reichlich. Sie würde Möhren, Brokkoli, Auberginen, Fenchel, Zucchini, Tomaten und Blumenkohl zum Grillen verwenden.

Alle Rezepte gelangen ihr aus dem Effeff – bis auf das Fladenbrot mit Kräutern und Gemüse, das den Namen *Focaccia Garden* trug.

»Stört es dich, wenn ich jetzt koche?«, fragte sie Leonie, die immer noch in ihre Arbeit vertieft war.

Ihre Freundin machte eine abwehrende Handbewegung. »Kein Problem«, erwiderte sie. »Im Gegenteil, es entspannt mich, wenn du kochst.« Sie hob den Kopf. »Vor allem wenn ich danach probieren darf?«

»Natürlich!«

Nicole legte sich die Zutaten zurecht. Zunächst musste sie einen Hefeteig zubereiten. Sie füllte Mehl in eine Schüssel, drückte eine kleine Vertiefung hinein und gab die zerbröckelte Hälfte des Hefewürfels dazu. Salz und Zucker sowie etwas warmes Wasser folgten, dann rührte Nicole alles mit etwas Mehl zu einem Vorteig. Sie legte ein frisches Küchenhandtuch darüber, damit der Vorteig gehen konnte. In der Zwischenzeit entfernte sie den unteren holzigen Teil der grünen Spargelstangen, schälte drei Möhren und schnitt das Gemüse in Scheiben. Die kleinen Zucchini kamen als Stängel infrage und die Minipaprikaschoten in Gelb, Rot und Orange verarbeitete sie zu Blütenblättern. Schließlich halbierte sie die Cocktailtomaten und zerkleinerte die rote Zwiebel.

In der Zwischenzeit war der Vorteig aufgegangen. Sie füllte daher das restliche Wasser hinzu und verrührte alles. Dann knetete sie mit den Händen weiter. Anschließend spülte Nicole die Schüssel aus, trocknete sie ab und ließ etwas Olivenöl hineinlaufen, das sie mit der Hand verteilte. Ein Trick, damit der Teig nicht festklebte. Sie deckte die Schüssel mit einem Tuch ab.

»Das gibt es doch nicht!« Leonie fuhr sich aufgeregt durchs Haar.

»Was ist los?« Nicole setzte sich wieder auf ihren Platz und warf ihrer Freundin einen erwartungsvollen Blick zu.

Leonies blaue Augen funkelten. »Ocean Energy soll durch Spendengelder Forschungsergebnisse gekauft haben.«

21. Kapitel

Nicole leerte das Glas mit dem restlichen Wasser in einem Zuge. »Wie kommst du darauf?«

Nicole drehte den Laptop halb in ihre Richtung und deutete auf eine Grafik. »Hier kannst du sehen, welche Hochschulen und Institute Gelder von privaten Unternehmen erhalten.« Sie klickte auf ein Universitäts-Icon mit vier Säulen. »Das ist zum Beispiel die TU Berlin.« Sie schob mit dem Finger den Cursor weiter: »Aber auch die Universitäten in Hamburg, Bremen, Marburg und Bayreuth werden von Unternehmen finanziell unterstützt.«

»Was ist daran falsch?«

»Grundsätzlich natürlich erst einmal nichts«, erwiderte Leonie. »Die Unis und Institute erhalten zunächst einmal öffentliche Gelder. Dadurch soll die Unabhängigkeit der Forschung gesichert werden.« Sie knabberte an ihrem Bleistift. »Die Mittel reichen aber oft nicht aus, besonders wenn die Wissenschaftler etwas erforschen, was auf den ersten Blick vielleicht keinen großen Erfolg verspricht.« Leonie legte den Stift zurück. »Problematisch wird es aber, wenn die Firmen, die spenden, auch mitreden wollen.« Sie ließ einen Moment die Worte in der Luft hängen. Nur das leise Brummen des Kühlschranks durchbrach die Stille.

Nicole nickte, darüber hatte sie erst mit Arne gesprochen.

»Und was hat Ocean Energy mit dem Ganzen zu tun?«

»Diese Firma hat fünfhunderttausend Euro einem Institut mit dem Namen Institute for Climate Solutions, kurz IfCS, gespendet.« Leonie machte eine bedeutungsvolle Pause. »Nun rate mal, wer der Vorstandsvorsitzende ist?«

Nicole runzelte die Stirn. »Doch nicht etwa Arnes Kollege Dr. Messerschmidt?«

Ihre Freundin strahlte über das ganze hübsche Gesicht. »Bingo!«

Nicole überlegte kurz, ob sie sich wirklich mit Leonie über dieses Thema unterhalten sollte, denn sie wollte auf gar keinen Fall Arnes Vertrauen missbrauchen. Ihre Freundin würde sich allerdings wundern, wenn sie überhaupt nichts dazu sagte, entschied sie.

»Meinst du wirklich, dass sich Arnes Kollege hat kaufen lassen?«, erwiderte sie daher vage.

Leonie verschränkte die Arme vor der Brust. »Das wird natürlich schwer zu beweisen sein. Seine Theorie, dass die Schweinswale in der Eckernförder Bucht sterben, weil sie in der Ostsee nicht genügend zu fressen finden, hat er anhand von Auswertungen nachgewiesen. Ob diese den Tatsachen entsprechen, müsste wahrscheinlich eine unabhängige Expertenkommission klären.«

»Ist die Studie von Dr. Messerschmidt denn schon offiziell veröffentlicht?«

»Noch nicht, bislang gibt es nur eine Vorankündigung auf der Webseite der Landesregierung, in deren Auftrag er sie angefertigt hat.« Sie reichte Nicole einen Ausdruck. »Die Presseerklärung mit der Ankündigung der Präsentation der Ergebnisse.«

Nicole warf einen Blick auf das Datum. »Dann hast du also noch drei Wochen Zeit, um Dr. Messerschmidt auf den Zahn zu fühlen?«

Leonie zwinkerte. »Korrekt!«

Als ihre Freundin die Küche kurze Zeit später mit dem Laptop unter dem Arm verließ, war der Teig für die Focaccia perfekt aufgegangen. Nicole holte das Nudelholz aus der Schublade und rollte ihn auf der mit Mehl bestäubten Arbeitsplatte aus. Sie goss etwas Olivenöl in ein kleines Schälchen und nahm einen Pinsel in die Hand. Nun kam der beste Teil: das Dekorieren. Nicole hatte sich ein Foto von Pinterest ausgedruckt. Es gab unzählige Ideen zu diesem Thema, hatte sie festgestellt, und es hatte eine Weile gedauert, bis sie das schönste Arrangement gefunden hatte. Nicole nahm die Spargelstangen und drapierte sie auf dem Teig. Darüber kamen die Möhrenscheiben, und dann kreierte sie aus dem übrigen Gemüse verschiedene Blumen. Zum Schluss setzte sie Stängel einer glatten Petersilie dazwischen, das sah besonders hübsch aus, stellte sie fest. Kleine Zweige Rosmarin vollendeten das Bild. Schließlich streute sie noch etwas Meersalz und schwarze sowie weiße Sesamkörner über das Gartenbild. Perfekt! Sie hatte in der Zwischenzeit den Backofen vorgeheizt und konnte die Focaccia deshalb gleich reinschieben. Als

Backzeit waren fünfundzwanzig Minuten angegeben. Sie nutzte die Zeit und räumte die Teller und Tassen ab, die sich im Laufe des Tages auf dem Tisch angesammelt hatten, und stellte sie in die Spülmaschine. Eigentlich sollte jeder, der etwas benutzt hatte, das selbst erledigen, aber das funktionierte im Grunde so gut wie nie. Sauberkeit und Ordnung waren ein wichtiger Bestandteil ihrer Ausbildung zur Hauswirtschafterin gewesen, und im Laufe ihrer Arbeitsjahre hatten sich für sie daraus Routinen entwickelt. So wusch sie die schmutzigen Töpfe und Pfannen immer sofort nach dem Gebrauch mit heißem Wasser und etwas Spülmittel aus. Wenn man nämlich zu lange wartete, trocknete alles an, und dann war die ganze Prozedur viel mühsamer. Wenn sie abends mit allem fertig war, wischte sie die Arbeitsflächen ab, fegte und feudelte den Fußboden und hängte die nassen Hand- und Trockentücher auf, wenn diese noch nicht verschmutzt waren. Alle anderen kamen direkt in den Korb für die schmutzige Wäsche, der neben der Tür in der Ecke stand.

Heute gab es allerdings nicht ganz so viel zu tun, da kaum einer ihrer Kollegen sich hier aufgehalten hatte. Die Heuernte stand gerade an, deshalb war Jörg im Einsatz, und Sophia hatte den ganzen Tag Kinder- und Jugendgruppen betreut. Ulli und Christoph waren schon morgens zu einer Fortbildungsveranstaltung zum Thema Sonnenenergie aufgebrochen. Es gab wohl mittlerweile Fotovoltaikanlagen für landwirtschaftliche Nutzflächen, hatte ihr Sophias Ehemann erzählt. Das waren Solaranlagen, die auf Äckern errichtet wurden, aber so hoch waren, dass darunter Kühe grasen konnten. Für Nicole war es inspirierend, dass alle Mitarbeiterinnen und Mitarbeiter des Strandrosenhofs immer neue Ideen hatten und diese auch umsetzten: mit ein Grund, weshalb sie die Arbeit hier so liebte.

Als sie ihre Schürze an den Haken hängte und das Licht ausschaltete, kam ihr der Gedanke, dass sie endlich an dem Konzept für ihr Schweinswal-Buch weiterarbeiten sollte. Vorfreude breitete sich in ihr aus, als sie schließlich das Gutshaus verließ und über den Hof zu ihrer Wohnung lief. Die Sonne stand schon tief am Himmel, und es war angenehm ruhig. Die Blätter der Bäume raschelten leise im lauen Abendwind, in der Ferne hörte sie ein tuckerndes Motorengeräusch. Wahrscheinlich war Jörg immer noch auf dem Feld, oder es war ein Nachbar, der die Heuernte ebenfalls vor dem nächsten Regen einfahren wollte.

Sobald sie den Flur ihrer Wohnung betrat, atmete sie tief durch. Immer wenn sie nach Hause kam, fiel der Stress des Tages sofort von ihr ab. Sie stellte sich kurz unter die Dusche, zog sich danach ein Top und Shorts über und schmierte sich in der Küche ein Brot mit Butter. Sie legte ein paar Gurkenscheiben darauf und nahm den Teller mit zu ihrem Schreibtisch im Wohnzimmer. Während sie aß betrachtete sie die Skizzen des kleinen Schweinswals, die sie bereits angefertigt hatte. Daneben lagen Kinderbücher, die sie in einer der Umzugskisten gefunden hatte. Nicole war froh, dass sie jetzt alle Sachen in ihrer neuen Wohnung hatte, denn mittlerweile war sie endgültig bei Ulf ausgezogen. Ihr Ex-Freund hatte ihr sogar einen kleinen

Transporter gemietet, ihr beim Packen und Tragen geholfen und dafür gesorgt, dass Babsi an diesem Tag nicht bei ihm war.

In einer der Kisten steckte unter anderem das Buch *Wo die wilden Kerle wohnen*, das eigentlich ihrem Bruder Leander gehörte. Sie nahm ihr Handy, machte ein Foto davon und schickte es ihm über WhatsApp: *Erinnerst du dich?*

Sie rechnete nicht mit einer schnellen Antwort, weil Leander viel unterwegs war und meistens erst spät abends seine persönlichen Nachrichten beantwortete. Doch diesmal reagierte er sofort: *Hey, na klar, das war mein Lieblingsbuch. Ich wollte auch so sein wie der wilde Max und übers Meer fahren.*

Nicole schmunzelte, als sie ihm zurückschrieb: *Wann sehen wir uns wieder?*

Sie beobachtete, wie sich die drei Punkte im Chat bewegten, und überlegte, wo sich Leander wohl gerade aufhielt. Vielleicht saß er ja in einer Bar oder war auf einer Vernissage, denn er liebte Kunst über alles.

Nicole las seine Antwort: *Weiß noch nicht, melde mich!*

Sie schickte ihm ein Smiley und legte ihr Handy zurück auf den Schreibtisch. Ein Satz ihres Bruders ließ sie nicht mehr los, deshalb nahm sie ihren neuen Schreibblock aus der Schublade und schrieb »Ich wollte so sein wie der wilde Max« auf das erste Blatt. Als Nächstes überlegte sie, mit welcher Figur aus Kinderbüchern sie sich am meisten hatte identifizieren können. Sie grinste, als sofort das Bild von einem rothaarigen Mädchen mit Sommersprossen in ihrem Kopf erschien: Pippi Langstrumpf, das stärkste Mädchen der Welt! *Ich mach mir die Welt, wie sie mir gefällt* – diesen Satz liebte sie besonders. Noch einmal betrachtete sie ihre Zeichnung vom kleinen Schweinswal, und plötzlich hatte sie eine Idee: Ein Mädchen könnte die Heldin in ihrer Geschichte sein und den Schweinswal aus der Not retten. Ein erwartungsvolles Kribbeln durchströmte ihren Körper, und in diesem Moment wusste sie, dass sie ein großes Stück weitergekommen war. Nicole hatte auch eine vage Idee, welches Kind für sie als Vorbild für ihre kleine Heldin infrage käme.

*

»Da ist ja Nemo!« Luna zeigte auf den Falschen Clownfisch mit der typischen orange-weißen Zeichnung, der munter durch das Wasser schwamm. Sie liebte den Disney-Film über alles, deshalb wollte sie immer wieder zum Aquarium des GEOMARs, das sich neben dem Seehundbecken in einem abgedunkelten und jetzt im Sommer angenehm kühlen, gekachelten Raum befand. Arne hatte eine Hand auf die Schulter seiner Tochter gelegt und betrachtete mit ihr kniend die Unterwasserwelt.

»Guck mal, da ist noch einer!«, sagte Nicole, die sich zu ihnen hinunterbeugte. Ihr Duft nach etwas vage Exotischem drang in Arnes Nase, und für einen kurzen Moment vergaß er die tropische Unterwasserwelt, die sich vor ihm im bunten Licht offenbarte. Es war das erste Mal, dass sie etwas zu dritt unternahmen, und er hatte lange gehadert, ob es wirklich schon in Ordnung wäre. Jetzt freute er sich darüber, dass seine Bedenken grundlos gewesen waren, denn Nicole und Luna gingen von Anfang an vollkommen zwanglos miteinander um.

Seine Tochter, die neben ihm stand, deutete auf die Korallenriffe, die weiß, pink, rot und orange leuchteten. »Sind das Pflanzen?«

»Das ist eine gute Frage«, erwiderte Arne. »Lange Zeit war man sich wirklich nicht sicher, ob Korallen eher zu den Tieren oder Pflanzen gehören.«

Luna drehte sich zu ihm und sah ihn mit großen Augen an. »Echt? Aber jetzt weiß man das?«

Arne nickte. »Sie gehören zu den Nesseltieren wie die Quallen am Strand.«

»Weil sie brennen?«

»Ja genau, aber Korallen und Quallen tun das nur, um sich zu verteidigen.«

Luna atmete geräuschvoll aus. »Ach so.« Sie kräuselte die Stirn und griff nach seiner Hand. »Tut aber trotzdem doll weh.«

Arne dachte an ihren letzten gemeinsamen Strandbesuch. Luna war mit ihrem Kescher ins Wasser gegangen, und eine Qualle hatte ihr Bein gestreift. Zum Glück hatte er ein Gel dabeigehabt, sodass das Brennen bald nachgelassen hatte.

Sie gingen weiter, und Arne dachte darüber nach, dass Korallen vom Aussterben bedroht waren, vor allem durch die Erwärmung der Meere, denn dadurch nahm die Zirkulation des Wassers ab, sodass zu wenig Sauerstoff und

Nährstoffe zu den Meerestieren transportiert wurden. Die Folgen waren verheerend und darüber hinaus ein besonders trauriger Anblick, denn die Korallen verloren dadurch für immer ihre Farbe. Das alles war kein Thema für ein sechsjähriges Mädchen. Luna hatte ihr Leben noch vor sich, doch oft quälte Arne der Gedanke, dass seine und auch die Generationen vor ihm den Raubbau der Welt so weit getrieben hatten, dass es kein Zurück mehr gab.

Luna zog ihn weiter zum Rundbecken, in dem ein Schwarm Heringe seine Runden drehte.

»Langweilen sich die eigentlich nicht?«, fragte seine Tochter, die mit ihrem Blick aufmerksam die Fische verfolgte.

»Gute Frage«, sagte Arne, denn er hatte sich auch schon mit diesem Thema beschäftigt. »Auf jeden Fall haben sie hier sehr viel Platz, bekommen genügend zu fressen und haben keine Feinde.«

»Mhm.« Luna runzelte die Stirn. »Ich weiß nicht …«

Nicole reichte ihr die Hand. »Komm, lass uns zum nächsten Becken gehen.«

»Der guckt uns an«, flüsterte Luna, als ein Rochen direkt vor der Scheibe auftauchte. Arne nickte. »Stimmt, das sieht wirklich so aus«, sagte er, denn die zwei geschwungenen Linien, die in kleine, runde Öffnungen mündeten, sahen aus wie ein lächelndes Gesicht. »Das sind aber nur die Nasenlöcher des Rochens, die Augen sind auf der Oberseite.«

»Boah«, entfuhr es Luna. Sie ging noch etwas näher

an die Glasscheibe und legte ihre Hand darauf. Jetzt sah es aus, als würden seine Tochter und der Rochen sich mit einem »High five« begrüßen. Nicole, die neben ihm stand, presste sich kurz an ihn, und in diesem Moment fühlte es sich für Arne so an, als wären sie eine kleine Familie.

Nach ihrem Rundgang setzten sie sich auf die Stühle, die sich in der Mitte befanden. Von dort aus konnten sie ihre Blicke noch einmal über alle Aquarien schweifen lassen, die im Halbdunkeln wie große Perlen leuchteten. Arne empfand diese Minuten als einen schönen Abschluss ihres Besuchs, und als sie schließlich alle drei Hand in Hand die Räumlichkeiten verließen, fühlte er sich das erste Mal seit langer Zeit mit seinem Leben im Reinen.

»Ich will ein Eis«, sagte Luna, die seine und Nicoles Hand umfasst hatte und nun erst ihn und dann seine …

Arnes Gedanken stockten, als er nach einem Wort suchte, das Nicole treffend bezeichnen würde. Bekannte? Freundin? Vielleicht sogar zukünftige Lebensgefährtin? Sein Herz machte einen kleinen Sprung, als sich seine Tochter und Nicole von ihm lösten und zu dem mintfarbenen Foodtruck gingen, an dem man Bioeis kaufen konnte. Er folgte ihnen, und kurze Zeit später saßen sie zu dritt auf dem Rasen mit ihren Waffeln. Sie mussten sich beeilen, denn die Leckerei schmolz in der Sonne so schnell, dass sie kaum mit dem Essen hinterherkamen.

»Ich liebe Eis«, sagte Luna, die neben ihm saß.

»Ich auch«, stimmten er und Nicole in einem Atemzug zu, woraufhin sie alle drei loslachten.

Luna entdeckte drei Mädchen in ihrem Alter, die ein paar Meter von ihnen entfernt einen Tanz einübten. Der Song dazu kam Arne bekannt vor: *Macarena?* War das nicht ein Hit aus den Neunzigern?

»Darf ich?«, fragte seine Tochter mit diesem Blick, der bei ihm jegliche Vernunft im Keim erstickte. »Okay, aber du bleibst in Sichtweite, ja?«

Sie nickte kurz, rannte los, und kurze Zeit später war sie schon mittendrin in dem Tanz, bei dem eigentlich nicht viel passierte, außer dass sich die Arme der Mädchen immer in einer bestimmten Reihenfolge hin und her oder nach oben und unten bewegten.

»Luna ist ein großartiges Mädchen«, sagte Nicole und rückte etwas näher an ihn heran.

»Ja, das ist sie«, erwiderte er. »Ich hoffe sehr, dass sie weiterhin so gut mit ihrer Situation klarkommt.«

»Du meinst, dass du und Marleen nicht mehr ein Paar seid?«

»Ja, genau«, erwiderte er zögernd. »Ich möchte nicht, dass sie unter unseren Konflikten leidet, auch wenn sich das wahrscheinlich nicht vermeiden lässt.«

Nicole sah ihn mit einem Ausdruck an, den er nicht deuten konnte. »Das Wichtigste ist, dass ihr sie liebt, alles andere wird sich geben.«

Er stimmte ihr zu, wechselte dann aber das Thema, da er den schönen Nachmittag mit ihr und seiner Tochter nicht mit seinen Zweifeln infrage stellen wollte. War es nicht vor allem wichtig, den Moment zu genießen? Achtsamkeit nannte sich das – sich mehr auf das Hier und Jetzt zu konzentrieren, war die Bedeutung eines Begriffs, der im Grunde schon seit Ewigkeiten aktuell war. Nicht grübeln, sondern den Moment bewusst erleben. Arne grinste, stieß Nicole sanft in die Seite, und dann ließen sie sich beide mit ausgestreckten Armen nach hinten fallen.

22. Kapitel

Als Luna nach einer halben Stunde vom Tanzen zurückkehrte, schlenderten sie mit ihr in der Mitte an der Förde entlang in Richtung Innenstadt. Nicole hatte das Gefühl, als wären sie als kleine Familie unterwegs. Wie es wohl wäre, wenn sie und Arne ein Kind bekämen? Diese Frage hatte sich wie von selbst in ihre Gedanken geschlichen, vielleicht auch deshalb, weil um sie herum nur Paare mit Kindern zu sehen waren. Ein paar Meter vor ihnen fuhr ein Vater seine Jungs im Kindergartenalter mit einem hellgrünen Lastenfahrrad durch die Gegend. Neben ihnen waren zwei Frauen, die bunte Sommerkleider trugen, mit Babys in Tragetüchern unterwegs. Es rumpelte hinter ihr, und als sie sich umdrehte, sah sie einen Mann in Shorts und Poloshirt, der ein Handy am Ohr hatte, während seine Partnerin einen azurblauen Designer-Kinderwagen mit großen weißen Rädern vor sich herschob. Sie zupfte an ihrer kurzärmeligen Rüschenbluse, die sie zu einer Leinenhose trug, und warf ihrem Partner einen liebevollen Seitenblick zu. Überall waren Familien unterwegs, und alle Frauen und Männer sahen zufrieden aus. Na gut, ein paar Väter blickten vielleicht etwas angespannt auf ihre Frauen und

Kinder, so als ob sie sich ein wenig fehl am Platz fühlten. Kein Wunder, dachte Nicole. In fast allen Beziehungen, die sie kannte, lebten die Paare traditionell zusammen. Die Mutter blieb zu Hause bei den Kindern und arbeitete höchstens halbtags. Der Mann verdiente das Einkommen, von dem alle leben mussten oder auch wollten. Allerdings war dies ihre ganz persönliche Wahrnehmung, die nicht unbedingt der Realität entsprechen musste. Sie hatte kürzlich gelesen, dass die klassische Familie ein Auslaufmodell sei, vor allem weil immer mehr junge Frauen nicht mehr die traditionelle Rolle als Mutter und Hausfrau übernehmen wollten, sondern ebenfalls eine berufliche Karriere anstrebten. Andererseits blieben die Betreuung der Kinder und die Arbeit im Haushalt meist an den Müttern hängen. Nicole spürte mit einem Mal ein schmerzhaftes Ziehen in der Brust, denn tief in ihrem Herzen war der Wunsch nach einem Kind von Jahr zu Jahr größer geworden, auch wenn sie ihn verdrängt hatte, weil Ulf keine Kinder haben wollte. Jetzt wurde er trotzdem Vater, aber nicht mit ihr, sondern mit dieser Babsi, die ihn sich einfach geschnappt hatte. Okay, er hatte es ja zugelassen.

Nicole zwinkerte ihre Grübeleien fort. Sie würde ebenfalls ihr Glück finden, dachte sie, als Arne sie über Lunas Kopf hinweg anlächelte.

»Mama!« Luna ließ ihre Hand los und stürmte auf eine Frau zu, die mit ihrem hellen Teint, den lockigen schulterlangen Haaren und den weiblichen Rundungen wie ein Model aussah. Arnes Miene versteinerte, aber er blieb trotzdem stehen. Nicole hatte das Gefühl, als ob sich alles um sie herum in Zeitlupe bewegte und sie die Szene, in der sie gerade mitspielte, von oben betrachtete.

»Hi!«, sagte die Schönheit, die Luna auf den Arm nahm, sie aber wieder absetzte, als sie schließlich vor ihr standen.

»Marleen«, sagte Arne mit belegter Stimme. Dann geschah erst einmal gar nichts. Nicole reichte ihr die Hand und stellte sich vor, woraufhin Marleen eine ihrer perfekt gezupften Augenbrauen hob und sie von oben bis unten musterte.

»Wieso ist diese Frau dabei, wenn du mit unserer Tochter unterwegs bist?« Sie verengte die Augen zu schmalen Schlitzen, als Arne nicht antwortete, sondern nur geräuschvoll ausatmete. Er zuckte schließlich mit den Schultern.

»Ich finde nicht, dass wir das hier diskutieren sollten.«

Marleen ging einen Schritt auf Arne zu. Nicole hielt vor lauter innerer Anspannung die Luft an. Die beiden würden doch jetzt hoffentlich nicht vor den Augen ihrer Tochter aufeinander losgehen? »Ich würde vorschlagen, dass wir reden, wenn ich dir Luna morgen zurückbringe?« Arnes Stimme klang weich und verständnisvoll, sodass Marleen wieder ein Stück zurückwich. Sie drückte ihrer Tochter einen Kuss auf die Wangen. »Viel Spaß mit Papa!«, sagte sie in einem Tonfall, der bemüht freundlich klang. Nicole bewunderte sie dafür, dass sie sich zusammenriss. Sie wusste nicht, wie sie sich in einer ähnlichen Situation verhalten hätte.

Der Rest des Ausflugs verlief okay, aber das Zusammensein hatte seine Leichtigkeit verloren. Arne setzte Nicole auf dem Weg nach Hause vor der Einfahrt zum Strandrosenhof ab. »Wir sehen uns!«, flüsterte er ihr noch zu. Luna war in ihrem Kindersitz eingeschlafen. Es stimmte Nicole etwas traurig, dass sie sich von der Kleinen nicht verabschieden konnte, aber sie verstand, dass Arne den Rest der gemeinsamen Zeit mit seiner Tochter allein verbringen wollte.

Arne wendete den Mercedes. Das Knirschen der Reifen auf dem Kies ließ Nicole kurz erschaudern, aber dann hob sie die Hand und winkte den beiden hinterher, bis sie aus ihrem Gesichtsfeld verschwunden waren.

Als sie die Tür zu ihrer Wohnung öffnete, empfing sie der Duft von der Focaccia Garden, deren Reste sie mit nach Hause genommen hatte. Sie ging in die Küche, schnitt sich ein Stück davon ab und aß es im Stehen, während sie aus dem Fenster schaute. Bis auf das etwas unglückliche Zusammentreffen mit Arnes Ex-Freundin hatten sie schöne Stunden erlebt, besonders der Besuch im Aquarium hatte ihr gefallen. Sie war schon öfter dort gewesen, aber es war ein Unterschied, die Fische und Meeresbewohner aus der Sicht eines Grundschulkindes zu betrachten. Luna war vollkommen in die Unterwasserwelt eingetaucht. »Er guckt uns an«, hatte sie gesagt, als der Rochen direkt an der Scheibe aufgetaucht war. Kinder hatten oft diesen ungefilterten Zugang zu den Dingen und Ereignissen in ihrem Umfeld, und sie ließen sich noch mehr von ihren Gefühlen leiten.

Nicole hatte den letzten Bissen der Focaccia aufgegessen. Der Fladen schmeckte köstlich, und sie war sich sicher, dass die jungen Frauen, die zum Junggesellinnenabschied eingeladen waren, ihn ebenfalls mögen würden, erst recht, weil das Gebäck im Gemüsegartendesign so hübsch aussah.

Sie öffnete den Kühlschrank, holte eine Flasche Wasser heraus, nahm ein Glas aus dem Hängeschrank und ging damit zum Tisch. Als sie sich setzte, fiel ihr Blick auf eine Schlagzeile des *Schlei-Boten.* Ihre Chefin hatte die Zeitung, für die ihre Tochter als Redakteurin arbeitete, schon viele Jahre abonniert, und sie durfte sich das Blatt immer abends, wenn sie wollte, zum Lesen mitnehmen. Nicole strich das Papier glatt.

Urlauber lassen Schweinswal nicht weiterschwimmen: Meeressäuger stirbt elendig!

Fassungslos las sie, was sich hinter dieser Schlagzeile verbarg. Mehrere Urlauber hatten in der Ostsee einen Schweinswal eingekesselt und den Meeressäuger aus dem Wasser geholt.

Mit klopfendem Herzen las Nicole weiter. Das Tier habe zu Beginn noch agil ausgesehen, sei dann aber immer schwächer geworden und schließlich gestorben. Der Kadaver sei geborgen und zum Institut für Meerestierforschung in Büsum gebracht worden. Dort habe man festgestellt, dass der Schweinswal zwar von Herz- und Lungenwürmern befallen gewesen sei, aber dies nicht die Todesursache gewesen sei. Es sei jedenfalls nicht auszuschließen, dass das Tier wegen des intensiven Kontakts mit den Menschen gestorben sei.

Nicole schlug die Hände vor dem Gesicht zusammen. Wie konnte so etwas nur passieren? Ein Schweinswal war kein Spielzeug, das wusste doch jeder, oder etwa nicht?

Sie glaubte nicht, dass die Urlauber das Tier bewusst in Lebensgefahr gebracht hatten. Wahrscheinlich hatten sie sich einfach nichts dabei gedacht.

Nicole presste den Rücken gegen die Lehne des Stuhls und streckte die Beine unter dem Tisch aus. Fast alle Menschen, die sie kannte, liebten das Meer. Wenn Gäste aus dem Süden Deutschlands auf dem Strandrosenhof ihren Urlaub verbrachten, hörte sie oft den Satz: »Ihr habt es gut, ihr lebt an der Ostsee.«

Nicole nickte dann immer und sagte: »Ja, ich bin deshalb auch sehr dankbar.« Oft fügte sie hinzu: »Die Berge sind aber auch schön«, oder: »In Köln ist dafür viel mehr los.«

Ihre Gedanken wanderten zurück zu dem tragischen Tod des kleinen Schweinswals. Vielleicht wäre das nicht passiert, wenn die Urlauber mehr über die Ostsee und überhaupt alle Meere auf diesem Planeten gewusst hätten?

Die Ozeane machten ungefähr siebzig Prozent der Erdoberfläche aus, das hatte sie in einem Artikel zum Thema Klimawandel gelesen. Die Meere trugen dazu bei, dass die Erderwärmung nicht noch viel schlimmer war, weil sie Kohlendioxid, das zum Beispiel beim Verbrennen von Kohle entstand, aufnahmen.

Nicole seufzte. Ihre Gedanken hatten sich mal wieder verselbstständigt, sie kam vom Hölzchen aufs Stöckchen, aber das geschah nicht bewusst, sondern wie von selbst. Jetzt hatte sie sich mit dem Thema bestimmt schon eine ganze Stunde beschäftigt, war aber noch nicht weitergekommen. Sie sprang auf, ging in den Flur und holte ihr Handy aus der Tasche. Drei Anrufe in Abwesenheit? Nicole überlegte, wer wohl der Anrufer war, es leuchtete bloß eine fremde Nummer auf. Sie drückte darauf, und als sie hörte, dass es Ole war, atmete sie erleichtert aus. »Hier steiht ümmer noch dien Auto.«

»Ja, tut mir leid.« Nicole zog die Schultern hoch, es war ihr hochpeinlich, dass sie den Automechaniker vergessen hatte. Er fragte sie, was denn nun mit ihrem Wagen geschehen solle: »Schall ik den nu wedder heel maken?«

Nicole stöhnte auf. Sie wusste nicht, was sie antworten sollte, entschied sich dann aber für die Wahrheit: »Ich habe einfach zurzeit nicht das Geld dafür«, gestand sie leise. Sie hörte ein grummelndes Geräusch.

»Dat heff ik mi al dacht«, erwiderte Arnes Freund. »Soll ik dat Auto verköpen?«

Die Idee hatte Nicole auch schon gehabt. Zurzeit kam sie gut klar, natürlich auch, weil sie meistens mit Arne unterwegs war oder mit Leonie mitfahren konnte. Trotzdem bedeutete ihr Auto auch ein Stückchen Freiheit, auf das sie nicht verzichten wollte. Sie bat Ole also, sich noch eine Woche zu gedulden. Arnes Freund war damit einverstanden: »So mok wi dat.«

Erleichtert beendete Nicole das Gespräch – eine Sorge weniger. Sie musste sich endlich wieder um ihre »Baustellen« kümmern. Immerhin war ihr Anteil von Ulfs Miete, der nach ihrer Trennung auf seinem Konto gelandet war, zurückgebucht worden. Dennoch fehlten ihr noch eintausendzweihundert Euro, damit sie die Reparatur in Auftrag geben konnte. Bislang hatte sie außerdem keine Idee, wie sie ihre finanzielle Situation langfristig verbessern könnte. Sie kramte in ihrer Tasche und holte die Visitenkarte von Emilia Schönfeld, Blütenstaub-Verlag Neumünster heraus, die sie von Margot bekommen hatte. Plötzlich drängte eine Idee in ihr Bewusstsein – oder vielmehr ein möglicher Titel für ihr Kinderbuch.

Nicole fühlte ein zartes Kribbeln, das sich von ihren Schultern aus in ihrem ganzen Körper ausbreitete. Sie füllte ihr Glas noch einmal mit Wasser und ging damit zu ihrem Schreibtisch im Wohnzimmer. Sie überlegte, ob sie ihren Laptop anschalten sollte, nahm dann aber lieber ihr Notizheft mit dem aufgedruckten Heißluftballon zur Hand. Sie war allein, kein Mensch würde ihr über die Schulter blicken, und sie hatte nichts zu verlieren. Sie schrieb:

Luna und der kleine Schweinswal

Lunas Papa war Kapitän.
Er rettete Schweinswale.
Eines Tages fuhr sie mit ihm hinaus aufs Meer.
Die Wellen schaukelten das rot-weiße Schiff hin und her.
Es grummelte in ihrem Bauch, aber sie ließ sich nichts anmerken.

Ihr Papa stand plötzlich neben ihr.
Sie durfte sich in einer Hängematte unter Deck ausruhen.
Das war schön, denn nun war ihr nicht mehr schlecht.

Als ihr langweilig wurde, tapste sie nach draußen.
Luna trug ihren roten Badeanzug und eine Schwimmweste.
Es ging hoch und runter.
Hoch und runter.
Wie in einem Fahrstuhl.
Luna flog über die Reling und landete in der Ostsee.
Hui!

Das Wasser war eiskalt,
aber sie spürte Sand unter den Füßen.
Vor ihr spielten vier Jungs mit einem Schweinswal.
Sie warfen das zappelnde Tier hin und her.
Lunas Herz brannte wie Feuer.
Sie ballte die Fäuste: »Lasst ihn sofort los!«

Die Jungs lachten wie blöd.
Luna schwamm los und schubste die Blödies weg.
Sie nahm den Schweinswal vorsichtig unter den Arm.
Dann ließ sie sich mit dem Kleinen weit hinaustreiben.

Die Sonne ging über dem Meer unter.
Luna ließ den kleinen Schweinswal los:
Du bist frei!
Der Schweinswal drehte sich zu ihr um, und ihre Blicke trafen sich.

Dann sprang er in hohem Bogen aus dem Wasser.
Luna sah seine Umrisse im goldenen Licht.

Erschöpft erreichte sie das Schiff.
Es roch nach Pfefferminze.
Sie schlug die Augen auf. Ihr Papa lächelte.
Der Tee schmeckte gut.
Ihr Badeanzug lag neben ihr.
Der Stoff fühlte sich noch immer feucht an.
Luna lächelte glücklich.
Der kleine Schweinswal war in Sicherheit.

23. Kapitel

»Ist es etwas Ernstes?« Marleens honigbraune Augen waren auf ihn gerichtet. Sie saßen sich an dem Tisch in der Küche gegenüber, denn seine Ex-Freundin hatte ihn nach langer Zeit in ihre Wohnung gebeten.

Luna war im Wohnzimmer nebenan und durfte sich eine Bibi-Blocksberg-Folge aus der Mediathek anschauen. Er hörte den altbekannten Text mit der Bibi-&-Tina-Ohrwurm-Melodie: *Das sind Bibi und Tina auf »Amadeus« und »Sabrina« …*

Für einen Moment war er abgelenkt, woraufhin Marleen sich laut räusperte. »Hast du mich verstanden?«

Arne ignorierte den scharfen Unterton. »Ja, natürlich«, antwortete er sanft. »Nicole und ich mögen uns sehr«, erwiderte er ausweichend.

Marleen runzelte die Stirn. »Ihr seid also zusammen?«

Arne griff nach dem Glas, das Lunas Mutter ihm wortlos reichte. Er nippte daran, stellte es jedoch sogleich wieder auf den Tisch, denn das Wasser schmeckte schal. »Ja, sind wir. Hast du etwas dagegen?«

Marleen zuckte mit den Schultern. »Warum sollte ich«, erwiderte sie gedehnt. »Ist schließlich dein Leben.«

Arne spürte, wie sich sein Magen verkrampfte.

»Das ist es«, sagte er schließlich mit Nachdruck, sodass Marleen den Kopf von ihm abwandte. Plötzlich sprang sie auf, schnappte sich ein Küchentuch und öffnete den Herd. »Mist!«

Dampf quoll heraus, als sie das Blech nach draußen zog. Die Tiefkühlpizza war dunkelbraun verbrannt. »Ob man die noch essen kann?«

Kochen war noch nie Marleens Stärke gewesen, aber das hatte Arne nicht gestört. Er war in dieser Hinsicht nicht verwöhnt, weil seine Mutter ihm fast immer Tiefkühlkost serviert hatte. Sein Vater hatte oft in der Kantine oder auswärts gegessen. Arne zog das Handy aus der Tasche: »Ich bestelle uns etwas.«

Zwanzig Minuten später saßen sie zu dritt am Tisch im Wohnzimmer.

»Lecker!«, sagte Luna mit leuchtenden Augen, als sie in die Pizza biss, die von einem jungen Mann mit einem E-Scooter angeliefert worden war. Dann erzählte Luna, dass es bei Bibi und Tina nicht genug Heu gab. »Es hat zu wenig geregnet, deshalb wuchs nicht genug Gras.« Sie wischte sich mit dem Handrücken über den Mund. »Aber der Martinshof hat natürlich noch genug davon«, fuhr sie fort. »Amadeus und Sabrina kriegen ihr Futter, doch der Mühlenhofbauer hat keins mehr.«

Arne hatte den Namen schon einmal gehört, denn hin und wieder schauten sie sich eine Folge der Zeichentrickserie gemeinsam an.

»Ist das nicht der grummelige Nachbar?«

»Ja, genau, der hat jetzt einen Esel, und deshalb braucht er ja das Heu!«

Luna schob die Unterlippe nach vorne. »Wenn er etwas will, sollte er aber echt freundlicher sein.«

Nach dem Essen setzten sie sich zu dritt aufs Sofa und sahen gemeinsam das Ende der Bibi-&-Tina-Folge. Als der Abspann lief, rieb Luna sich die Augen.

»So, junge Dame«, sagte Marleen. »Bettgehzeit, es ist so weit.«

Arne nickte. »Deine Mutter hat recht, es ist schon spät.«

»Ich bin noch gar nicht müde«, widersprach sie, ließ sich dann aber trotzdem ohne Murren von Marleen in den Arm nehmen.

Arne erhob sich. »Ich gehe dann mal lieber.«

In Marleens Mundwinkel deutete sich ein Lächeln an. »Du kannst noch bleiben, wenn du willst?« Sie warf ihm einen vielsagenden Blick zu, woraufhin Arne einen unangenehmen Druck in der Brust spürte. Es war das erste Mal seit ewig langer Zeit, dass sie ihm Avancen machte, und es gefiel ihm überhaupt nicht.

»Das ist keine gute Idee«, erwiderte er schließlich mit gepresster Stimme.

»Mhm.« Marleen musterte ihn mit einem Blick, den er nicht deuten konnte. »Du hast recht.« Ehe sie weiterreden konnte, rieb er ihr kurz zum Abschied über den Oberarm. Dann strich er seiner Tochter übers Haar. »Bis bald, wir sehen uns!«

Auf dem Weg zurück nach Arnis gingen ihm Marleens Worte nicht aus dem Kopf. War das wirklich ein Flirtversuch von ihr gewesen, oder hatte er ihr Verhalten womöglich vollkommen fehlinterpretiert? Hatte sie ihm vielleicht sogar signalisieren wollen, dass sie sich wieder eine gemeinsame Zukunft mit ihm vorstellen konnte? Arne biss die Zähne zusammen. Er wurde aus seiner Ex-Freundin einfach nicht schlau. Es gab jedoch leider auch eine Erklärung, die ihm nicht gefiel: Marleen testete, ob er immer noch auf sie »ansprang«. Die unerwartete Trennung von ihr nach Lunas Geburt hatte ihn komplett auf der Bahn geworfen, und er war froh darüber gewesen, als er endlich einen Schlussstrich gezogen hatte.

Als Arne seinen Strich-Achter geparkt hatte, fingerte er den Haustürschlüssel aus der Seitentasche seiner Shorts. Es war mittlerweile dunkel geworden, viel schneller als sonst. Die Tage wurden jetzt im August wieder kürzer, stellte er wehmütig fest. Er erreichte seine Haustür, die von einer Straßenlaterne schwach beleuchtet wurde. Ein Geräusch ließ ihn aufhorchen, und er drehte sich um. »Nicole?« Sein Herz schlug schneller, als sie vor ihn trat. »Was machst du denn hier?«

Nicole lächelte schief. »Ich wollte dich überraschen«, erwiderte sie zaghaft. »Soll ich lieber wieder gehen?«

Er trat einen Schritt auf sie zu, doch sie wich zurück. »Hey …«, wisperte er, während er mit der Hand über ihre Wange strich. Er ließ die Finger über ihren Nacken bis zum Ansatz der Haare wandern und zog sie fest an sich.

»Wie bist du hergekommen?«, flüsterte er, während sich seine halb geöffneten Lippen ihrem Mund näherten.

»Leonie hat mich gefahren«, antwortete sie. Der Klang

ihrer rauen Stimme jagte ihm einen Schauer über den Rücken. Die Luft zwischen ihnen fühlte sich an, als wäre sie elektrisch aufgeladen. Sie ist so schön, schoss es ihm durch den Kopf, und er spürte, wie sich die Härchen auf seinen Unterarmen aufrichteten. »Wollen wir runter zur Badestelle gehen?«

Sie hob lächelnd ihre Tasche an. »Sehr gern, ich habe alles dabei.«

Arne überlegte, ob er sich noch seine Badesachen holen sollte, aber das war nicht nötig. Jetzt um diese Zeit würde sich an dem kleinen Strand von Arnis kein Mensch aufhalten. Spätestens wenn es dämmerte, waren Einheimische und Urlauber auf dem Weg nach Hause oder in ihre Ferienwohnungen. Sie schlenderten Hand in Hand die von hohen Lindenbäumen gesäumte Lange Straße entlang in Richtung Schlei. Auf beiden Seiten reihten sich die schmucken Häuser und Altbauten mit ihren weißen, grauen, aber auch hellgrünen Fassaden, ziegelroten Spitzdächern und hübschen Sprossenfenstern aneinander. Die Türen waren oft bunt gestrichen und mit Ornamenten verziert, und die Rosenbäumchen und Stockrosen, die in den kleinen Vorgärten wuchsen, verströmten einen verführerischen Duft.

Sie bogen auf den Strandweg ab, der entlang des Ufers der Schlei verlief, passierten eine Werft, vor der zwei Segelboote aufgebockt waren, und ein Restaurant, das derzeit besonders beliebt war, denn dort gab es leckere, kreative Gerichte und Snacks und außerdem noch hausgebackenen Kuchen. Schließlich erreichten sie die Badestelle und liefen über den Sand bis fast an die Wasserkante. In stillem Einvernehmen blieben sie für einen Moment stehen. Der Mond warf sein helles Licht über das Wasser, das in kleinen Wellen ans Land blubberte. Sie zogen sich bis auf die Unterhosen aus, und Arne ergriff Nicoles Hand. »Ich freue mich sehr, dass du hier bist.«

Sie drehte sich zu ihm, und als sich ihre Blicke trafen, prickelte es in seinem ganzen Körper. Sie hatten keine Eile, sondern wateten langsam hinein, bis sie sich schließlich nach hinten fallen ließen. Die Schlei war im Gegensatz zur Ostsee am Weidefelder Strand ein ruhiges, fast gemütliches Gewässer. Hand in Hand ließen sie sich treiben, während es um sie herum vollkommen still war. »Weißt du, was ich immer mal ausprobieren wollte?« Sie ließ seine Hand los. »Die Hebe-Szene aus dem Film *Dirty Dancing*.«

»Ich weiß, was du meinst.« Er griff nach ihrer Hand. »Ist der nicht schon über dreißig Jahre alt?«

Nicole nickte. »Ich gucke mir den trotzdem immer wieder gerne an.«

»Ich bin bereit, wenn du es bist.«

Nicole schenkte ihm ein warmes Lächeln. »Wir müssen gemeinsam kurz abtauchen, und dann hebst du mich hoch, okay?«

Er grinste. »Klar, habe ich schon tausendmal gemacht.«

Als sie unter Wasser nah an ihn heranrückte, beschleunigte sich sein Atem.

»Jetzt!«, rief sie. Gemeinsam verschwanden sie unter Wasser, und als sie sich nach oben streckten, schob Arne sie über seinen Kopf. Nicole breitete die Arme aus, und für einen klitzekleinen Moment schwebte sie über ihm, aber dann fiel sie nach vorne und landete lachend in der Schlei.

Sie probierten es ein zweites und drittes Mal, doch Nicole verlor immer wieder das Gleichgewicht. »Wir versuchen es noch einmal?«

Arne nickte. »Diesmal wird es funktionieren«, sagte er mit Nachdruck.

Er umfasste ihre schmalen Hüften und sah ihr tief in die Augen. »Los!« Arne schloss die Augen, tauchte nach unten ab und hob Nicole mit einem kräftigen Stoß nach oben, balancierte sie perfekt über sich aus und hielt sie einige Sekunden in der Luft.

»Jippie!« Ihre helle Stimme schwirrte durch die Nacht, und am liebsten hätte er in diesem Moment die Welt angehalten.

Wieder an Land, hielten sie sich noch einen Atemzug lang umschlungen, aber dann spürte Arne, wie sie in seinen Armen bibberte. »Lass uns mal zurückgehen.«

Kurz bevor sie das Haus erreichten, indem sich seine Wohnung befand, blieb Nicole stehen und drehte sich zu ihm um. »Ich kann mir ein Taxi …«

Er beugte sich zu ihr hinunter und umfasste ihr Gesicht. »Das kommt gar nicht infrage.«

Er schloss die Eingangstür auf und nahm sie bei der Hand. Für einen kurzen Moment spürte Arne ihren Widerstand, doch dann folgte sie ihm lächelnd. Als sie den Flur betraten, schlug ihm die Wärme entgegen, die sich den Tag über in den Räumen aufgestaut hatte. Er ging ins

Schlafzimmer und öffnete das Fenster, während Nicole kurz im Bad verschwand.

Ihm knurrte der Magen, aber in seinem Kühlschrank herrschte fast gähnende Leere. Er entdeckte eine Packung mit Bioeiern, ein Stück Käse und Tomaten, aber das war auch schon alles. Ein Lufthauch streifte seinen Nacken, und als er sich umdrehte, stand Nicole hinter ihm. Sie trug nur ihren Slip und ein Top und duftete nach dem Zitronenduschgel, das er bevorzugt kaufte, weil es ihm morgens genau den richtigen Kick für den Tag gab. Die Luft um ihn herum lud sich plötzlich elektrisch auf, und er ließ einen anerkennenden Blick über ihren Körper gleiten.

»Lass mich das mal machen«, sagte sie und beugte sich neben ihn hinunter. Dabei rutschte ihr T-Shirt ein Stück nach oben, und ihr apfelförmiger Po schob sich in sein Gesichtsfeld.

»Okay, gern«, erwiderte Arne stockend. Seine Hand schob sich wie von selbst in ihre Richtung, aber sie umschloss blitzartig sein Handgelenk.

»Später!«

Er warf ihr einen erwartungsvollen Blick zu und verschwand dann im Bad. Zehn Minuten später stieg er aus der Dusche und griff nach einem frischen Handtuch. Während er seine Haare trocken rubbelte, betrachtete er sein Gesicht, das nach dem heutigen Tag etwas angespannt wirkte. Das kurze Gespräch mit Marleen hatte ihm mehr zugesetzt, als er sich eingestehen wollte, denn noch immer klangen ihre Worte in seinem Inneren nach: *Du kannst noch bleiben, wenn du willst?*

Er grübelte erneut darüber nach, was sie damit *wirklich* gemeint haben könnte, denn wenn er ganz ehrlich zu sich war, hatte er kurz geschwankt, ob er ihr Angebot nicht annehmen sollte, wenn auch nur um Lunas willen. Jetzt war er erleichtert, dass er sie eindeutig zurückgewiesen hatte. Arne atmete langsam aus und fühlte, wie die innere Anspannung etwas nachließ.

Verdammt, dachte er. Seine Ex-Freundin konnte ihn immer noch um den Finger wickeln – zumindest theoretisch, stellte er grimmig fest. Es war gut, dass er sich nicht auf ihr Spiel eingelassen hatte.

Arne verließ das Bad und ging ins Schlafzimmer, öffnete den Kleiderschrank und ließ seinen Blick über die Fächer mit seinen Klamotten gleiten. Plötzlich spürte er Nicoles Atem im Nacken, und eine Millisekunde später wanderte eine Hand zu seiner Lende.

»Nicole …« Er wollte sich umdrehen, aber sie drückte ihren Körper an seinen Rücken und umschlang ihn von hinten mit ihren Armen. »Psst …«

Ihre Hände wanderten flatternd über seine Haut, bis sie schließlich ihr Ziel erreichten. Arne hielt die Luft an, als er sich langsam zu ihr umdrehte. Ihre Augen hielten ihn für einen Moment gefangen, dann zuckte ihr linker Mundwinkel, und sie ließ sich langsam vor ihm auf den Boden sinken.

24. Kapitel

Der würzige Duft, der aus dem Herd in ihre Nase drang, breitete sich in wenigen Sekunden in der gesamten Gutsküche aus.

»Boah, riecht das gut«, sagte Leonie, die in diesem Moment die Tür aufstieß. Ullis Tochter lugte über Nicoles Schulter, als diese das Blech auf der Arbeitsplatte abstellte.

Nicole drehte sich zu ihrer Freundin um und deutete mit dem Kopf auf die Reste der Focaccia Garden, die sie zur Probe gebacken hatte. Leonie grinste, schnappte sich ein Stück und ging damit zum Tisch, auf dem sich bereits die Schüsseln und Platten für den heutigen Junggesellinnenabschied befanden. Nicole reichte ihr eine Serviette.

»Wie sieht es draußen aus?«

»Alles super«, erwiderte sie kauend. »Jörg und Christoph haben das Zelt aufgebaut, und die Sitzkissen sind ebenfalls vor einer Stunde angeliefert worden.«

»Ach, hier bist du!« Ulli betrat die Küche und strich sich über die Stirn. »Das ist aber auch warm heute«, stöhnte sie. Dann schüttelte sie den Kopf. »Hoffentlich gibt es heute Abend kein Gewitter.«

Sie reichte ihrer Tochter einen Ausdruck. »Kannst du

mal prüfen, ob die Gästeliste mit den Tischkarten übereinstimmt?«

»Na klar!«

Nachdem die beiden die Küche verlassen hatten, widmete sich Nicole wieder ihrer Arbeit. Der Topf mit der Kürbissuppe stand auf dem Herd, der Biofeldsalat war angerichtet und stand im Kühlschrank, ebenso das gegrillte Gemüse und der Datteldip. Nun musste sie nur noch das Vanilleeis zubereiten. Zum Glück hatte ihre Chefin vor einiger Zeit eine Eismaschine gekauft, die wirklich jeden Euro wert war, die sie gekostet hatte.

Nicole schlitzte eine Vanilleschote auf, kratzte das Mark heraus und gab alles in einen Topf mit Sahne und Milch, den sie langsam erwärmte. In einer Schüssel schlug sie Eigelbe mit Zucker auf und rührte sie mit einem Schneebesen in die Sahne-Milch-Mischung, nachdem sie die Schote entfernt hatte. Über dem Wasserbad setzte sie die Prozedur fort, bis langsam eine cremige Masse entstand, die sie sechs Minuten kalt rührte und dann in den Kühlschrank stellte.

In der Zwischenzeit kümmerte sie sich um die Brombeeren, die Jörg morgens für sie gepflückt hatte. Die Hecke wucherte in der Nähe des Rundwegs, und in diesem Jahr war die Ernte aufgrund der vielen Sonnentage besonders gut ausgefallen. Die jungen Frauen, die zum Junggesellinnenabschied eingeladen waren, würden begeistert sein.

Nicole wusch sich die Hände, band sich die Schürze ab und trank ein Glas Wasser im Stehen. Sie dachte an den gemeinsamen Abend und die Nacht mit Arne zurück. Hitze breitete sich in ihrem Körper aus, als sie sich seine Zärtlichkeiten ins Gedächtnis rief. Am darauffolgenden Morgen waren sie zunächst im Bett geblieben und hatten sich lange über den traurigen Tod des kleinen Schweinswals unterhalten, der in der Lübecker Bucht von Urlaubern eingekesselt worden war. Seitdem hatte sie nichts von ihm gehört, aber das war auch in Ordnung, denn er musste weiter an seinem Artikel über das Sterben der Schweinswale in der Eckernförder Bucht schreiben. Da sein Kollege Dr. Messerschmidt ebenfalls an diesem Thema dran war, wollte er seine Veröffentlichung unbedingt früher fertig haben. Es gefiel Nicole, dass Arne seine Arbeit genauso gewissenhaft erledigte wie sie die ihrige.

Sie stellte das Glas in die Spüle und verließ das Gutshaus. Mit eiligen Schritten überquerte sie den Innenhof und ging zur ehemaligen Scheune, die zur Event-Location umgebaut worden war. Das Zelt mit den Sitzkissen hatten Jörg und Christoph schon am Morgen aufgebaut. In der Festscheune stand der lange Tisch, auf dem sie vormittags mit Sophia, die kurzfristig eingesprungen war, bereits Geschirr und Besteck abgestellt hatte. Sie nahm die Gästeliste und die Namensschilder in die Hand und glich alles ein weiteres Mal miteinander ab. Es wäre ihr zu peinlich gewesen, wenn sie einen Namen falsch geschrieben hätte. Es sah aber alles gut aus, stellte sie erleichtert fest. Die Gastgeberin hieß Anastasia und würde am Kopf des Tisches sitzen. Ihren Stuhl hatte Nicole mit einer Girlande aus Wildblumen vom Feld des Strandrosenhofs geschmückt. Ihre neun Freundinnen würden links und rechts von ihr

Platz nehmen, wobei die zukünftige Braut ihr per Mail die Sitzreihenfolge mitgeteilt hatte.

Nicole hatte das unbestimmte Gefühl, dass sie sich bei dieser Veranstaltung keinen noch so winzigen Fehler erlauben dürfte, deshalb überprüfte sie alle Anweisungen der Gastgeberin mehrere Male. Danach verteilte sie die Teller, das Besteck und die Gläser sowie die gefalteten weißen Stoffservietten, auf die Anastasia besonders viel Wert legte. Schließlich kehrte sie in die Küche zurück und füllte die Vanilleeismasse in die Maschine. Sie blickte auf die Küchenuhr, die leise tickend an der Wand über der Spüle hing. Noch zwei Stunden, dann würde die kleine Party starten. Nicole schrieb Ulli eine WhatsApp-Nachricht: »Alles ist vorbereitet, es kann losgehen!«

Ihre Chefin reagierte sofort und sendete ihr ein Smiley. Nicole wollte sich, bevor die Party startete, rasch umziehen, deshalb machte sie sich auf den Weg zu ihrer Wohnung. Dort angekommen, atmete sie erst einmal tief durch. Sie hatte den Eindruck, als ob sich gerade in ihrem Leben etwas veränderte. Das hatte mit Arne, aber vor allem mit ihr selbst zu tun. Es fühlte sich derzeit alles wie ein Abenteuer an, allerdings mit ungewissem Ausgang. Doch dieses Gefühl machte ihr nicht wie sonst Angst, sondern erfüllte sie mit Euphorie.

Sie streifte die Arbeitsklamotten ab und stopfte sie in den Wäschekorb. Nachdem sie geduscht hatte, zog sie eine schwarze Hose und eine weiße Bluse an und zwirbelte ihre Haare nach oben, um sie mit einer schwarzen Haarklammer zu befestigen. Schließlich kehrte sie ins Badezimmer zurück und zog sich vor dem Spiegel einen Lidstrich. Noch etwas Mascara und Puder, dann war sie startklar.

Als sie vor der Festscheune erschien, kam ihr Leonie entgegen, die heute ebenfalls auf Wunsch ihrer Mutter im Einsatz war.

»Anastasia wurde gerade von ihrem Vater hier abgesetzt«, sagte sie. Sie kniff die blauen Augen zusammen. »Mit einem weißen Hummer!«

Als Nicole mit den Schultern zuckte, huschte ein Lächeln über Leonies Gesicht. »Das ist ein Luxusauto, kostet mindestens siebzigtausend Euro.«

Nicole dachte unwillkürlich an ihren Wagen, der noch immer in Oles Werkstatt stand, weil sie sich die Reparatur nicht leisten konnte.

»Das ist eine Menge Geld«, erwiderte sie schließlich. Leonie nickte zustimmend. Dann zwinkerte sie ihr zu. »Echt der Hammer.«

Sie schlugen ihre erhobenen Hände gegeneinander. »Wir schaffen das!«

Eine halbe Stunde später thronte Anastasia, die mit ihren blonden Locken, dem rosa Stirnband und dem knielangen weißen Kleid wie ein Engel aussah, am Tischende, und ihre Freundinnen, die ebenfalls weiß gekleidet waren, saßen wie erwartet links und rechts von ihr. Stimmengewirr und das Lachen der Gäste waberten durch die laue Sommerluft. Nicole hielt einen Moment inne und genoss die friedliche Stimmung, die sich wie ein Seidentuch über den Strandrosenhof gelegt hatte. Es war schön, dass hier so viele unterschiedliche Menschen eine besondere Zeit verbringen konnten und sich diesen Ort für wichtige Ereignisse in ihrem Leben und zum Feiern aussuchten.

Dann trugen Nicole und Leonie die Speisen auf, und Ulli kümmerte sich um die Getränke. Nachdem alles erledigt war, zogen Nicole, Ulli und Leonie sich auf ein Zeichen der Gastgeberin zurück. Genau so war das mit Anastasia und ihren Eltern abgesprochen, denn ihre Tochter wollte sich mit ihren Freundinnen möglichst ungestört amüsieren. Als die jungen Frauen das Essen beendet hatten, gingen sie in das Zelt. Dort hatten Nicole und Leonie in der Zwischenzeit die Kerzen in den Windlichtern angezündet und kleine Schälchen mit Oliven, Dips und Crackern auf den niedrigen Tischchen verteilt. Während die Party ihren Lauf nahm, räumten Jörg und Nicole das Geschirr aus der Festscheune ab und stellten es in die Spülmaschine in der Gutsküche.

»Danke, dass du uns hilfst«, sagte Nicole schließlich zu Ullis längstem Mitarbeiter, der normalerweise für alle landwirtschaftlichen Aufgaben auf dem Strandrosenhof zuständig war, aber hin und wieder auch gern bei den Veranstaltungen aushalf, zumal ihm Ulli die Arbeitszeiten extra vergütete. Jörg nickte und zog sich die Stirnmütze aus der Stirn. »Ich mach dann mal Feierabend.«

Nicole reichte ihm ein Paket mit Resten des Essens. »Lass es dir schmecken.«

Jörg runzelte die faltige Stirn. »Viel gegessen haben die aber nicht?«

Nicole nickte. »Stimmt, die haben alles nur fotografiert und die Hälfte liegen lassen.«

»Verrückt«, erwiderte Jörg. »Zum Glück ist bei uns in Brodersby die Welt noch in Ordnung.«

»Da sagst du was«, meinte Nicole schmunzelnd. »Wir sehen uns morgen.«

Jörg hob die Hand. »Jo!«

Nicole blickte ihm nach, bis er die Tür zur Küche hinter sich zufallen ließ. Ulli konnte froh sein, dass sie ihn als Mitarbeiter hatte. In den vergangenen Wochen hatte ihre Chefin immer mal wieder Arbeiter eingestellt, aber alle hatten schnell wieder das Weite gesucht, oft auch, ohne sich vorher zu verabschieden. Die meisten unterschätzten es, wie hart die Arbeit in einem landwirtschaftlichen Betrieb mit einem Dienstbeginn um sechs Uhr morgens war.

Kaum hatte Jörg die Küche verlassen, kam Leonie hineingestürmt. »Du musst unbedingt mitkommen«, sagte sie nach Luft japsend. »Unsere Junggesellin macht Ärger.«

»Was ist denn los?«, frage Nicole, während sie sich in Windeseile die Schürze vom Leib riss.

»Das wirst du schon sehen.«

Nicole folgte ihrer Freundin im Laufschritt, und als sie die Festscheune und das Zelt außer Atem erreichten, hörte Nicole, wie Anastasia eine junge Frau mit dunkelroten Locken anfauchte. »Das nimmst du jetzt sofort zurück, Tessa!«

»Es ist aber die Wahrheit. Dein Vater tötet Schweinswale, weil er mit Schallkanonen nach Öl sucht.«

»Spinnst du jetzt total?« Sie deutete mit dem Zeigefinger auf einen silbernen VW-Golf, der ein paar Meter entfernt auf dem Innenhof stand. »Womit tankst du denn dein Auto?« Ihre Stimme zitterte. »Etwa mit Bio-Öl?«

»Das steht auf einem anderen Blatt«, erwiderte Tessa eisig. »Es ist ein Unterschied, ob man auf ein Auto angewiesen ist, weil man damit zur Arbeit fährt, oder unseren Planeten ausbeutet, um im Luxus zu leben.«

Sie warf Anastasia einen angewiderten Blick zu. »Du hast in deinem Leben doch noch keinen einzigen Tag gearbeitet!«

»Ich glaube, das reicht jetzt«, sagte Leonie, die sich zwischen die beiden Frauen geschoben hatte und sie mit ihren Händen auseinanderschob. »Es ist so ein schöner Abend, und den wollt ihr doch bestimmt auch weiterhin genießen?«

Die anderen acht jungen Frauen klatschten zögernd Beifall. Nicole drehte sich zu Anastasia und Tessa. »Nicole hat für euch ein himmlisches Vanilleeis kreiert, und dazu gibt es zur Feier des Tages Champagner.«

Die beiden Streithennen funkelten sich noch einmal böse an, aber dann reichten sie sich die Hand. »Frieden.«

»Gut, dass du dazwischengegangen bist«, sagte Leonie zu ihrer Freundin. Sie waren zusammen zurück zur Gutsküche gelaufen und trugen jetzt Nicoles selbst gemachtes Vanilleeis, das sich in einem Kühlbehälter befand, zum Festzelt. In der Zwischenzeit hatte eine von den Gästen die Musikanlage aufgedreht. Ein Song, der zurzeit rauf und runter im Radio gespielt wurde, erklang, und die jungen Frauen sangen lauthals mit.

Nicole stellte das Eis auf das Büfett und verteilte es nach und nach an die Gäste, die bei ihr vorbeigetanzt kamen. Einige von ihnen holten sich sogar noch einen Nachschlag. Schließlich kam Leonie und löste Nicole ab, sodass sie schon einmal die schmutzigen Gläser und Eisschälchen abräumen konnte. Sie stellte alles auf einen Wagen mit Rollen, der in einer Ecke der Festscheune stand. Christoph hatte dort eine Holzwand gebaut, sodass die Gäste von der Arbeit hinter den Kulissen möglichst wenig mitbekamen. Es war Nicoles Idee gewesen, und Sophias Ehemann hatte ihre Anregung innerhalb weniger Tage umgesetzt. Ulli und sie hatten zum Schluss das Holz mit Kreidefarbe in Mint gestrichen, was sehr edel wirkte.

Nicole kehrte zum Zelt zurück, in dem es sich einige der Frauen in der Zwischenzeit gemütlich gemacht hatten. Dort stand ein kleiner Tresen mit Getränken, damit Anastasias Gäste sich im weiteren Verlauf des Abends selbst bedienen konnten. Bei den Festen auf dem Strandrosenhof gab es kein Zeitlimit, denn der nächste Hof war weit entfernt, sodass sich niemand über zu laute Musik beschweren konnte.

Für die Bewohnerinnen sah das etwas anders aus, aber Ulli, Leonie und Nicole freuten sich, wenn mal etwas los war, und die Feriengäste waren meistens auch sehr entspannt, zumal viele aus Großstädten wie Berlin, Frankfurt oder München kamen und Trubel vor ihrer Haustür gewohnt waren.

Als sie wieder den Hof betrat, waren fast alle jungen

Frauen im Zelt verschwunden. Sie hörte Stimmen und Gelächter, die Party ging also friedlich weiter. Nicole rieb sich mit der Hand über die schmerzenden Nackenmuskeln. Ihre Arbeitszeit war noch lange nicht beendet, denn Ulli würde sie erst um Mitternacht ablösen.

Nicole lief zum Gutshaus, und als sie die Tür zur Küche aufstieß, schreckte sie kurz zurück. Leonie saß dort im Halbdunkeln vor ihrem Laptop. Ihr Gesicht war vom Display hell erleuchtet.

»Du glaubst nicht, was ich gerade herausgefunden habe«, sagte sie.

Nicole ließ sich auf den Stuhl rechts von ihr fallen. »Erzähl«, forderte sie Ullis Tochter auf, deren Augen wie Scheinwerfer im Halbdunkel strahlten. »Unsere Junggesellin heißt Anastasia Yelsukov.«

»Das ist aber noch keine Schlagzeile wert«, erwiderte Nicole schmunzelnd.

Leonie grinste zurück. »Du wirst dich noch wundern«, sagte sie und drehte den Laptop halb in ihre Richtung. »Dieses Interview habe ich gerade gefunden.«

Sie deutete auf ein Schwarz-Weiß-Foto, das einen attraktiven Mann um die fünfzig auf einem Kriegsschiff zeigte. »Das ist Tolja Yelsukov, Anastasias Vater.« Sie machte eine bedeutungsvolle Pause. »Hier steht, dass er Hauptgesellschafter von Ocean Energy ist, also der Firma, die derzeit in der Eckernförder Bucht mit Schallwellen nach Erdöl sucht.«

Nicole spürte, wie sich ein kleines Puzzle in ihrem Kopf zusammensetzte. »Diese Firma hat doch eine Spende in

Höhe von fünfhunderttausend Euro dem Institut mit dem Namen …«

Sie warf ihrer Freundin einen fragenden Blick zu, woraufhin Leonie triumphierend lächelte: »Institute for Climate Solutions, kurz IfCS, dessen Vorsitzender Dr. Jens Messerschmidt ist.«

Nicole lehnte sich im Stuhl zurück. »Deshalb auch Tessas Spruch, dass Anastasias Vater Schweinswale tötet.«

Leonie klappte den Laptop zu. »Korrekt!«, sagte sie. »Nun muss ich nur noch nachweisen, dass Dr. Messerschmidt Anastasias Vater ein Gefälligkeitsgutachten geschrieben hat.«

»Wow, ich bin stolz auf dich!«, sagte Nicole aus ganzem Herzen. »Lass mich wissen, wenn ich dir dabei irgendwie helfen kann.« Sie stupste ihre Freundin in die Seite. »Wenn das klappt, bekommst du den deutschen Journalistenpreis.«

25. Kapitel

Arne drückte Nicoles Hand. Er freute sich, dass er Karten für die Veranstaltung ergattert und sie sofort zugesagt hatte. Es war nicht das erste Mal, dass er auf der Rolltreppe der Elbphilharmonie Hamburg, der sogenannten Tube, unterwegs war, dennoch fühlte es sich wieder so an, als wäre er in einer anderen Welt angekommen. Sie fuhren hoch in Richtung Terrasse, während ihnen mehrere Besucher entgegenkamen. Arne fiel auf, dass alle schwiegen oder nur leise miteinander sprachen. Ihm ging es genauso, denn auch er fühlte mit einer gewissen Ehrfurcht, dass dieses mitten im Strom der Elbe errichtete Gebäude etwas Besonderes war. Das weiche gelbe Licht, aber auch die runden Einbuchtungen in der Wand wirkten auf ihn beruhigend und machten ihn zugleich neugierig auf das, was sie im oberen Bereich des Konzerthauses erwarten würde.

Sie erreichten die zentrale Plattform, die sogenannte Plaza, die sich in siebenunddreißig Metern Höhe befand. Über ihr wölbte sich eine wellenförmige Decke, die zum Teil von schrägen Pfeilern abgestützt wurde.

»Wow!«, sagte Nicole. Sie standen dicht nebeneinander am Geländer und blickten über den Hafen. Arne legte einen Arm um ihre Hüfte. »Ich bin auch jedes Mal wieder vollkommen überwältigt.«

Riesige Frachter, aber auch Schiffe in verschiedenen Größen aus allen Teilen der Welt lagen dort vor Anker. Im Hintergrund ragten große und auch kleinere Kräne in den nur leicht bewölkten Himmel. Ein Ausflugsschiff tuckerte langsam über das Wasser in Richtung Anleger. Arne entdeckte eine Gruppe von Menschen in bunter Kleidung und mit Sonnenhüten, die an der Reling standen. Hafenrundfahrten waren eine beliebte Touristenattraktion, aber auch Einheimische lernten auf diese Weise ihre Stadt vom Wasser aus kennen.

Sie gingen weiter zur anderen Seite der Aussichtsplattform, die einen atemberaubenden Blick über die Dächer der Hamburger Innenstadt bot. Der spitze Turm der Sankt-Michaelis-Kirche überragte alle Altbauten und modernen Hochhäuser. Arne wurde immer warm ums Herz, wenn er das einhundertzweiunddreißig Meter hohe Wahrzeichen der Hansestadt erblickte. Alles um die Barockkirche herum veränderte sich, nur der Hamburger Michel blieb, wie er war.

Das Konzert des NDR-Elbphilharmonie-Orchesters sollte im großen Saal stattfinden, Ludwig van Beethovens Sinfonie Nr. 5 stand auf dem Programm. »Es wird Zeit«, sagte Arne, woraufhin sich Nicole, die ein knielanges geblümtes Sommerkleid trug, bei ihm einhakte.

»Ich bin schon sehr gespannt.«

Kurze Zeit später betraten sie den Saal mit den verschiedenen Foyers und der wabenartigen Wandverkleidung, die den Klang der Musik in jeden Winkel reflektierte. Es dauerte eine Weile, bis endlich alle Besucher ihre Plätze fanden, aber dann ging es los. Der Dirigent betrat den Saal, nachdem die Musiker und Musikerinnen Platz genommen hatten. Als schließlich die ersten Töne erklangen, lehnte sich Arne entspannt in seinem Sitz zurück.

»Was für ein Klang«, wisperte Nicole ihm zu, wobei eine Strähne ihres Haares sein Ohr kitzelte. Ihr Duft nach reifen Pfirsichen drang in seine Nase, und für einen kurzen Augenblick war die Musik, die den Raum wie einen Seidenkokon füllte, vergessen.

Während er an Nicoles Seite das wunderbare Spiel der Musiker verfolgte, dachte er an einen Artikel, den er vor einiger Zeit über Ludwig van Beethoven gelesen hatte, der 1770 in Bonn geboren worden war. Bis dahin hatte er keine Vorstellung von dem Leben des berühmten Komponisten gehabt, zumal er kein großer Klassikfan war. Natürlich kannte er zwei der neun Sinfonien, die »Schicksalssinfonie« eben, der sie gerade lauschten, und die 9. Sinfonie mit der »Ode an die Freude«. Beethovens Vater war Musiklehrer und Sänger gewesen. Sein begabter Sohn sollte Geld verdienen, musste deshalb schon mit dreizehn Jahren in der Bonner Hofkapelle spielen und versuchte sich früh an eigenen Werken. Er galt bald als genialer Komponist, aber es gab auch Kritiker, die seine Musik als »schwierig« bezeichneten. Trotzdem wurde er schon zu Lebzeiten überaus erfolgreich, nur in der Liebe erfüllten sich seine Wünsche nicht. Das Schlimmste war für ihn aber wohl seine Schwerhörigkeit. Außerdem trank er zu viel Alkohol, noch auf dem Sterbebett soll ihn ein Kasten mit Weinflaschen erreicht haben.

Arne schüttelte die Gedanken ab und ergriff Nicoles Hand. Sie drehte sich zu ihm, die Lichter der Deckenbeleuchtung spiegelten sich in ihren Augen. Er beugte sich zu ihr hinunter, hauchte ihr einen Kuss auf die Lippen. Mit keinem Menschen der Welt hätte er in diesem Moment seinen Platz tauschen wollen.

Als sie nach dem Konzert den Eingangsbereich verlassen hatten, blieben sie zunächst vor dem imposanten Gebäude stehen. Die anderen Konzertbesucher strömten an ihnen vorbei, Stimmengewirr flirrte durch die warme Sommerluft.

»Wollen wir nicht noch irgendwo etwas trinken gehen?«, schlug Nicole vor. Er hatte ein Hotelzimmer für sie beide gebucht, deshalb war an diesem Abend alles möglich, da er sich nicht mehr ans Steuer setzen musste. Sie winkten ein Taxi heran und ließen sich am Spielbudenplatz in St. Pauli an der Reeperbahn absetzen. Arne war schon oft dort gewesen, hatte aber das Gefühl, dass sich dieser Ort jedes Mal veränderte. Ständig gab es hier Events und Feste; dadurch war natürlich immer eine Menge los, und die Gastronomen kamen auf ihre Kosten.

Heute lag die Liebe in der Luft, was in der Nähe der »sündigen Meile« nichts Besonderes war, nur dass es an diesem Abend nicht um käufliche Liebe ging, sondern um Menschen, die ihre sexuelle Orientierung frei ausleben wollten, auch wenn diese nicht den althergebrachten Vorstellungen entsprach.

»Ist hier heute etwas LGBT*Q-mäßiges los?«, fragte Nicole, die einer Frau mit Bart hinterherschaute, die mehrere Luftballons in Herzform in der Hand hielt.

»Sieht ganz so aus«, sagte Arne vergnügt. Er hatte kein Problem damit, dass Menschen anders liebten als er. »Ich habe Lust auf eine Pizza.«

Nicole nickte. »Ich bin dabei.«

Sie stellten sich in die Schlange vor einen Laden, den man genauso gut in Neapel erwarten würde. Es gab einen Tresen, auf dem vorne die Sorten und Preise notiert waren, eine kleine rot-weiße Markise und davor einfache Holztische mit Stühlen, die allerdings alle besetzt waren. Sie entschieden sich daher für eine Handpizza Napoli und schlenderten damit weiter, bis sie eine leere Bank unter einem mit Lichterketten beleuchteten Baum fanden.

»Schön hier!«, sagte Nicole und streckte die langen Beine aus. Sie sah bezaubernd aus in ihrem hübschen Kleid, mit den blonden, etwas zerzausten Haaren und den glühenden Wangen. Arne hätte diesen Moment am liebsten eingefangen, anderseits war es auch gut, dass es immer weiterging im Leben. Aus einem Club drangen laute Beats, und binnen weniger Sekunden bildete sich davor eine Traube feiernder Menschen. Nicole zog ihn hoch.

»Komm, lass uns tanzen!«

Wenige Sekunden später waren sie mittendrin. Die Party hatte sich komplett nach draußen verlagert, denn der DJ hatte sein Pult einfach vor die Tür gestellt. Arne konnte sich nicht erinnern, wann er das letzte Mal auf irgendeiner Tanzparty gewesen war. Nachdem er Vater geworden war, hatte sich sein Leben um hundertachtzig Grad gewendet. Anstatt mit seinen Freunden um die Häuser zu ziehen, hatte er sich nachts abwechselnd mit Marleen um Luna gekümmert, jedenfalls bis zu ihrer endgültigen Trennung. Sie hatte das eingefordert, obwohl er jeden Morgen um sechs Uhr aufstehen musste, sie aber wenigstens ausschlafen konnte. Dennoch hatte sich für ihn alles richtig angefühlt, denn seine kleine Familie hatte für ihn immer an erster Stelle gestanden.

Der DJ blendete zu einem ruhigen Song über, ließ aber den Takt des vorherigen Titels mitlaufen. Der junge Typ mit den kurz geschorenen Haaren und tätowierten Oberarmen hatte den richtigen Mix drauf.

Nicole schwang die Hüften hin und her, ihre Augen waren geschlossen, und Arne spürte, dass sie jeden einzelnen Moment genoss. Plötzlich bildete sich eine Traube um sie herum, als der DJ einen Song spielte, der schon ein paar Jahre alt war, der aber in den vergangenen Monaten wieder häufiger aufgelegt wurde. Die Melodie nahm jeden sofort mit: *When I met you in the summer …* Alle kannten den Text, sangen lauthals mit und hakten sich ein. Ein junger Mann kam neben Arne aus dem Takt, vielleicht hatte er zu viel getrunken, oder er war auf eine andere Weise von der Rolle, jedenfalls rempelte der Typ ihn an, sodass er fast mit zwei Männern zusammenstieß. Als ihm bewusst wurde, wer dort Händchen haltend mit einem jungen, sehr attraktiven Mann vor ihm stand, verschlug es Arne für einen Moment die Sprache. Nicole neben ihm erstarrte ebenso wie er.

»Leander?«

Arne zwinkerte mit den Augen.

»Papa?«

Ansonsten fiel ihm nichts mehr ein. Natürlich gab es Zufälle im Leben, die sich kein Mensch erklären konnte, aber dass sie hier seinen Vater zusammen mit Nicoles Halbbruder trafen, fühlte sich vollkommen unwirklich an. Für einen Moment dachte er, dass er träumte, aber als sein Vater auf ihn zukam und ihn fest in die Arme schloss, wusste er, dass es kein Traum, sondern die Realität war: Die beiden waren ein Paar.

❀

Nicole kam sich vor, als würde sie in einem Film von Til Schweiger mitspielen. Sie saß neben Arne an einem Holztisch, ihnen gegenüber hatten ihr Bruder und Stefan Platz genommen. Die beiden hielten Händchen, als wäre es das Selbstverständlichste der Welt. Und warum auch nicht? »Verrückt, dass wir uns hier treffen«, sagte Leander unbefangen. Nicole spürte, wie sich Arne neben ihr versteifte.

»Ich muss das erst einmal verdauen«, presste er schließlich hervor. »Ihr seid also wirklich ein Paar?«

»Das kann man wohl sagen«, meinte Arnes Vater und rückte noch etwas näher an ihren Bruder heran. Nicole bemerkte, dass Arne neben ihr für einen Moment die Luft anhielt. Dann sprang er unvermittelt auf.

»Ich hole uns mal ein Bier.«

»Wo habt ihr euch denn kennengelernt?«, platzte es aus Nicole heraus, als er außer Sichtweite war.

Ihr Bruder lächelte vielsagend. »Bei gemeinsamen Freunden auf einer Party. Wir waren gleich auf einer Wellenlänge.«

Arne kehrte von dem überdachten Stand, der sich ein paar Meter von ihnen entfernt unter einem hellgrünen Schirm befand, mit vier Flaschen Pils zurück. Um sie herum waren alle Bänke besetzt, Stimmengewirr waberte durch die laue Sommernacht, und in der Ferne heulte eine Sirene. Kein Wunder, dachte Nicole, denn die Davidwache befand sich nur ein paar Meter von ihnen entfernt. Mittlerweile war es weit nach Mitternacht, und bestimmt gab es irgendwo auf der Reeperbahn Ärger.

»Seid ihr auf einem Konzert gewesen?«, fragte Leander, der schon immer ein Gespür dafür gehabt hatte, unangenehme oder sogar peinliche Situationen galant zu umschiffen.

»Ja, genau«, erzählte sie, kaum dass ihr Bruder den Satz beendet hatte. Sie schilderte die Aufführung in der Elbphilharmonie in allen Einzelheiten, woraufhin Arnes Vater von einem Chorkonzert berichtete.

»Es war ein Träumchen«, fügte er abschließend hinzu und suchte schließlich den Blick seines Sohnes. »Es tut mir leid, dass du es so erfahren musstest.«

In diesem Moment zog eine Gruppe grölender St.-Pauli-Fans an ihnen vorbei, woraufhin die Männer über Lieblingsvereine diskutierten und danach über die Lage des deutschen Fußballs schlechthin.

Nicole nippte an ihrem Bier, hörte aber nur mit einem halben Ohr hin. Wenn Europa- oder Weltmeisterschaften waren, hatte sie mit Ulf zumindest die Spiele der deutschen Nationalmannschaft verfolgt, aber ansonsten interessierte sie sich nicht für diesen Sport.

Stefan war etwas kleiner als Arne, aber er hatte denselben kräftigen Körperbau wie sein Sohn. Die dunkelblonden Haare waren von einzelnen grauen Strähnen durchzogen, sein fast faltenfreies Gesicht wirkte sehr jugendlich. Er hatte etwas Verschmitztes an sich, das unterschied ihn von Arne, der zwar humorvoll war, aber mehr auf eine ernste Art. Als hätte Stefan ihre Gedanken erraten, hielt er inne und räusperte sich.

»Kennt ihr den Witz?«

Ihr Bruder rollte mit den Augen. »Ach nö …«

Arnes Vater ignorierte Leanders Worte und hob die Augenbrauen.

»Wieso können Skelette so schlecht lügen?«

Nicole zuckte mit den Schultern, Arne und Leander wussten ebenfalls keine Antwort.

»Weil sie so gut zu durchschauen sind!«

Nicole konnte nicht anders, sie prustete los, woraufhin Arnes Vater gleich den nächsten nachlegte: »Was macht die Polizei, wenn bei Adidas eingebrochen wird?«

Wieder hatte keiner eine Idee.

»Sie schicken drei Streifen.«

Nun mussten alle lachen, und auf einmal fühlte sich das Zusammensein ganz leicht und selbstverständlich an. Stefans Flachwitze hatten das Eis gebrochen.

Arne holte noch drei Pils und für Nicole ein alkoholfreies Bier. Kurz danach betrat eine Band die kleine Bühne neben dem Bierstand, die Cover von aktuellen Hits spielte. Leander und Stefan waren gleich Feuer und Flamme und zogen zum Tanzen ab. Nicole beobachtete, wie sie sich mit hocherhobenen Händen zwischen die Menschen schoben. Ein warmes Gefühl durchströmte sie. Diesen Abend würde sie mit Sicherheit bis zu ihrem Lebensende nicht vergessen.

26. Kapitel

Als Arne zwei Tage später das gusseiserne Tor zum zweistöckigen Backsteinhaus in Eckernförde Süd passierte, breitete sich ein mulmiges Gefühl in seinem Magen aus. Seine Mutter hatte sich bereits am Tag nach dem denkwürdigen Abend in Hamburg bei ihm gemeldet und um ein Gespräch gebeten. Er war Weihnachten das letzte Mal zu Hause gewesen, hatte sich aber hin und wieder abwechselnd mit seinem Vater oder seiner Mutter zum Essen in einem Restaurant oder einem Café getroffen. Natürlich gab es auch eine WhatsApp-Familiengruppe, aber dort herrschte überwiegend Funkstille, bis auf die üblichen Geburtstags- und Festtagswünsche.

Der Rasen des Vorgartens sah frisch gemäht aus, die Buchenhecken und Buchsbäume waren akkurat gestutzt, und die Zwischenräume zwischen den quadratischen Steinen der Auffahrt waren komplett unkrautfrei. Der äußere Schein musste um jeden Preis gewahrt bleiben, in dieser Hinsicht waren sich seine Eltern immer einig gewesen, denn was sollten die Nachbarn sonst bloß denken?

Arne drückte seufzend den Knopf der Messingklingel, die unterhalb der beiden Namensschilder angebracht waren:

Elli Sanders
Stefan Sanders

Sein Herz schlug schneller, als er die Schritte seiner Mutter hinter der Tür hörte. »Bist du es, Arne?«

Als er ihre Frage bejahte, folgte ein klirrendes Geräusch. Da sie nach der räumlichen Trennung von seinem Vater im Erdgeschoss wohnte, hatte sie die Tür im gemeinsamen Eingangsbereich mit einem Kettenschloss gesichert.

Das Gesicht seiner Mutter erschien in dem geöffneten Spalt. »Ich bin es wirklich«, sagte er mit einem leicht ironischen Unterton. »Lässt du mich rein?«

Als er endlich den Flur betrat, in dem es schwach nach Bohnerwachs roch, warf seine Mutter ihm einen vorwurfsvollen Blick zu.

»Man kann nicht vorsichtig genug sein.« Sie drückte ihn kurz an sich. »Schön, dass du da bist.«

Arne folgte ihr durch den Flur, sein Blick schweifte dabei zur Treppe, die in die Wohnung seines Vaters führte, der allerdings nicht zu Hause, sondern immer noch in Hamburg bei Nicoles Halbbruder Leander war.

»Geh schon mal vor«, forderte seine Mutter ihn auf. »Ich muss noch einmal kurz in die Küche.«

Als Arne das ehemalige gemeinsame Wohnzimmer seiner Eltern betrat, verstärkte sich das mulmige Gefühl, das ihn seit Betreten des Vorgartens erfasst hatte. In den vergangenen Monaten hatte seine Mutter die Möbel etwas umgeräumt, stellte er fest. Der Esstisch mit den vier Stühlen war verschwunden, stattdessen stand dort ein gemütlicher graublauer Sessel mit Fußstütze. Auf dem Tischchen daneben stapelten sich Bücher. Seine Mutter hatte schon immer viel gelesen und sich nach dem Auszug seines Vaters offensichtlich einen Herzenswunsch erfüllt.

»Ich hoffe, du magst Scones?«

Arne nickte. »Sehr sogar!«

»Das freut mich.« Sie stellte das Tablett auf dem niedrigen Tisch ab, der sich vor dem Sofa befand. »Setz dich doch!«

Arne nahm auf dem Sessel Platz und half seiner Mutter, die Teller, das Besteck, das Körbchen mit dem Gebäck und die Schale mit einer weißen Creme zu platzieren. »Das ist Clotted Cream«, sagte sie, nachdem sie sich gesetzt hatte. »Habe ich selbst gemacht.«

»Sieht gut aus«, meinte er, woraufhin sich ihre Miene erhellte.

»Man muss nur Sahne erhitzen und diese dann für zehn bis zwölf Stunden in den warmen Ofen stellen, dann verdickt die Flüssigkeit von allein.« Sie fasste sich an den Kopf. »Ich habe den Tee vergessen.« Arne machte Anstalten, ihr zu folgen, aber sie hielt ihn mit einer abwehrenden Handbewegung davon ab. »Lass mich das mal machen.«

Während seine Mutter in der Küche hantierte, stellte sich Arne mit hinter dem Rücken verschränkten Händen vor das Fenster. Im Gegensatz zu dem langweiligen, fast spießigen Vorgarten war der hintere Bereich ein Blumen-

und Pflanzenparadies. In den Beeten blühten Rosen und Lavendel, Hortensien in verschiedenen Blautönen und Margeriten. Dazwischen entdeckte er die auffällig violetten Blüten der Fetthenne, die sich seit seinem Auszug stark verbreitet hatte.

Als er noch zu Hause gewohnt hatte, war er oft mit seiner Mutter im Garten gewesen. Er hatte den Rasen gemäht, die Sträucher und Stauden zurückgeschnitten und im Herbst das Laub zusammengeharkt. Es war eine befriedigende Arbeit gewesen, da am Ende ein Ergebnis zu sehen gewesen war. Außerdem hatte er dafür auch oft Geld bekommen, das er gern annahm, denn damals war er ständig knapp bei Kasse gewesen.

Bis zur Trennung seiner Eltern hatte sich das Zusammenleben normal und richtig angefühlt, auch wenn er sich immer einen Bruder oder eine Schwester gewünscht hatte. Oft hatte ihn die Fürsorge seiner Eltern erdrückt, obwohl ihm schon damals bewusst gewesen war, dass sie es nur gut mit ihm meinten.

Zum Glück war er ein hervorragender Schüler gewesen, sodass er nicht wie die meisten seiner Freunde mit Vorhaltungen, Nachhilfelehrern, Computer- und Fernsehverboten in Schach gehalten worden war. Seine Eltern hatten ihm immer das Gefühl gegeben, dass alles mit ihm in Ordnung sei. Vielleicht auch, um von ihrem eigenen, ganz persönlichen Desaster abzulenken, dachte er im Nachhinein.

»Jetzt weißt du es also«, sagte seine Mutter seufzend, als sie endlich ihren Platz eingenommen hatte. Arne saß mit übereinandergeschlagenen Beinen in einem Sessel, der sehr weich gepolstert war. Er wartete ein paar Sekunden, ob dem Halbsatz noch weitere Worte folgen würden, aber seine Mutter presste die Lippen zusammen und verharrte regungslos.

»Mehr hast du dazu nicht zu sagen?«, durchbrach er schließlich die Stille. Sie riss ein Stück von ihrem Scone ab, kaute mit abwesendem Blick und ließ seine Frage einfach im Raum stehen. Ihre Miene war unergründlich. Sie war vor vier Wochen sechzig Jahre alt geworden, hatte diesen Tag aber allein verbracht. *Kein Grund zum Feiern,* hatte sie ihm per WhatsApp-Nachricht mitgeteilt. Er hatte ihr daher einen großen Strauß Rosen geschickt, über den sie sich gefreut hatte, aber sie hatte ihn trotzdem nicht zu sich eingeladen, seinen Vater aber auch nicht. Wahrscheinlich hatte sie sich eine schön kalte Flasche Sekt aufgemacht und dazu ein Marzipantörtchen gegessen. Als junge Frau war sie eine makellose Schönheit gewesen mit ihrer schlanken Statur, den langen Beinen und dem naturblonden Haar, das sie damals noch offen getragen hatte. Wenn er mit ihr unterwegs gewesen war, hatte er die anerkennenden Blicke der Männer sehr wohl bemerkt, obwohl es ihr immer egal gewesen war.

»Was soll es«, hatte sie oft gesagt, wenn man sie darauf angesprochen hatte. »Mich interessieren andere Kerle nicht. Ich liebe meinen Mann und damit basta.«

»Ihr hättet es mir sagen müssen«, meinte Arne schließlich. »Dachtet ihr etwa, dass ich es irgendwann schon von selbst erfahren würde?«

Seine Mutter strich sich nachdenklich über die Schläfe.

Sie sah für ihr Alter sehr jung aus, vielleicht auch, weil sie ihr mittlerweile graues Haar weiterhin blond färbte. Außerdem hatte sie nur wenige Falten, war schlank und fit, weil sie viermal die Woche mit ihren Freundinnen walken ging.

»Ich hatte immer gehofft, dass du mich darauf ansprichst«, gab sie schließlich zu. »Für mich war das keine leichte Zeit.« Ihre Stimme klang belegt.

Arne stellte seine Tasse ab, lehnte sich im Sessel zurück und faltete die Hände vor der Brust. »Wie hast du es eigentlich erfahren?«

Röte schoss ihr in die Wangen, aber Arne ließ trotzdem nicht locker. »Also?«

»Als du damals auf Klassenfahrt warst, habe ich mir eine kleine Auszeit auf Sylt gegönnt, zusammen mit meiner Freundin Greta.«

»Stimmt, ich erinnere mich.« Damals musste er dreizehn Jahre alt gewesen sein.

»Da es aber fast die ganze Zeit geregnet hatte, entschied ich mich, früher nach Hause zu fahren und deinen Vater zu überraschen.«

Arnes Atem stockte. In ihm tobte das Chaos, aber er wollte nicht, dass seine Mutter etwas davon mitbekam.

»Ich schloss die Tür auf und rief nach ihm …« Sie fuhr sich mit der Zunge über die Oberlippe, stellte die Tasse auf dem Tisch ab und presste die Hände gegeneinander. »Er antwortete nicht …« Sie schloss die Augen.

Arne hatte das Gefühl, als ob sie von einer Sekunde auf die andere in die Vergangenheit abdriftete. Er spürte ihren inneren Kampf, konnte ihr das aber nicht ersparen. Sie war es ihm schuldig nach all den Jahren, in denen seine Eltern ihm etwas vorgespielt hatten, was es nicht mehr zwischen ihnen gab oder vielleicht sogar von Beginn an nie wirklich gegeben hatte.

»Ich ging die Treppe hoch, weil ich plötzlich ein Geräusch gehört hatte«, fuhr sie fort, den Blick auf das Fenster zum Garten gerichtet. »Jemand stöhnte, erst dachte ich, dass dein Vater sich vielleicht verletzt hätte.« Sie lachte kurz auf, aber es hörte sich traurig an. »Ich ging immer weiter auf die Schlafzimmertür zu …« Ihre Stimme brach, dann atmete sie tief ein. »Papa war dort … mit einem jungen Mann.«

Arne stieß die angehaltene Luft aus. Am liebsten hätte er seine Mutter in den Arm genommen, aber er konnte es nicht.

»Ich war so geschockt«, sagte sie tonlos. »Der junge Mann raffte seine Kleidung zusammen und lief nackt an mir vorbei die Treppe hinunter. Natürlich stellte ich deinen Vater zur Rede, aber er wich mir aus.« Sie presste die Lippen aufeinander. »Er schlug später, als wir zusammen im Wohnzimmer am Tisch saßen, eine Trennung vor, aber ich wollte das nicht.«

Ihre Stimme brach, und Arne sah, wie sie mit den Tränen kämpfte. »Ich wollte ihn nicht verlieren, vor allem nicht als Vater für dich. Außerdem hatte ich damals keine eigenen Einkünfte, ich hatte Angst, dass ich mittellos sein würde.«

Eine Träne rann langsam über ihre Wange. Arne beugte

sich nach vorne und reichte ihr eine Servierte, die auf dem Tisch lag.

»Danke«, sagte sie schluchzend, während sie sich die Wange abtupfte und anschließend die Nase putzte.

»Ihr habt euch also für die einfache Lösung entschieden«, stellte Arne schließlich fest.

Seine Mutter sah ihn mit großen Augen an. »Wir wollten nur das Beste für dich«, erwiderte sie leise.

Arne spürte, wie sich seine Kehle verengte. Seine Eltern hatten ihm die ganzen Jahre nicht die Wahrheit gesagt. Kurz nach dem Abitur war er sofort ausgezogen, hatte zunächst gejobbt, bei Freunden übernachtet, hin und wieder hatte er kurze Beziehungen zu Frauen gehabt, es mit ihnen aber nicht lange ausgehalten. Zwar hatte er den Kontakt zu seiner Mutter und seinem Vater nie komplett abgebrochen, aber es hatte ihn auch nichts zurück in das Haus seiner Eltern gezogen.

»Papa hat erzählt, dass du in Hamburg mit einer Frau unterwegs warst?«

Seine Mutter biss noch ein Stück von ihrem Scone ab. Sie war schon immer eine Meisterin des plötzlichen und unerwarteten Themenwechsels gewesen.

Arne nickte. »Ja, mit Nicole …« Er überlegte kurz, ob er ihr mehr über sie erzählen wollte, aber er entschied sich dagegen.

Ihr Name hing für einen kleinen Moment in der Luft, aber dann wechselte seine Mutter das Thema und berichtete ihm von ihrer Nordic-Walking-Gruppe, mit der sie dreimal die Woche auf der Strandpromenade von Eckernförde unterwegs war. »Danach gehen wir immer ins Café Held frühstücken.« Ihre Augen leuchteten, als sie von den leckeren Brötchen, Kuchen, verschiedenen Käsesorten und frisch gepressten Säften sprach. Dass ihr Ehemann Männer liebte, war für sie offensichtlich kein Thema, über das man noch weiter reden musste. Arne ließ es dabei bewenden, vielleicht würde sich in Zukunft ohnehin eine bessere Gelegenheit ergeben, auch mit seinem Vater ein Gespräch zu führen.

Als er eine Stunde später das Haus seiner Eltern verließ und in sein Auto stieg, fühlte er sich vollkommen gerädert. Deshalb fuhr er nicht gleich nach Arnis zurück, sondern bog ab zur Innenstadt. Nachdem er sein Auto geparkt hatte, spazierte er die Haupteinkaufsstraße entlang in Richtung Hafen. Nach den vergangenen heißen Tagen hatte sich die Temperatur merklich abgekühlt. Als er die Hafenspitze erreichte, blieb er einen Moment stehen und blickte hinaus auf die Ostsee. Er schloss die Augen und atmete die salzige Luft ein. Der Wind trieb die Wolken, die wie riesige Schafe aussahen, über das Wasser, das heute silbrig-weiß schillerte. Arne konnte sich nie sattsehen am Meer, das immer für ihn da war, wenn ihm alles über den Kopf wuchs. Besonders an Tagen wie heute, wenn es kühl und regnerisch wurde und die Urlauber, aber auch Einheimischen es sich lieber in den Cafés, Imbissen und Restaurants gemütlich machten, suchte er die Nähe der Ostsee, denn dann hatte er das Gefühl, dass sie ganz für ihn da wäre.

Er ging schließlich weiter, holte sich an einem roten

Truck einen Becher Kaffee und schlenderte in Richtung Strand. Es war gut, dass er seine Mutter besucht hatte, aber er wollte das nächste Mal seinen Vater dabeihaben. Arne setzte sich auf eine Bank und schlug die Beine übereinander. Die Bilder von Stefan und Nicoles Bruder spulten sich wie von selbst in seinem Kopf ab. Er atmete tief durch, als er feststellte, dass es okay für ihn war. Ein Aspekt beschäftigte ihn aber dennoch: War Leander für seinen Vater nur eine vorübergehende Geschichte oder ein Partner für länger? Bestimmt wusste Nicole mehr. Er schickte ihr ein Foto vom Strand: *Vermisse dich!*

Es dauerte nur wenige Sekunden, dann kam schon ihre Antwort: *Ich dich auch …* ☺

Seine Finger strichen über das Display. Er wollte gern etwas Liebevolles schreiben, fand aber nicht die richtigen Worte, deshalb schickte er ihr ein Smiley zurück. Er sah, dass sich die drei Punkte im Chatverlauf bewegten, sie ihm also antworten wollte. Doch dann geschah nichts mehr. Arne steckte das Handy seufzend in die Seitentasche seiner Jeans zurück. Das Hin- und Herschreiben gefiel ihm ohnehin nicht. Er sprang auf. Stattdessen würde er sie jetzt einfach besuchen.

27. Kapitel

Auf der B 203 Richtung Brodersby war nicht viel los. Arne hatte Nicole nicht geschrieben, dass er auf dem Weg zu ihr war, denn er wollte sie überraschen. Er war froh, dass er seine Mutter getroffen hatte, aber ebenso freute es ihn, dass der nächste Besuch in weiter Ferne lag. Er musste sich jetzt auch wieder konzentrierter seiner Arbeit widmen. Der Artikel über das Sterben der Schweinswale in der Eckernförder Bucht würde in der nächsten *Sciene*-Ausgabe erscheinen, wahrscheinlich fast zeitgleich mit der Veröffentlichung des Gutachtens von Dr. Jens Messerschmidt, das er in Kürze der Öffentlichkeit präsentieren wollte. Der Termin stand inzwischen auch fest: der kommende Donnerstag um zehn Uhr auf der Landespressekonferenz.

Nicole hatte ihm erzählt, was Leonie über das Institute for Climate Solutions herausgefunden hatte. Arne konnte sich trotzdem nicht vorstellen, dass sein Kollege sich wirklich hatte kaufen lassen, wenn auch nur indirekt über die Spende des Vaters von Anastasia, die auf dem Strandrosenhof ihren Junggesellinnenabschied gefeiert hatte. Arne runzelte die Stirn. Wie hieß der Vater noch einmal? Ein russisch klingender Name ... Dann fiel es im plötzlich ein: Tolja Yelsukov – ja, genau das war der Name des Mannes, der Hauptgesellschafter von Ocean Energy war.

Arne war froh, dass Leonie an diesem Thema dran war, denn sollte er den Kollegen an den Pranger stellen, könnte das alles auch nach hinten losgehen. Womöglich würde man ihm vorwerfen, dass er ihn diskreditieren wolle, um selbst in einem besseren Licht dazustehen. Ein solches Gebaren kam für ihn grundsätzlich nicht infrage, und das war auch nicht seine Aufgabe, sondern die der staatlichen Behörden, die für den Forschungsbereich zuständig waren, im Zweifel das Bundesministerium für Bildung und Forschung in Berlin.

Arne trat reflexartig auf die Bremse. Mist, fast wäre er dem Auto vor ihm hinten draufgefahren. Der Verkehr stockte und kam dann ganz zum Stillstand. Arne trommelte auf das Lenkrad. Er öffnete das Seitenfenster und hörte eine Sirene. Wahrscheinlich ein Unfall ..., dachte er. Arne lenkte sein Auto nach rechts, genau wie die anderen Autofahrer vor und hinter ihm. Das Prinzip »Rettungsgasse« war zum Glück mittlerweile den meisten Autofahrern geläufig. Der Unfall musste sich auf dem entgegengesetzten Fahrstreifen in Richtung Eckernförde ereignet haben.

Ein Rettungswagen mit Sirene und Blaulicht raste an ihm vorbei, und kurze Zeit später kam Bewegung in die Autoschlange. Er fuhr langsam an, und als er an der Unfallstelle vorbeikam, setzte für einen Moment sein Herz aus: Luna!

Er blinkte, fuhr auf den Seitenstreifen, stieß die Tür auf und rannte los. Ein Polizist stellte sich ihm in den Weg: »Sie können hier nicht durch!«

»Das ist meine Tochter!« Adrenalin schoss durch seine Adern.

Der junge Mann wich ein Stück zurück. Dann wandte er sich zu einem Kollegen, der sich vor der Unfallstelle positioniert hatte.

»Papa!« Luna riss sich von einer Polizistin los, die ihr sofort hinterherlief. Arne hob die Hand. »Alles okay, ich bin der Vater …« Er ließ den Blick über ihr Namensschild gleiten. »Frau Hegemann?«

Sie nickte. »Okay, aber bleiben Sie bitte hier stehen, bis die Rettungsleute fertig sind.«

»Was ist passiert?« Arnes Herz raste.

»Es gab einen Auffahrunfall …«

»Was heißt das genau?«, unterbrach er die Polizistin.

»Unsere Ermittlungen sind noch nicht abgeschlossen«, erwiderte sie ausweichend. »Der Mann in dem anderen Auto ist jedenfalls unverletzt, steht aber unter Schock.«

Luna ergriff seine Hand. »Was ist mit Mama?«

Arnes Puls schoss in die Höhe, als er sich zu den beiden Autos umdrehte. Marleen wurde von zwei Sanitätern auf einer Fahrtrage in Richtung Krankenwagen geschoben. Die Polizistin war seinem Blick gefolgt. »Ist das Ihre Frau?«

Arne schüttelte den Kopf. »Nein, aber die Mutter unserer Tochter.« Er wollte sich an ihr vorbeischieben, doch sie hielt ihn auf. »Sind Sie verheiratet?«

»Nein«, erwiderte er zögernd. »Lassen Sie mich trotzdem zu ihr?«

Die Polizistin schien innerlich mit sich zu ringen, schließlich nickte sie. »Okay!«

Arne nahm Luna auf den Arm und rannte los. Marleen war bei Bewusstsein, aber ihr Gesicht war voller Blut. Als sie ihn sah, lächelte sie.

»Kümmere dich um Luna!«, sagte sie leise. Er nickte und blieb stehen, denn er wollte die Sanitäter nicht bei ihrer Arbeit stören. Sie schoben die Trage in den Wagen. Er sah noch, dass einer der Sanitäter einen Tropf anlegte, bis der andere Mann die Tür verschloss.

»Wohin fahren sie?«, fragte er die Polizistin, die an seiner Seite geblieben war.

»Ins Kreiskrankenhaus nach Eckernförde.«

Arne musste sich noch ausweisen, dann durfte er Luna mitnehmen. Er schnallte sie auf dem Kindersitz an. »Wir fahren zu mir nach Hause.« Sie nickte, aber Arne hatte trotzdem das Gefühl, als ob sie seine Worte nicht verstanden hatte. Er nahm sein Handy aus der Seitentasche seiner Jeans und rief seine Schwiegereltern an. Dort ertönte nur der Anrufbeantworter: *Ihr seid verbunden mit Doris und Michael. Leider sind wir nicht zu erreichen. Hinterlasst bitte eine Nachricht, wir rufen euch umgehend zurück.*

Arne trennte die Verbindung und schrieb den beiden eine Textnachricht. Er hoffte, dass sie nicht verreist waren, denn seit Marleens Vater seine »wohlverdiente« Rente genoss, waren die beiden ständig mit ihrem Wohnmobil unterwegs, zuletzt in Nordafrika.

Auf dem Weg nach Arnis wirbelten die Gedanken in seinem Kopf durcheinander. Er würde, wenn er im Krankenhaus anrief, keine Auskunft über Marleens Gesundheitszustand bekommen, da sie nicht miteinander verheiratet waren. Leider hatten sie, als sie noch zusammengelebt hatten, keine gemeinsame Vorsorgevollmacht ausgefüllt – und eben auch keine Sorgerechtserklärung, fiel ihm in diesem Zusammenhang wieder ein. Er hatte über dieses Thema zwar ausführlich mit seinem Anwalt Erik Graf von Bardelow gesprochen, aber Arne musste sich eingestehen, dass er sich in der Zwischenzeit damit nicht weiter beschäftigt hatte.

Als er seinen Wagen in Arnis vor der Tür geparkt hatte, drehte er sich zur Rückbank um. Luna war eingeschlafen, worüber Arne froh war. Er trug sie hoch in seine Wohnung und legte sie erst einmal auf seinem Bett ab. Sie stöhnte leise und drehte sich zur Seite. Arne zog ihr vorsichtig die Schuhe und Strümpfe aus. Sie trug Leggins und ein T-Shirt, das konnte sie vorerst anbehalten, bis sie vielleicht später noch einmal aufwachte. Nachdem er die Gardinen zugezogen hatte, verließ er das Schlafzimmer. Er war fix und fertig, deshalb ging er in die Küche und holte sich eine Flasche Wasser aus dem Kühlschrank. Mit dem Glas in der Hand stellte er sich vors Fenster und blickte auf die Straße hinab. Ein älterer Mann war dort mit seinem Dackel unterwegs, der aber offenbar keine Lust auf den Abendspaziergang hatte, weil er alle paar Meter stehen blieb. Plötzlich schwankte der Boden unter Arnes Füßen, und alles drehte sich um ihn herum. Er stellte das Glas in die Spüle, setzte sich auf einen der beiden Küchenstühle und vergrub den Kopf in den Händen.

Arne hatte das Gefühl, als ob er von einem Moment auf den anderen die Kontrolle über sein Leben verloren hätte. Sein Verstand signalisierte ihm zwar, dass alles in Ordnung war, aber seine Seele streikte. Er atmete viermal tief ein und siebenmal langsam wieder aus. Dies wiederholte er elfmal. Diese 4–7–11-Methode hatte ihm sein Hausarzt gegen Stress empfohlen, und bislang hatte sie auch immer gut funktioniert. Nur diesmal dauerte es sehr viel länger als sonst, bis sich sein Herzschlag wieder normalisiert hatte. Er musste besser auf sich aufpassen. Panikattacken waren schlimm. Als er das erste Mal davon heimgesucht worden war, hatte er gedacht, er müsse sterben.

Arne zog sich aus und stellte sich unter die Dusche. Das warme Wasser tat ihm gut, und nachdem er sich abgetrocknet hatte, ging es ihm schon besser. Er schlich leise ins Schlafzimmer und holte sich ein T-Shirt und Shorts aus dem Schrank. Luna hatte sich nicht bewegt, sie schlief immer noch tief und fest.

In der Zwischenzeit hatten Marleens Eltern ihm eine Sprachnachricht geschickt. Sie seien auf dem Weg ins Krankenhaus und würden sich melden, wenn sie mehr wüssten. Arne schrieb ihnen zurück, dass er sich sehr über die Rückmeldung freue. Er würde erst zu Bett gehen, wenn sie ihm mitgeteilt hätten, wie es um Marleen stünde. Da er nichts weiter tun konnte, als abzuwarten, setzte er sich in sein Arbeitszimmer und fuhr den Laptop hoch. Über einen Link und ein Passwort loggte er sich im Institut für

Meeresbiologie ein. Er hatte auch von seiner Wohnung aus Zugriff auf seinen Computer im Büro, machte von dieser Möglichkeit allerdings selten Gebrauch, weil er sein Zuhause und die Arbeitsstelle lieber trennte. Doch an diesem Abend konnte er die Zeit, bis sich Marleens Eltern meldeten, wenigstens einigermaßen sinnvoll nutzen.

Er stürzte sich also in seine Arbeit, und als er nach einiger Zeit auf die Uhr sah, waren bereits fast zwei Stunden vergangen. Unruhe breitete sich in ihm aus. Marleens Eltern müssten sich doch schon längst gemeldet haben? Arne stand auf und ging zu Luna. Sie hatte sich freigestrampelt, und ihre Haare waren ganz feucht, weil sie geschwitzt hatte. Er weckte sie deshalb auf und schickte sie ins Badezimmer zum Zähneputzen. Als sie zurückkam, hatte er für sie einen Schlafanzug herausgesucht, den sie ohne Murren anzog. »Was ist mit Mama?«, fragte sie, als er sie zu ihrem Bett brachte. Er hatte ihr einen Raum eingerichtet, der sich direkt neben seinem Schlafzimmer befand.

»Ihr geht es gut«, log er, nachdem er sie zugedeckt hatte. »Oma und Opa sind bei ihr.«

Seine Tochter zog die rosa Einhorndecke bis zu ihrem Kinn hoch. »Können wir sie morgen besuchen?«, fragte sie schläfrig.

»Ich denke schon«, antwortete er ausweichend. »Jetzt schlaf aber erst einmal, damit du morgen fit bist.«

Er schaltete das kleine Nachtlicht mit den Ponymotiven an, wünschte ihr eine gute Nacht und ließ die Tür dann einen Spalt offen stehen.

Als er zu seinem Schreibtisch zurückgekehrt war, griff

er nach seinem Handy. Marleens Eltern hatten ihn zweimal versucht zu erreichen. Mist, er hatte das Telefon auf lautlos gestellt, damit Luna nicht im Schlaf gestört wurde. Als er auf »Rückruf« drückte, ging Marleens Mutter sofort dran. »Arne, endlich!« Er ließ sich auf den Stuhl vor seinem Schreibtisch fallen.

»Sorry, ich hatte auf lautlos gestellt, damit Luna nicht geweckt wird.«

»Geht es ihr gut?« Ihre Stimme klang besorgt.

»Sie steht unter Schock, glaube ich, aber jetzt schläft sie zum Glück.«

Doris berichtete ihm, wie es um Marleen stand. »Sie hat ein Schleudertrauma und muss eine Halskrause tragen. Ansonsten noch eine Platzwunde, weil sie mit dem Kopf auf das Lenkrad aufgeschlagen ist.«

»Dann war es ein Auffahrunfall?«

»Ja, genau. Sie musste bremsen, weil ein großer Stein auf der Straße lang. Der Fahrer hinter ihr war zu dicht aufgefahren.«

Arne atmete auf. »Kann ich Marleen sprechen?«

»Sie schläft, die Ärzte haben ihr ein Beruhigungsmittel gespritzt.«

Arne hörte, wie sie sich abwandte und mit ihrem Mann ein paar Worte wechselte. Er konnte nicht verstehen, was sie genau sagte. Schließlich war Doris wieder am Apparat. »Michael fragt, ob du dich um Marleen kümmern kannst, wir fliegen nämlich übermorgen in den Urlaub?«

Arne war einen Moment sprachlos, hatte sich dann aber schnell wieder gefangen. »Natürlich.«

Marleens Mutter bedankte sich überschwänglich und versprach, sich am nächsten Tag noch einmal zu melden. Er war erleichtert, dass es Marleen einigermaßen gut ging. Ein Schleudertrauma war zwar bestimmt schmerzhaft und unangenehm, weil man längere Zeit eine Halskrause tragen musste, aber es hätte auch Schlimmeres passieren können. Auf jeden Fall würde er Marleen morgen mit Luna besuchen. Allerdings wäre er nicht in der Lage, zu arbeiten, denn er konnte seine Tochter nicht allein lassen. Zum Glück war morgen Samstag, und Luna musste erst am Montag wieder zur Schule. Wenn Marleen länger im Krankenhaus blieb, musste er sich etwas überlegen. Vielleicht konnte er kurzfristig Urlaub nehmen. Bevor er sich ins Bett legte, fiel ihm ein, dass er Nicole doch heute hatte besuchen wollen. Deshalb schrieb er ihr eine kurze Nachricht, obwohl es schon spät war. Eigentlich keine gute Idee, stellte er fest, nachdem er die Worte bereits abgeschickt hatte. Trotzdem beließ er es dabei. Er würde sie morgen anrufen, das nahm er sich jedenfalls fest vor.

28. Kapitel

Nicole zog den Topf von der Flamme. Als sie den Deckel hob, stieg Rauch hoch. So ein Mist, dachte sie, das war ihr seit Ewigkeiten nicht mehr passiert. Sie öffnete die Schublade, griff nach einem Pfannenwender und beförderte die angebrannte Masse in den Mülleimer. Jetzt konnte sie also noch einmal von vorne anfangen. Gestern Abend hatte ihr Arne eine Nachricht geschrieben, die sie schon mehrfach gelesen hatte. Marleen hatte einen Unfall gehabt, er müsse sich jetzt um sie und Luna kümmern und würde sich demnächst melden. Als sie sich die Worte, die sie mittlerweile auswendig kannte, erneut ins Gedächtnis rief, wallte Panik in ihr auf.

Sie nahm eine Zwiebel aus dem Korb, griff nach dem Messer, entfernte gedankenverloren die Schale, die Silberhaut und den Strunk auf nur einer Seite des Gemüses – ein Trick, damit die Zwiebel beim Schneiden nicht auseinanderfiel.

Warum hatte Arne sie nicht angerufen? Diese Frage spukte in ihrem Kopf herum, obwohl sich die Antwort darauf längst in ihre Gedanken geschlichen hatte: Arne sah für sich, Marleen und Luna eine zweite Chance.

Nicole presste die Zähne aufeinander, während sie die Zwiebel halbierte, danach ihre Finger auf der Oberseite platzierte und nach ihrem Profimesser griff, das sie sich nach ihrer bestandenen Prüfung zur Hauswirtschafterin gekauft hatte. Mit schnellen, geübten Bewegungen zog sie das Messer von oben nach unten durch und schnitt zunächst feine Scheiben, die sie dann zu Würfeln zerkleinerte. Diese briet sie erneut an, diesmal blieb sie aber am Herd stehen, denn das Missgeschick von eben sollte ihr nicht noch einmal passieren. Sie fügte rote Linsen, Möhrenscheiben und Blumenkohlröschen hinzu und ließ alles gut anbraten. Hin und wieder löste sie die Masse mit dem Holzkochlöffel vom Pfannenboden. Schließlich fügte sie Currypaste und Gemüsebrühe hinzu und ließ dann alles leise köcheln. Sie wusch sich die Hände, trocknete sie ab und setzte sich an den Küchentisch.

Der Ausflug nach Hamburg war wunderschön gewesen. Als sie an den Blick von der Aussichtsplattform der Elbphilharmonie über den Hamburger Hafen dachte, breitete sich ein warmes Gefühl in ihr aus. Verrückt, dass sie danach Leander und Stefan getroffen hatten. Arne hatte bis dahin nicht gewusst, dass sein Vater Männer liebte, deshalb konnte sie seine Verwirrtheit nachvollziehen. Was ihren Halbbruder betraf, so hatte sie immer geahnt, dass er sich nicht auf ein Geschlecht festgelegt hatte, deshalb war sie nicht besonders überrascht gewesen, ihn mit einem Mann zu treffen. Aber dass dieser Mann nun ausgerechnet Arnes Vater war, fühlte sich für sie vollkommen unwirklich an. Insofern konnte Nicole verstehen, dass Arne erst einmal Zeit für sich brauchte. Andererseits tat es unendlich weh!

Nicole überlegte, ob sie Marleen eine Genesungskarte schicken sollte. Ein Besuch im Krankenhaus, selbst mit Arne an ihrer Seite, würde Arnes Ex-Freundin bestimmt als übergriffig empfinden, aber ein paar nette Worte waren bestimmt in Ordnung. Ehe sie es sich anders überlegen konnte, ging sie schnell rüber in ihre Wohnung, fand eine passende Karte in einer Schachtel auf dem Regal über ihrem Schreibtisch und kehrte damit nach wenigen Minuten in die Gutshausküche zurück. In der Zwischenzeit war die Flüssigkeit ihres Rote-Linsen-Eintopfs fast komplett eingekocht, aber zum Glück war nichts angebrannt. Sie goss etwas Brühe nach, setzte sich dann an den Tisch und schrieb:

Liebe Marleen,
…

Puh, das ist nicht leicht, dachte Nicole. Sie wollte etwas Aufmunterndes schreiben, sich aber bei Arnes Ex-Freundin auch nicht anbiedern. Schließlich fand sie doch noch die richtigen Worte:

… die Nachricht von Deinem Unfall hat mich richtig getroffen. Ich wünsche Dir von Herzen eine schnelle Genesung und dass Du bald wieder auf die Beine kommst!
Viele Grüße von Nicole

Sie steckte die Karte in den Umschlag, schrieb ihren Namen und die Adresse des Kreiskrankenhauses darauf und klebte eine Briefmarke, die sie ebenfalls in ihrer Schachtel gefunden hatte, aufs Papier. Dann legte sie den Brief in den Postausgangskorb, der in Ullis Büro auf der Kommode stand. Mehr konnte sie jetzt nicht tun. Es war nicht viel, aber besser als gar nichts.

Sie versank in den Gedanken, die sie seit dem Ausflug nach Hamburg beschäftigten. Sie fragte sich, ob ihre Beziehung – wenn es denn eine war – eine Zukunft hatte. Vielleicht hoffte Arne im Innern noch darauf, dass Marleen und er wieder zusammenkommen würden, auch wenn es vor allem wegen Luna geschehen würde. Dagegen hätte sie keine Chance, das wurde ihr auf einmal schmerzhaft bewusst. Außerdem wünschte sie sich ebenfalls ein Kind, am liebsten sogar zwei, und sie zweifelte daran, dass Arne mit ihr eine Familie gründen würde. Ihr war bewusst, dass es in den heutigen Zeiten nichts Außergewöhnliches war, Patchworkfamilien gab es überall, meistens funktionierte das auch gut. Manchmal hatte sie sogar das Gefühl, als ob das klassische Vater-Mutter-Kind-Modell ausgedient hätte. Vor einiger Zeit hatte sie eine Reportage über eine Frau gesehen, die mit zwei Männern zusammenlebte, die ihrerseits miteinander befreundet waren. Von dem einen hatte sie ein Kind und überlegte nun, ob sie ein weiteres mit dem anderen Mann bekommen sollte. In einem anderen Film führte ein verheiratetes Paar eine offene Beziehung, das hieß, Sex mit anderen war erlaubt.

Die Beiträge waren nicht voyeuristisch, sondern mit

viel Feingefühl realisiert worden und hatten ihr einen Gedankenanstoß gegeben. Sie hatte sich bislang immer eine Familie gewünscht, und seit sie Arne kennengelernt hatte, war das Bedürfnis danach noch stärker geworden. Oft ertappte sie sich dabei, dass sie sich eine gemeinsame Zukunft ausmalte. Sie stellte sich vor, wie sie sonntags zusammen frühstückten, in einem schönen Haus lebten und in den Ferien nach Italien oder Spanien fuhren. Vielleicht war dies ja ein Wunsch, der sich durch die Reisen mit Gerd für immer in ihr Herz geschlichen hatte. Plötzlich füllten sich ihre Augen mit Tränen, als ein Bild aus ihrer gemeinsamen Zeit in ihrem Kopf auftauchte. Sie waren zusammen auf dem Jahrmarkt in Kiel gewesen. Dort gab es ein Karussell wie in alten Zeiten mit Holzpferden, die beim Kreisen auf- und abfuhren. Er hatte ihr erst eine Runde spendiert, aber weil es ihr so viel Freude bereitet hatte, durfte sie immer noch einmal fahren. Gerd hatte mit einer Engelsgeduld an der Seite gestanden und ihr jedes Mal lächelnd zugewunken, wenn sie an ihm vorbeigekommen war. Nicole seufzte tief: Sie vermisste den Ex-Mann ihrer Mutter so sehr.

Ihr Handy klingelte, und als sie sah, wer am anderen Ende der Leitung war, bekam sie eine Gänsehaut.

»Hallo, Sybille ...«

»Du musst sofort kommen!«, fiel ihre Mutter ihr ins Wort.

»Ist etwas passiert?« Hitze schoss Nicole in die Wangen. »Mama? ...«

»Ich bin noch dran«, erwiderte sie schließlich. Irgendwie

klang ihre Stimme anders als sonst, stellte Nicole fest. Nicht forsch und fordernd, sondern verunsichert.

»Ist etwas passiert?«

»Ich bin von der Leiter gefallen und habe mich dabei an meinem Bücherregal festgehalten.«

Nicole hörte, wie ihre Mutter stöhnte. »Ist dir etwas passiert?«

»Zum Glück nicht viel, nur mein Fuß ist verstaucht. Aber überall liegen hier jetzt meine Bücher herum. Kannst du kommen und mir beim Einräumen helfen?«

Zwei Stunden später saß Nicole im Zug nach Kiel. Da ihre Schicht sowieso zu Ende war, hatte sie sich gleich nach dem Telefongespräch mit ihrer Mutter bei Ulli abgemeldet. »Fahr nur«, hatte sie gesagt, »du hast doch bestimmt noch zig Überstunden.« Nicole hatte innerlich gelächelt, denn auf dem Strandrosenhof gab es keine Zeiterfassung. Natürlich galt bei ihnen auch die gesetzlich geregelte Vierzig-Stunden-Woche, aber die wurde besonders in ereignisreichen Zeiten, etwa wenn Veranstaltungen stattfanden, um einiges überschritten. Zeitausgleich und Homeoffice waren ebenfalls nicht möglich, aber dafür hatte Ulli stets Verständnis, wenn man sich aus persönlichen Gründen freinahm. Außerdem liebte Nicole ihre Arbeit sehr, die Stunden am Tag und auch abends vergingen wie im Fluge, und wenn sie morgens aufwachte, freute sie sich immer auf den Tag.

Als Nicole jetzt die Türklingel neben dem Wohnungseingang ihrer Mutter betätigte, passierte erst einmal gar nichts. Sie hielt ihr Ohr ans Holz, klopfte und drückte noch ein weiteres Mal auf den Klingelknopf. Endlich hörte sie Schritte.

»Ich komme ja schon!«

Der genervte Unterton ihrer Mutter war sogar aus der Ferne zu hören. Nicole fingerte ein Haargummi aus der Seitentasche ihrer Jeans, band sich einen Pferdeschwanz und schüttelte sich.

»Da bist du ja endlich«, grummelte Sybille, deren Haare nach allen Seiten abstanden. Sie trug einen Morgenmantel und war ungeschminkt. Als Nicole hinter ihr den Flur betrat, drang ein muffeliger Geruch in ihre Nase. Sybille zog den rechten Fuß nach und ging für ihre Verhältnisse sehr langsam. Normalerweise hatte Nicole immer Mühe, mit ihrer energiegeladenen Mutter Schritt zu halten. Sie erreichten das Wohnzimmer oder den Salon, wie Sybille ihr Refugium gern nannte. Nicole zuckte innerlich zusammen, als sie das Chaos erblickte. Überall auf dem Parkettboden lagen Bücher, Fotoalben, Zeitungen, aber auch CDs und DVDs verstreut. Ihre Mutter hatte zwar Zugänge zu Netflix und Amazon Prime, aber sie nutzte nach wie vor gern ihre alten Abspielgeräte, die noch einwandfrei funktionierten. Der Klang war ebenfalls hervorragend, weil sie sich eine Hi-Fi-Anlage der Spitzenklasse gegönnt hatte. Zum Glück hatte das futuristische Gerät, das aus gebürstetem Stahl und Mahagoni bestand, keinen Schaden genommen, denn es stand nicht im Regal, sondern auf der Kommode neben der Sitzecke ihrer Mutter.

»Kannst du schon mal anfangen?«, fragte Sybille, wartete ihre Antwort aber nicht ab, sondern verließ mit einer dramatischen Geste den Raum.

Nicole ließ sich auf den Boden sinken. Für einen Moment fühlte sie sich wie Aschenbrödel, die von der Stiefmutter zum Rauspicken der Erbsen und Linsen aus der Asche verdonnert wurde, damit sie nicht zum Ball mit dem Prinzen gehen konnte. Wahrscheinlich hatte sich ihre Mutter hingelegt und erwartete, dass sie in der Zwischenzeit die Arbeit erledigte. Nicole seufzte tief. Je früher sie mit dem Aufräumen begann, desto schneller würde sie fertig werden. Sie hatte zum Glück noch eine ungefähre Vorstellung davon, wo die Bücher, Bildbände und Fotoalben zuvor gestanden hatten. Sie bildete daher zunächst kleine Stapel, die sie anschließend in die Regale sortierte. Schon als Kind hatte sie einen kleinen Aufräumtick gehabt, und das hatte sich Sybille oft zunutze gemacht, da sie selbst grundsätzlich keine Lust auf Hausarbeit hatte. Seit sie es sich finanziell leisten konnte, kam daher dreimal die Woche ihre Putzhilfe Irma, die auch ihre Wäsche bügelte und hin und wieder für sie kochte. Sybille war und blieb eine verwöhnte Diva, Nicole wusste jedoch, dass sich daran nichts mehr ändern würde.

Nach und nach fanden *Die Schachnovelle* von Stefan Zweig, *Buddenbrooks* von Thomas Mann, die *Gesammelten Werke* von Hermann Hesse, aber auch die Inspector-Lynley-Romane von Elizabeth George ihren Platz im Regal. Schließlich griff Nicole nach einem Buch, das sie als Kind besonders geliebt hatte. Darauf war ein kleiner Spatz zu sehen, der auf einem riesigen Kornberg saß. Es hieß: *Der reichste Spatz der Welt und andere Geschichten.* Seufzend setzte Nicole sich in den Schneidersitz und schlug es auf. Dabei fiel etwas raus, ein kleines Büchlein, das wohl zwischen den letzten Seiten gesteckt hatte. Nicole sah es sich genauer an. Es war ein Sparbuch der Kieler Bank. Sie blätterte die erste Seite auf und hielt für einen Moment den Atem an. Es war auf ihren Namen ausgestellt: Nicole Prager.

Es waren dort regelmäßige Geldeingänge gebucht. Als sie den Betrag sah, schoss ihr die Röte in die Wangen: fünfzehntausend Euro! Sie blätterte zurück und entdeckte eine Widmung:

Liebe Nicole,
erfülle Dir mit dem Geld, wenn Du groß bist, einen Traum!
Dein Stiefvater (Papa) Gerd

Ein kribbeliges Gefühl breitete sich in Nicoles Brust aus, als hätte ihr plötzlich eine Fee einen Herzenswunsch erfüllt. Sie steckte das Sparbuch schnell in ihre Handtasche. Als sie den Reißverschluss zuzog, stand ihre Mutter plötzlich hinter ihr. »Was tust du da?«

Nicole drehte sich blitzschnell um. »Was glaubst du denn? Dass ich eins deiner wertvollen Bücher heimlich mitnehme?«

Sybille zuckte mit den Schultern. »Was weiß ich …« Offensichtlich fiel ihr nichts ein, was sie noch sagen könnte. Schnaubend drehte sie sich um und musterte das

Regal. »Das sieht gut aus.« Nicole spürte, dass ihre Mutter innerlich mit sich rang, etwas Nettes zu sagen. »Danke für deine Hilfe«, presste sie schließlich hervor. »Möchtest du einen Tee?«

»Normalerweise gern«, sagte Nicole in neutralem Tonfall. »Ich muss jetzt aber los, der letzte Zug fährt bald.« Offensichtlich fiel Sybille dazu kein Gegenargument ein, und sie begleitete sie sogar noch bis zur Tür.

Als diese endlich hinter ihr zufiel, atmete Nicole erleichtert auf. Sie drückte die Tasche, in der sich ihr Sparbuch befand, fest an die Brust. Am liebsten hätte sie sich ein Taxi genommen, aber dazu reichte das Geld in ihrem Portemonnaie nicht. Ihre Wangen glühten, als sie im Zug zurück nach Eckernförde saß. Was für ein Zufall, dass sie dieses Sparbuch gefunden hatte, dachte sie, während die Landschaft vor dem Fenster an ihr vorbeirauschte. Sie spürte plötzlich eine tiefe Dankbarkeit, dass ihr Stiefvater ihr diese Freude hatte machen wollen. Offenbar hatte ihre Mutter das nicht gutgeheißen, denn aus welchem Grund hätte sie das Sparbuch sonst versteckt haben sollen? Um das Geld war es ihr dabei ziemlich sicher nicht gegangen, sonst hätte sie wohl irgendwie versucht, es abzuheben. Nein, sie hatte ihr das Geschenk in keiner Hinsicht gegönnt und es deshalb versteckt.

Am nächsten Tag nach der Arbeit ging Nicole mit dem Sparbuch zu ihrer Bank. Sven Winkelmann grinste übers ganze Gesicht, wobei er seine fast quadratischen Zähne entblößte. »Das nenne ich jetzt mal eine gelungene Überraschung«, sagte er. Er strich sich den zu kurz geschnittenen Pony aus der Stirn. »Ich wollte Ihnen morgen schon vorschlagen, einen Kredit für die Reparatur Ihres Autos aufzunehmen.« Er zeigte auf ein Plakat, das an der Wand hing: *Weil's um mehr als Geld geht.*

Nicole las den Satz laut vor, blieb aber gleich zu Beginn hängen.

»›Wenn's ums Geld geht, Sparkasse‹ fand ich besser«, erwiderte sie mit einem Selbstbewusstsein, das ihr bislang fremd gewesen war. Vielleicht hatte es auch mit dem unerwarteten Geldregen zu tun, dachte sie, aber der Grund war egal. Ihr entging jedenfalls nicht, wie ihr überheblicher Bankberater kurz zusammenzuckte und danach einen sehr viel freundlicheren Ton anschlug.

Sie verließ die Bankfiliale mit seinem Versprechen, dass das Geld vom Sparbuch spätestens übermorgen auf ihrem Girokonto gebucht sein würde.

Mit einem Lächeln auf dem Gesicht machte sie sich auf den Heimweg. Morgen würde sie endlich die Reparatur ihres Autos veranlassen.

29. Kapitel

Als Arne mit Luna an der Hand den Eingang zum Kreiskrankenhaus betrat, breitete sich ein mulmiges Gefühl in ihm aus. Der Eingangsbereich war gelblich beleuchtet, und der Geruch von Desinfektionsmitteln drang in seine Nase. Sie nahmen den Fahrstuhl zur Station, auf der Marleen lag. Im Gegensatz zu sonst sprach Luna kein Wort, sie wirkte auf ihn etwas eingeschüchtert, aber das war auch kein Wunder, schließlich wusste sie nicht, was auf sie zukam. Immerhin hatte er ihr am Morgen das Buch *Conni im Krankenhaus* vorgelesen. Sie war ein großer Fan dieser Reihe, die von dem gleichnamigen Mädchen handelte, das verschiedene Abenteuer erlebte. Soweit er wusste, gab es mittlerweile über einhundert Geschichten. Luna fand Conni einfach *super,* besonders die Folge: *Conni bekommt eine Katze.*

Arne stieß die Tür des Zimmers auf, in dem Marleen zusammen mit einer anderen Frau lag.

»Mama!« Seine Tochter riss sich von ihm los und umarmte ihre Mutter, die sich zu ihr herunterbeugte.

»Meine Maus«, murmelte Marleen und strich ihr übers Haar. »Schön, dass du da bist.«

Luna drehte sich zu Arne um. »Papa ist auch mitgekommen.«

Marleen lächelte schwach. »Das sehe ich doch, Liebling.«

Arne widerstand dem Bedürfnis, den Raum einfach wieder zu verlassen, denn von einem Moment auf den anderen wurde ihm alles zu viel. Stattdessen hauchte er seiner Ex-Freundin einen Kuss auf die Wange. »Du machst vielleicht Sachen.«

»Das stimmt«, sagte sie langsam. »Zum Glück habe ich keine Schuld an dem Unfall. Als ich den Stein sah, habe ich gebremst, und schon hat es gerumst.«

»Hautsache, du wirst wieder gesund«, erwiderte Arne. »Den Rest müssen die Versicherungen miteinander klären.«

Marleen nickte. Ihre dunklen Augen waren unergründlich. Obwohl er sie so lange kannte, wurde er einfach nicht schlau aus ihr. Sie war für ihn wie ein Buch mit sieben Siegeln.

»Ich möchte ein Stück gehen«, sagte sie schließlich, woraufhin Luna einen kleinen Luftsprung vollführte.

Arne half Marleen aus dem Bett und reichte ihr den Bademantel, der an einem Haken hing. Luna und er nahmen Marleen in ihre Mitte und spazierten den Gang entlang. »Wie lange musst du hierbleiben?«, fragte Arne schließlich, als sie das Ende erreicht hatten. Marleen deutete auf drei Stühle, die dort vor dem Fenster standen, zusammen mit einer Yuccapalme. »Ich muss mich hinsetzen«, sagte sie erschöpft. Als sie alle drei Platz genommen hatten, beantwortete sie seine Frage. »Noch eine Woche.« Sie strich sich die Haare aus dem Gesicht. »Kann Luna so lange bei dir bleiben?«

»Sag ja, Papa!« Lunas Augen waren auf ihn gerichtet.

»Natürlich kannst du das, mein Schatz.« Sie fiel ihm um den Hals und drückte ihn fest an sich.

»Danke!«

Über die Schulter ihrer gemeinsamen Tochter hinweg begegnete Arne Marleens Blick, die daraufhin vielsagend lächelte. Als er Luna abgesetzt hatte, ergriff sie seine Hand und presste sie an ihre Brust. Genau dieselbe Geste hatte sie gewählt, als sie ihm ihre Liebe gestanden hatte. Arne wusste sofort, was das zu bedeuten hatte: Sie wollte es noch einmal mit ihm versuchen.

Auf dem Weg zurück zu seiner Wohnung in Arnis wirbelten in Arnes Kopf die Gedanken durcheinander. Luna hörte über sein Handy ein Hörspiel und saß selig lächelnd in ihrem Kindersitz. Er hatte trotz des Wochenendes in der Zwischenzeit mit seinem Chef gesprochen. Er würde ab Montag nur vormittags ins Büro kommen, dann Luna von der Schule in Eckernförde abholen und nachmittags Homeoffice machen. Zu Hause angekommen, bereitete er für sich und Luna ein paar belegte Brote zu, die sie vor dem Fernseher verspeisten. Dazu tranken sie jeweils ein großes Glas Apfelschorle. Kaum war der Film zu Ende, rieb sie sich die Augen.

»Ab ins Bad!«, forderte er sie auf. Als sie noch jünger gewesen war, hatte er ihr oft geholfen, aber mittlerweile konnte sie alles allein. Besonders beim Zähneputzen verhielt sie sich vorbildlich.

Schließlich las er ihr noch eine Gutenachtgeschichte vor, knipste das große Licht aus, aber dafür die kleine Bärenlampe neben ihrem Bett an. Arne ließ die Tür von Lunas Zimmer einen Spalt offen, damit er hören konnte, wenn sie schlecht träumte oder nach ihm rief. Das war ihr ohnehin lieber, denn sie war es von ihrem Zuhause bei Marleen so gewohnt.

Arne ging in die Küche und schenkte sich ein Glas Wein ein. Er setzte sich aufs Sofa, nippte daran und stellte es dann auf dem niedrigen Holztisch ab. Seit dem Besuch im Krankenhaus hatte er Magendrücken, weil er unbedingt Nicole anrufen musste, es aber einfach nicht übers Herz brachte. Er musste ihr endlich reinen Wein einschenken, das war er ihr schuldig, vor allem weil er ihr Hoffnungen auf eine Beziehung mit ihm gemacht hatte. Die Bilder ihres Ausflugs nach Hamburg drängten sich schmerzhaft in sein Bewusstsein. Er horchte auf, weil eine WhatsApp-Nachricht auf seinem Handy eingegangen war. *Wollen wir uns beiden noch eine Chance geben?* Seine Vorahnung im Krankenhaus war also richtig gewesen. Arne hatte mit dieser Frage gerechnet, aber als er Marleens Worte jetzt las, hatte er das Gefühl, den Boden unter den Füßen zu verlieren. Er kam sich vor wie der Esel im Märchen, der zwischen zwei Heuhaufen stand, sich aber nicht entscheiden konnte, von welchem er zuerst fressen sollte. Er trank einen weiteren Schluck Wein, stellte das Glas zurück auf den Tisch und presste die Hände vors Gesicht. In der Zwischenzeit hatte Marleen ihm drei Fragezeichen geschickt. Er fühlte sich von ihr unter Druck gesetzt, andererseits hatte er diese Frage über Jahre hinweg herbeigesehnt – vor allem wegen ihrer gemeinsamen Tochter. Er atmete tief ein und wieder aus. Als er das *Ja!* abgesendet hatte, kam sofort ein Herz von ihr zurück. Im selben Moment hatte er das Gefühl, als ob in ihm etwas zerbrach. Er wählte Nicoles Nummer, und als er ihre warmherzige Stimme hörte, kam er sich vor wie der schlimmste Mann auf der Welt. Trotzdem: Er musste da jetzt durch.

Nicole presste das Gesicht ins Kissen. Nach dem Telefongespräch mit Arne hatte sie zehn Minuten fast regungslos auf dem Küchenstuhl gesessen, bis seine Worte endlich ihren Kopf und schließlich auch ihr Herz erreicht hatten. Marleen und er wollten ihrer Beziehung noch eine Chance geben.

Der Satz drehte sich seitdem wie von selbst immer und immer wieder in ihrem Kopf. »Was soll das bedeuten?«, hatte sie ihm entgegengeschleudert. »Machst du jetzt etwa Schluss mit mir?« Daraufhin hatte er endlose Sekunden geschwiegen, bis sie ihre Worte noch einmal wiederholt und er ihre Frage endlich bejaht hatte. Es tue ihm unendlich leid, aber er könne sich einfach nicht anders entscheiden, vor allem wegen Luna.

Nicole richtete sich in ihrem Bett auf, fuhr sich durch

die vom Weinen verklebten Haare und streckte die Beine von sich. Sie war so verletzt! Ihr ganzer Körper schmerzte, es fühlte sich an, als hätte Arne ihr mit einem Messer ins Herz gestoßen und es gleich danach auch noch brutal wieder herausgezogen. Sie sprang aus dem Bett, riss sich die Kleider vom Leib und stellte sich unter die Dusche. Plötzlich tauchte das Bild von Ulf und Babsi vor ihrem inneren Auge auf, und ihre Kehle schnürte sich zusammen. Die ganzen gemeinsamen Jahre hatte er von einem Moment auf den anderen weggeschmissen und sie stattdessen mit Babsi betrogen. Sollten die beiden doch glücklich werden, sie war durch damit, aber endgültig. Männer brachten nur Unglück in ihr Leben, es war Zeit, dass sie sich erst einmal um sich selbst kümmerte. Nicole drehte den Hahn auf *kalt*, sie benötigte jetzt eine Schocktherapie. Bibbernd stieg sie aus der Duschwanne, trocknete sich ab und zog sich dann im Schlafzimmer ein weites T-Shirt über, das eigentlich Ulf gehört hatte. Sie fand noch eine saubere Unterhose und ein paar flauschige Socken. Es war zwar warm in ihrer Wohnung, aber sie brauchte etwas Kuscheliges. Mein ganzes Leben liegt mal wieder in Scherben, dachte sie, als sie den Kühlschrank öffnete, in dem aber nur ein Stück Käse und eine halbe Gurke lagen. Dabei hatte sie auf eine Schokolade gehofft, die sie womöglich gekauft, aber noch nicht gegessen hatte. Normalerweise war sie keine große Naschkatze, aber sie benötigte das Gefühl, dass immer etwas da war, wenn ihr mal danach war. Sie öffnete das Eisfach. Vanilleeis war zwar keine Lösung, aber schließlich musste sie mit gleich zwei Trennungen innerhalb kurzer Zeit klarkommen. Sie legte die Packung auf die Ablage, damit das Eis etwas antaute, nahm einen Löffel aus der Schublade und ging damit ins Wohnzimmer. Dort holte sie sich den Laptop vom Schreibtisch, stellte das Gerät auf den niedrigen Couchtisch, legte den Löffel daneben ab und kehrte noch einmal in die Küche zurück. Die ganze Zeit über verfluchte sie Arne, Ulf und alle anderen Männer auf der Welt: Die konnten getrost dort bleiben, wo der Pfeffer wuchs. Sie drehte den Deckel von der Eispackung, zog die Schutzhülle ab, kehrte damit ins Wohnzimmer zurück und ließ sich seufzend aufs Sofa fallen. Nicole loggte sich bei Netflix ein, es gab eine neue Miniserie, die ihr Sophia empfohlen hatte, einen Psychothriller, also genau das Richtige, um sich von ihrem Liebeskummer abzulenken. Dabei löffelte sie die ganze Packung Eis auf. Sie hätte auch locker noch eine zweite essen können, aber leider gab ihre Gefriertruhe nichts mehr her. Nicole suchtete fast die ganze Serie durch, bis ihr irgendwann die Augen zufielen. Deshalb schloss sie den Browser, putzte sich die Zähne und ließ sich ins Bett fallen. Kurz danach war sie eingeschlafen.

Am nächsten Morgen wachte sie von einem Klopfen auf. Für einen Moment wusste Nicole nicht, wo sie war, aber als sie schließlich die Augen öffnete, fiel ihr sofort die ganze Misere ihres Lebens wieder ein. Sie zog die Decke über den Kopf, doch wer immer da klopfte, war hartnäckig. Sie sprang aus dem Bett und hörte auf dem Weg ins Bad, dass jemand vor ihrer Tür stand.

»Ich komme gleich!«, rief sie, woraufhin endlich Stille einkehrte. Sie wusch sich schnell das Gesicht, bürstete sich die Haare und zog sich den Bademantel über.

»Ulf?« Kurz blitzte in Nicole die Erinnerung an den Tag auf, als ihr Ex-Freund das erste Mal bei ihr unangemeldet vorbeigekommen war. »Ist was mit eurem Kind?«, entfuhr es ihr. Ulf hob die Hände. »Nein, damit ist alles in Ordnung.«

»Wann kommt es denn?«

»Ende Dezember oder Anfang Januar kommenden Jahres.«

»Schön«, erwiderte Nicole tonlos. Sie kam sich vor, als ob sie in einer Sitcom mitspielte. In jeder neuen Szene passierte etwas, das entweder zum Lachen oder zum Heulen war.

»Möchtest du einen Kaffee?«

Er nickte. »Sehr gern.«

Während sie den Kessel mit Wasser auf den Herd stellte, sprang das Gedankenkarussell in ihrem Kopf erneut an. Warum funktionierte es mit ihr und den Männern nicht? Sie wollte doch nichts anderes als eine glückliche Beziehung und vielleicht auch Kinder, obwohl sie notfalls sogar darauf verzichten würde, wenn der Mann dazu nicht bereit sein sollte. Sie hatte schließlich noch Paul, den Sohn ihrer Freundin Sophia, auf den sie hin und wieder aufpasste. Wobei sie Sophia viel zu selten gesehen hatte in den letzten Wochen, es war bei ihnen beiden einfach zu viel los gewesen.

Als der Kaffee fertig durchgelaufen war, füllte sie zwei

Becher, stellte einen davon Ulf vor die Nase und setzte sich ihm gegenüber.

»Was ist los?«, fragte sie ihren Ex-Freund, der mit gesenktem Kopf vor ihr saß. Er trug jetzt die Haare raspelkurz geschnitten und sah dadurch deutlich jünger und auch dynamischer aus, stellte sie wohlwollend fest.

»Ich bin nicht der Vater.«

Nicole zog die Brauen hoch. Für einen Moment hatte sie den Eindruck, im falschen Film zu sein. Der Satz lautete schließlich: *Nein, ich bin dein Vater.* Zumindest in der berühmten Szene aus dem Film *Star Wars: Das Imperium schlägt zurück*. Sie schüttelte über sich selbst den Kopf. Normalerweise fielen ihr solche Dinge nicht ein, wenn sie mit jemandem ein ernstes Gespräch führte, aber heute war sie komplett von der Rolle.

Ulf legte den Kopf etwas zur Seite und warf ihr einen fragenden Blick zu: »Hast du mich verstanden?«

Nicole trank einen Schluck aus ihrem Becher. »Erst einmal Kaffee«, erwiderte sie lächelnd. »Du kennst mich doch.«

»Ich habe einen Test machen lassen.«

»Du hast was?« Nicole hatte sich fast verschluckt, deshalb hielt sie die Hand vor den Mund.

Ulf stellte die Tasse ab und rieb die Handflächen aneinander. Durch das Geräusch, das dabei entstand, richteten sich die Härchen auf ihren Unterarmen auf.

»Ja!«, sagte er mit Nachdruck und ließ dabei seine Hand auf den Tisch fallen. Nicole zuckte kurz zusammen, hatte sich dann aber sofort wieder gefangen. Seit gestern war sie ein Nervenbündel, aber das würde auch vorübergehen.

»Ich habe meine Spermien testen lassen.«

Nicole presste die Lippen aufeinander. »Also das, worum ich dich immer gebeten habe?« Sie war fassungslos. »Was ist denn dabei rausgekommen?«, fragte sie schließlich betont beiläufig.

»Ich bin nicht zeugungsfähig.«

»Okay …« Es dauerte einen Moment, bis bei Nicole endlich der Groschen fiel. »Dann ist das Baby, das sie erwartet, also nicht von dir.«

»Korrekt.«

Am liebsten hätte Nicole *Was habe ich damit zu tun?* geschrien, aber sie hielt sich im letzten Moment zurück. Stattdessen sagte sie: »Das tut mir leid.« Sie legte die Hand auf seinen Unterarm. »Was willst du denn jetzt tun?«

Ulf zuckte mit den Schultern. »Ich weiß es ehrlich gesagt nicht.« Dann seufzte er tief. »Eigentlich ist es mir auch egal … Vielleicht soll es einfach so sein.« Nicole spürte, wie Hitze in ihre Wangen schoss. Seine stoische Art ging ihr dermaßen auf die Nerven. Wie hatte sie das eigentlich die ganzen Jahre mit ihm ausgehalten?, fragte sie sich nicht zum ersten Mal seit ihrer Trennung. »Du willst Babsis Spiel also mitspielen?«

Als er nicht antwortete, sondern nur stumm nickte, fühlte Nicole auf einmal, wie sich ein Knoten in ihrer Brust löste. Für sie hatte das alles keine Bedeutung mehr.

»Halte mich auf dem Laufenden«, sagte sie schließlich. »Leider muss ich jetzt los.« Das war zwar gelogen, aber

Nicole wollte das Gespräch mit Ulf halbwegs freundschaftlich beenden.

Ein kleines Lächeln umspielte seine Mundwinkel. »Kein Problem«, sagte er schließlich. »Ich treffe mich sowieso gleich mit einem Kollegen. Wir wollen zusammen zur Oldtimermesse nach Rendsburg.«

30. Kapitel

Am nächsten Tag hatte Nicole so viel zu tun, dass sie nicht über ihr Liebesleben nachdenken konnte. Sie musste die restlichen Erdbeeren zu Marmelade verarbeiten, außerdem fand noch Mitte der Woche die Feier zum achtzigsten Geburtstag einer Nachbarin statt, für die sie sämtliche Kuchen und Torten gebacken hatte. Zum Glück hatte ihr Sophia dabei geholfen, obwohl sie zurzeit viele Schulklassen für ihr bauernpädagogisches Angebot zu Gast hatte. Mittlerweile hatte es sich über die Grenzen des Kreises Rendsburg-Eckernförde hinaus herumgesprochen, sodass ihre Freundin sogar Anmeldungen aus Kiel hatte. »Ich überlege, ob ich vielleicht noch jemanden anstelle«, meinte Sophia, als sie etwas früher zum gemeinsamen Mittagessen bei ihr in der Küche erschien.

»Gute Idee«, sagte Nicole betont fröhlich, aber Sophia konnte sie nichts vormachen.

»Ist etwas passiert?«, fragte sie mit einem besorgten Gesichtsausdruck. Sie hatte die dunklen Haare zu einem Zopf zusammengebunden, wodurch ihre klassischen Gesichtszüge besonders schön zur Geltung kamen. Nicole berichtete ihr daraufhin in wenigen Sätzen von ihrem Liebeskummer, woraufhin Sophia sie fest umarmte.

»Das tut mir so leid«, wisperte sie ihr ins Ohr. »Das hätte ich ihm gar nicht zugetraut.«

Nicole spürte, wie ihr die Tränen in die Augen schossen. Sie zog ein Taschentuch aus ihrer Schürzentasche und schnäuzte sich die Nase. »Ich glaube, dass er es für seine Tochter getan hat.«

»Mhm«, erwiderte ihre Freundin, nachdem sie sich auf einen der Stühle, die rund um den langen Holztisch standen, gesetzt hatte. »Meinst du wirklich, dass es funktionieren wird?«

Nicole holte tief Luft. »Dazu kenne ich ihn noch nicht lange genug. Im Grunde war es auch nicht mehr als eine kleine Affäre.«

Sophia holte sich eine Flasche Wasser aus dem Kühlschrank. »Das sehe ich etwas anders«, sagte sie und nahm sich ein Glas aus dem Regal. »Nach dem, was ich von dir gehört habe, ist er nicht der Typ, der einfach zum Spaß mit einer Frau ins Bett steigt.«

Nicole schüttelte den Kopf, sodass sich eine Strähne aus ihrem Zopf löste.

»Wenn du recht hättest, würde er sich anders verhalten, zumindest hätte er mit mir persönlich sprechen müssen.« Sie hielt einen Moment inne. »Stattdessen hat er einfach angerufen, und damit war die Sache dann erledigt.« Nicole spürte selbst, dass sie verbittert klang, aber das war ihr egal. Sophia und sie kannten sich lange genug. Ihre Freundin würde ihre Worte richtig einordnen. Natürlich würde sie ihre Enttäuschung irgendwann überwinden, genauso wie es ihr gelungen war, das Thema Ulf aus ihrem Leben zu streichen. Nichtsdestotrotz tat das alles unendlich weh, auch wenn sie nach außen hin stark wirkte, so als ob ihr niemand etwas anhaben könnte. Dabei war das alles nur ihr Schutzschild, den sie sich im Laufe der Jahre zugelegt hatte.

»Ich weiß nicht ...«, hörte sie Sophia sagen. »Ich glaube, dass die Geschichte mit dir und Arne noch nicht zu Ende ist.« Ein warmes Gefühl legte sich um Nicoles Herz. Es war schön, eine Freundin wie Sophia zu haben. Eine, die auch zu ihr hielt, wenn alles nicht nur lustig und unterhaltsam war. Sophia leerte ihr Glas und schnappte sich dann einen Apfel aus dem Korb, der auf dem Tisch stand. »Hat eigentlich Leonie noch etwas über den Vater von Anastasia herausgefunden?«

»Ich glaube nicht«, meinte Sophia. »Zurzeit recherchiert sie immer noch, inwieweit Tolja Yelsukov mit seinen Spendengeldern die Studie zum Tod der Schweinswale in der Ostsee beeinflusst hat. Sie hat mich aber gefragt, ob wir ihr nicht bei der Pressekonferenz, die kommenden Donnerstag stattfindet, beistehen können.«

Nicole nickte. »Ich bin dabei.«

»Super, dann schreibe ich ihr schnell eine Nachricht. Das wird sie sehr freuen!«

Nicole fühlte, wie sich von einem Moment auf den anderen ein warmes Gefühl in ihr ausbreitete. Sie war nicht allein, auch wenn weder Ulf noch Arne in ihrem Leben eine Rolle spielen würden. Sie hatte Leonie und

Sophia, ihren Bruder Leander und natürlich ihre Chefin Ulli und Jörg, die für sie da waren. Die Liebe würde sich irgendwann in ihrem Leben schon einfinden, es machte keinen Sinn, dies erzwingen zu wollen. Außerdem hatte sie sehr viel zu tun: Sie musste endlich ihr Auto reparieren lassen, ihre Geschichte vom kleinen Schweinswal beenden und einen Termin beim Blütenstaub-Verlag in Neumünster anfragen.

❀

Arne nahm die Tasse Tee, den er zubereitet hatte, und ging durch den engen Flur ins Wohnzimmer, wo es sich Marleen auf dem Sofa bequem gemacht hatte.

»Das ist lieb«, sagte sie, als er ihr das Getränk reichte. Sie trug noch immer die Halskrause, aber ansonsten ging es ihr gut.

»Kann ich noch irgendetwas für dich tun?«

»Ich würde gern mein Buch weiterlesen«, erwiderte sie. »Das liegt dahinten auf dem kleinen Tisch neben dem Sofa.«

»*Achtsam morden*?«, er reichte ihr den Schmöker. »Ich muss mir doch keine Gedanken machen?«

Marleen lächelte. »Keine Angst, ich bin froh, dass du hier bist.«

Arne nickte. »Dann bin ich beruhigt.«

Seine Ex-Freundin musterte ihn mit hochgezogenen Augenbrauen. »Nicole hat mir eine Genesungskarte geschrieben.«

Arne zuckte innerlich zusammen. »Das wusste ich nicht.« Er legte den Kopf schief. »Das ist doch sehr nett?«

Marleens Miene war unergründlich. Wahrscheinlich würde sie eine gute Pokerspielerin abgeben. »Stimmt«, sagte sie in einem neutralen Ton.

Arne kehrte in die Küche zurück, schälte Kartoffeln und wusch den Salat in der Spüle. Er war kein großer Koch, aber Lunas Lieblingsessen – Fischstäbchen mit Kartoffelpüree – hatte er schon viele Male zubereitet. Mittlerweile schmeckte sogar ihm das Gericht, allerdings nur mit ganz viel Ketchup.

Die Worte des kurzen Gesprächs mit Marleen klangen in seinem Kopf nach. Sie war ihm noch immer ein Rätsel. Hatte sie sich nun über die Genesungskarte gefreut, oder hatte sie das nur behauptet, um seine Reaktion auf ihre Worte beobachten zu können? Manchmal hatte er das Gefühl, dass er sie immer weniger verstand, je mehr er es versuchte.

Der Titel des Buches, das Marleen gerade las, hatte sich in seinem Kopf festgesetzt. Arne hatte einen Artikel über Karsten Dusse gelesen, der das Buch geschrieben hatte. Er war Anwalt wie sein Protagonist, welcher von seiner Frau zum Achtsamkeitstraining verdonnert wird und zunächst »zufällig« einen seiner Klienten, einen skrupellosen Verbrecher, im Kofferraum seinen Autos »vergisst«. Sein erster Mord, dem allerdings noch weitere folgen würden … So weit würde Arne natürlich nicht gehen, auch wenn Marleen ihn weiterhin mit ihren Psychotricks um den Verstand brachte.

Arne holte die Packung Fischstäbchen aus der Gefriertruhe. Noch immer war der lustige Kapitän darauf zu sehen, seit seiner Kindheit hatte sich an der Verpackung nicht groß etwas verändert.

Arnes Gedanken drifteten zu dem Telefonat, das er mit Nicole geführt hatte, nachdem er und Marleen beschlossen hatten, ihrer Beziehung eine zweite Chance zu geben. Sie hatte gefasst reagiert, aber wahrscheinlich hatten ihr die Worte gefehlt. Er hätte ihr das alles auch lieber persönlich erklärt, aber er hatte dieses Gespräch schnell hinter sich bringen wollen. Die Enttäuschung über sich selbst nagte seitdem an ihm: »Wie konntest du nur …?« Er schob diese quälende Frage beiseite. Er würde es wiedergutmachen, wusste aber noch nicht, wie er es anstellen sollte.

Am darauffolgenden Tag holte Arne Luna von der Schule ab, nachdem er zuvor Marleen bei ihrem Physiotherapeuten abgesetzt hatte. Für das Mittagessen hatte er Pfannkuchenteig vorbereitet, ein weiteres Lieblingsessen seiner Tochter.

»Schmeckt super«, sagte sie, nachdem sie den dritten Pfannkuchen mit Zimt und Zucker verputzt hatte.

»Ich mach dann mal Hausaufgaben.«

Luna war eine gute Schülerin, und darauf waren er und Marleen sehr stolz. Natürlich konnte sich das alles noch ändern, bei vielen Kindern begannen die Schulprobleme, wenn sie in die Pubertät kamen, in dieser Zeit hatte er seinen Eltern ebenfalls die größten Sorgen bereitet.

Seine Tochter ging ins Bad und wusch sich die Hände, während er sich um das schmutzige Geschirr kümmerte. Als er damit fertig war, schaute er bei Luna vorbei. »Kommst du klar, oder soll ich dir helfen?«

Er blickte ihr über die Schulter. Sie arbeitete mit einer Fibel, auf der ein kleiner Drache und ein Hund – wegen der langen Ohren und der Statur vermutlich ein Dackel – auf einem Fahrrad abgebildet waren. Luna schrieb gerade die Buchstaben *a*, *b* und *c* in ihr Schreiblernheft. Sie arbeitete konzentriert, was er vor allem daran erkannte, dass sie dabei ihre Zunge ein Stück herausstreckte. »Das sieht richtig gut aus!«

Sie unterbrach ihre Arbeit und drehte sich zu ihm um. »Danke, Papa!«

Er ließ sie allein, denn er hatte es als Kind immer gehasst, wenn sein Vater oder seine Mutter ihm beim Hausaufgabenmachen zugeschaut hatten. Außerdem musste er sich beeilen, denn er hatte Marleen versprochen, sie wieder abzuholen.

Am nächsten Tag rief Arne seinen Mailaccount auf, und gleich an erster Stelle sah er die Einladung der Landesregierung zur Präsentation des Gutachtens zum Thema »Tod von Schweinswalen in der Eckernförder Bucht« seines Kollegen Dr. Jens Messerschmidt, das wie erwartet im Rahmen der Landespressekonferenz präsentiert wurde. Natürlich hatte er sich bereits vor Wochen dazu angemeldet, zumal er wusste, dass Leonie dort als Vertreterin des *Schlei-Boten* unbequeme Fragen stellen würde.

Er war froh, dass sein Artikel »Erdölsuche mit Schallwellen schadet Walen« für das *Science*-Magazin fast zeitgleich erscheinen würde, und hoffte, dass sich daraus zumindest eine öffentliche Diskussion entwickeln würde.

Es durfte nicht sein, dass wissenschaftliche Erkenntnisse von Spenden und wirtschaftlichen Interessen geleitet wurden. Er würde sich jedenfalls nicht kaufen lassen, denn dann würde er sich nie mehr ohne schlechtes Gewissen im Spiegel betrachten können.

Im zwischenmenschlichen Bereich war er derzeit allerdings nicht glücklich über sein Verhalten. Er hoffte, dass Nicole irgendwann darüber hinwegkommen würde, dass er zu Marleen zurückgekehrt war. In der Tiefe seines Herzens haderte er immer noch mit seiner Entscheidung, zumal seine Gefühle ihm deutlich signalisierten, dass er den falschen Weg eingeschlagen hatte. Wie von selbst wanderten seine Gedanken zurück zu ihren gemeinsamen Unternehmungen: das Schwimmen in der Ostsee am Weidefelder Strand und in der Badeanstalt von Holtenau, der Ausflug mit Luna ins Aquarium, der anschließende Spaziergang entlang der Kiellinie und schließlich das Konzert in der Elbphilharmonie. Ein sanftes Kribbeln breitete sich von seinem Nacken über die Schultern bis zu seinen Fingerspitzen aus, als er daran dachte, wie sie getanzt hatten. Er blickte aus dem Fenster hinaus auf die Förde, über der heute ein Nebelschleier lag. Der Sommer neigte sich langsam dem Ende zu, es war schon Ende August, und morgens, wenn er aufwachte, war die Luft, die durch den halb geöffneten Spalt seines Fensters drang, schon merklich kühler geworden. Er liebte den Sommer, obwohl dieser in Schleswig-Holstein oft von längeren Regenperioden geprägt war, aber dafür genoss man hierzulande die Sonnentage besonders intensiv. Das war auch der Grund, warum er nur selten in den Urlaub flog, denn meistens gefiel es ihm zwar schon in Ländern wie Italien, Spanien oder Portugal, aber er war auch immer wieder froh, wenn er in Hamburg aus dem Flieger stieg. Ohnehin war das nördliche Europa mehr sein Ding. Er hoffte sehr, dass er aufgrund seines *Science*-Artikels nach Norwegen zu dem Treffen mit Walforschern aus aller Welt eingeladen werden würde. Alle Menschen, die dieses Land schon einmal besucht hatten, kamen aus dem Schwärmen nicht mehr heraus. Die Reise würde nach Andenes auf den Vesterålen gehen, wo man das ganze Jahr über Pottwale beobachten konnte. Einmal die riesige Schwanzflosse des Giganten auftauchen zu sehen, war schon immer einer seiner Kindheitsträume gewesen. Sie würden mit einem Beobachtungsboot in die See stechen und vielleicht auch jagende Buckelwale, Orcas und Finnwale in ihrer natürlichen Umgebung beobachten können. Danach fand eine zweitägige Tagung von zweihundert Walforschern aus aller Welt auf Einladung der Europäischen Gesellschaft für Walforschung statt. Geplant war, die Studienergebnisse der Forscher zu bündeln. Dadurch sollte deutlich gemacht werden, dass Unterwasserlärm, aber auch Fischerei und Umweltzerstörung sowie der Klimawandel die Existenz der verschiedenen Walarten überaus kritisch gefährdeten. In Bezug auf den bedrohten Schweinswal würden die Wissenschaftler eine Schallkartierung für die Nord- und Ostsee fordern, damit die Gefahren für diesen Meeressäuger, der sich per Echo-Ortung orientierte, besser abgeschätzt werden konnten. Arne spürte, wie seine innere Anspannung wuchs: Sein *Science*-Artikel musste unbedingt ein Erfolg werden.

31. Kapitel

Der Motor von Nicoles Opel Corsa surrte leise, und wenn sie auf das Gaspedal trat, reagierte er, obwohl er nun auch schon zehn Jahre alt war, wie ein blitzschnelles Rennpferd kurz vor dem Start. Ole hatte in seiner Werkstatt wahre Wunder bewirkt. Er hatte sich sehr für sie gefreut, dass ihr Stiefvater ein Sparbuch für sie angelegt hatte: »Wat för en Glück, mien Deern«, sagte er, nachdem er ihr den Schlüssel in die Hand gedrückt hatte. »Denn mol gode Fohrt.«

Ihr Termin bei Emilia Schönfeld, der Geschäftsführerin vom Blütenstaub-Verlag in Neumünster, war erst in einer Stunde, aber sie war sehr viel früher vom Strandrosenhof losgefahren, da es auf der A 7 in Richtung Hamburg derzeit fast jeden Tag lange Staus gab. Es wäre ihr einfach zu peinlich, wenn sie zu spät kommen würde, selbst wenn sie eine plausible Erklärung parat hätte.

Auf dem Beifahrersitz lag die Tasche, in der sich die Präsentation für ihr Kinderbuch befand. Sie hatte extra dafür eine schöne meerblaue Mappe gekauft und den Text sowie die verschiedenen Skizzen vom kleinen Schweinswal und Luna dort eingeheftet. Nicole hatte tagelang gezeichnet und an der Geschichte gefeilt, bis sie endlich mit dem

Ergebnis zufrieden war. Dabei hatte sie die Zeit und ihren Alltag vergessen und war vollkommen in dieser erfüllenden Arbeit versunken. Seitdem hatte sie das Gefühl, endlich in ihrem Leben angekommen zu sein. Sie hatte zudem recherchiert, wie eine Bewerbung bei einem Buchverlag aussehen musste, hatte aber nur Informationen über die Form und den Inhalt für Romanmanuskripte gefunden.

Sie fuhr konstant einhundert Kilometer die Stunde, auch wenn sich andere Autofahrer von dieser Fahrweise buchstäblich ausgebremst fühlten, denn immer wieder wurde sie mit laut aufbrausendem Motor überholt oder von hinten angeblinkt. Ein solches Verhalten störte sie nicht. Sie fuhr seit dem Tag, an dem sie die Führerscheinprüfung bestanden hatte, unfallfrei, und das mussten die Heinis, die sich derart rüpelhaft benahmen, ihr erst einmal nachmachen.

Sie lenkte ihr Auto auf den Parkplatz des Blütenstaub-Verlags, der sich in einem zweistöckigen Backsteingebäude mit weiß gerahmten Sprossenfenstern befand. In den Beeten davor blühten blaue Hortensien, und Efeu rankte sich an der Fassade bis zum zinnoberroten Giebeldach empor. Nachdem sie die Messingklingel gedrückt hatte, erklang ein weicher Summton. Nicole öffnete die Tür und stieg mit klopfendem Herzen die Holztreppe hoch, bis sie den zweiten Stock erreicht hatte. Eine schlanke blonde Frau stand im Türrahmen. Als Nicole näher an sie herantrat, erkannte sie sofort die Ähnlichkeit mit ihrer Mutter, die sie in der Wohnung von Sybille kennengelernt hatte: Die gleichen feinen Gesichtszüge und auch der wache Blick mit den leuchtenden Augen erinnerten sie an Margot, der sie diesen Besuch zu verdanken hatte.

»Ich bin Emilia«, stellte sich die Verlegerin vor.

»Nicole«, sagte sie überflüssigerweise, aber sie war so aufgeregt, dass sie keinen klaren Gedanken fassen konnte. Sie folgte der jungen Frau durch einen Flur, an dessen Wänden die gerahmten Cover von Kinder- und Jugendbüchern hingen. Schließlich erreichten sie eine Tür, auf der das Schild *Konferenzraum* angebracht war. Röte schoss ihr in die Wangen, als sie den Raum betrat, der schwach nach Sandelholz duftete. Emilia machte eine einladende Handbewegung.

»Nimm doch bitte schon mal Platz«, sagte sie. »Meine Assistentin hat sich heute leider krankgemeldet, und unser derzeitiger Praktikant kommt erst gegen Mittag.« Sie lächelte und verzog das Gesicht zu einer kleinen Grimasse. »Also habe ich heute Kaffee gekocht. Oder möchtest du lieber Tee?«

Nicole schüttelte den Kopf. »Ich nehme gern einen Kaffee.«

Emilia verließ den Raum, sodass Nicole Zeit hatte, sich etwas umzuschauen. Von den Sprossenfenstern aus hatte man einen schönen Blick nach draußen auf die gepflasterte Straße, an der hohe Kastanienbäume wuchsen. Die Wände des Raumes waren graublau gestrichen und bildeten einen angenehmen Kontrast zu dem Fischgrätparkett. Ein riesiger Kronleuchter mit Kristallsteinen hing von der hohen Decke und warf ein warmes Licht auf den langen Mahagonitisch mit den acht Stühlen, vier an jeder Seite.

Als Emilia mit einer silbernen Thermoskanne zurückkam, hatte Nicole ihre innere Ruhe wiedergefunden. Was sollte ihr schon passieren? Sie würde ihr Buchkonzept vorstellen, und Emilia würde ihr einen Vertrag anbieten oder eben auch nicht. Alles nicht so schlimm, machte sie sich innerlich Mut, obwohl sie natürlich hoffte, dass Margots Tochter von *Luna und der kleine Schweinswal* begeistert sein würde.

Als Nicole zwei Stunden später das Verlagsgebäude verließ, strahlte die Sonne vom wolkenlosen Himmel. »Wenn das mal nicht ein gutes Zeichen ist«, sagte sie zu sich selbst. Da Nicole sich den Tag freigenommen hatte, schlenderte sie in Richtung Innenstadt. Vielleicht gibt es irgendwo ein nettes Café, dachte sie, während ein euphorisches Gefühl sich in ihr ausbreitete. Ihr Auto durfte sie noch bis zu ihrer Rückfahrt auf dem Verlagsparkplatz stehen lassen.

Das Gespräch mit Emilia war gut gelaufen, besonders die Zeichnungen hatten ihr gefallen, und sie hatte sich sehr gewundert, dass Nicole Autodidaktin war. Der Entwurf der Geschichte von Luna und dem kleinen Schweinswal fand ebenfalls ihre Zustimmung, zumal die Handlung auf einem wahren Vorfall basierte, der sich noch dazu in Schleswig-Holstein zugetragen hatte. Emilia hatte versprochen, sich bis zum Ende der Woche bei ihr zu melden.

Nicole erreichte eine schmale Fußgängerzone mit zwei- und dreistöckigen Häusern, in denen sich unten Geschäfte und in den oberen Etagen Wohnungen befanden. Etwas versteckt hinter zwei Säulen entdeckte sie ein Café, in dem Kaffee und kleine Köstlichkeiten angeboten wurden. Die Tische draußen, auf denen hübsche Zuckerdosen und Vasen mit Sommerblumen standen, waren bei dem schönen Wetter natürlich alle besetzt, deshalb betrat sie den Innenraum und nahm an einem gemütlichen Tischchen in der Ecke Platz, das in diesem Moment frei geworden war.

Puh, dachte sie, als sie den Blick durch den Raum schweifen ließ, in dem Tische und Stühle in verschiedenen Farben und Formen zwar zusammengewürfelt wirkten, aber als Gesamtbild doch einen schönen, farblich aufeinander abgestimmten Eindruck vermittelten. Sie lobte sich selbst wegen ihrer Wahl und bestellte bei der Wirtin, die mit ihrer weißen Bluse und den hochgesteckten blonden Haaren sehr adrett aussah, New York Cheesecake und dazu eine Tasse Darjeeling. Als sie kurze Zeit später mit der Gabel ein Stück vom Kuchen abbrach und sich in den Mund schob, war sie gleich danach im Genusshimmel gelandet.

»Sehr lecker!«, sagte sie zu der Besitzerin, die allerdings nicht Frieda wie ihr Café hieß, sondern Diana und sich mit dem Laden einen Traum erfüllt hatte, wie sie Nicole nach dem Abkassieren erzählte. Die Namensgeberin war eine kleine gefleckte Hündin, die in der Nähe des Tresens auf einer mit einem Fell bedeckten Bank lag. Als Nicole ihren Namen rief, kam sie angelaufen und rollte sich vor ihren Füßen zusammen. Nicole streichelte ihren Kopf. »Du bist aber eine Liebe.« *Wenigstens die Hündin mag mich*, fügte sie im Stillen hinzu. Zur selben Zeit zwinkerte sie die Gedanken an Arne weg, die wieder einmal in ihrem Kopf herumschwirrten. Es war vorbei, sie musste das endlich akzeptieren.

Jeder einzelne Platz war besetzt bis hin zu den blau gepolsterten Reservestühlen in zweiter Reihe, auf denen Journalisten aus Schleswig-Holstein saßen. Die Präsentation des Gutachtens seines Kollegen Dr. Jens Messerschmidt, das dieser im Auftrag der Landesregierung angefertigt hatte, wurde auf einem großen Monitor, der sich hinter dem Rednerpult befand, angekündigt. Dort saßen bereits der Vorsitzende der Landespressekonferenz und daneben seine Vertreterin. Schräg gegenüber entdeckte Arne Leonie, die ihm kurz zunickte, als sich ihre Blicke begegneten. Neben ihr saß Nicole, die allerdings starr nach vorne zum Rednerpult schaute, wahrscheinlich hatte sie ihn ebenfalls bemerkt, wollte aber verständlicherweise nichts mit ihm zu tun haben. Es versetzte ihm einen Stich ins Herz, aber er konnte ihr Verhalten natürlich nachvollziehen. Arne blieb nur zu hoffen, dass sie ihm irgendwann verzeihen würde.

Plötzlich wurde es still im Raum, denn der Vorsitzende hob die Hand, begrüßte die Anwesenden und übergab dann das Wort an Dr. Messerschmidt, der in diesem Moment erhobenen Hauptes die Bühne betrat. Er nahm neben der Vertreterin Platz, nannte seinen Namen und gab dem Techniker, der am Rand auf seinen Einsatz wartete, ein Zeichen, die Power-Point-Präsentation zu starten. Er begann seinen Vortrag mit dem Fazit seines Gutachtens:

»Schweinswale verhungern in der Eckernförder Bucht!«

Als er den Satz ausgesprochen hatte, blieb es mucksmäuschenstill. Man hätte die berühmte Stecknadel fallen hören können, stellte Arne überrascht fest. Dr. Messerschmidt ließ den Moment verweilen, doch schließlich ergriff er wieder das Wort.

»Meine Untersuchungsergebnisse sprechen eine eindeutige Sprache. Nicht die Suche nach Erdöl durch Schallkanonen führt den Tod der Meeressäuger herbei, sondern das mangelnde Nahrungsangebot in der Eckernförder Bucht.« Er klickte auf die Fernbedienung, woraufhin das Foto eines Schweinswals mit weit geöffnetem Maul zu sehen war. »Dieses kleine Exemplar kann bis zu fünfhundertfünfzig Fische pro Stunde fressen und insgesamt bis zu dreitausend Fische am Tag.« Er machte eine bedeutungsvolle Pause, dann fuhr er fort. »Schweinswale verbrennen aufgrund ihrer geringen Größe sehr viel Energie. Sie brauchen ständig Nachschub, aber aufgrund der Fischerei wird das Nahrungsangebot immer problematischer.« Er legte den Kopf schief und schob sich mit dem ausgestreckten Zeigefinger die Brille zurück auf die Nase. »Wie Sie wissen, wird die Überfischung der Meere seit Längerem diskutiert, auch in Schleswig-Holstein.« Er rückte seine Krawatte zurecht. »Ich denke, dass hier der Ansatz zu einer dauerhaften Lösung des Problems gefunden werden muss.«

»Jetzt sind also die Fischer in Schleswig-Holstein die

Buhmänner?«, fragte ein junger Journalist, der einen roten Rollkragenpullover trug. Ein Raunen verbreitete sich im Raum, denn dieses Thema war im Land zwischen den Meeren sehr heikel, die Küstenfischer hierzulande bangten schon seit Jahren um ihre Existenz und fühlten sich von der Politik komplett alleingelassen.

Dr. Messerschmidt hob beschwichtigend die Hände. »Ich liefere nur die Fakten, Entscheidungen, wie es weitergehen soll, müssen andere treffen.«

Leonie meldete sich zu Wort. »Eine ganz andere Frage«, begann sie in einem forschen Tonfall, der alle Anwesenden sogleich verstummen ließ.

»Die Firma Ocean Energy, die derzeit mit den von ihnen genannten Schallkanonen in der Eckernförder Bucht nach Erdöl sucht, ist also nicht für das Sterben der Schweinswale verantwortlich?«

Arne bemerkte ein leichtes Zucken des rechten Mundwinkels seines Kollegen, und er konnte förmlich sehen, wie die Gedanken hinter seiner hohen Stirn ratterten. Schließlich kniff er für einen kleinen Moment beide Augen zusammen. »Auf gar keinen Fall.«

»Stimmt es, dass Sie der Vorsitzende des Institute for Climate Solutions sind?«

Dr. Messerschmidt warf Leonie einen bösen Blick zu. »Was hat das denn damit zu tun?«, fauchte er sie an.

»Beantworten Sie bitte meine Frage«, erwiderte Leonie in zuckersüßem Tonfall.

»Ja, der bin ich«, antwortete er schließlich eisig, »aber das tut hier nichts zur Sache.«

Leonie richtete sich in ihrem Stuhl auf. Sie wirkte wie eine dieser Powerfrauen, die man manchmal in amerikanischen Fernsehfilmen sah: schön, schlau und mit allen Wassern gewaschen.

»Nach meinen Recherchen, die derzeit bei einem Notar in Kappeln liegen, hat die Firma Ocean Energy Ihrem Institut eine Spende von fünfhunderttausend Euro überwiesen. Können Sie uns das erklären?«

Dr. Jens Messerschmidt japste nach Luft. »Wie können Sie es wagen …«, begann er, aber der Vorsitzende der Landespressekonferenz unterbrach seine Rede. »Mäßigen Sie sich bitte in Ihrem Ton«, forderte er ihn auf.

Leonie fuhr unbeirrt fort. »Ihr Kollege Dr. Arne Sanders, der heute ebenfalls anwesend ist, hat durch Messungen des Unterwasserlärms in der Eckernförder Bucht eindeutig nachgewiesen, dass die Schweinswale durch die Schallwellen, mit denen die Firma Ocean Energy derzeit den Meeresboden nach möglichen Erdölvorkommen absucht, die Orientierung verloren haben und deshalb an die Strände gespült wurden. Von dort aus fanden sie nicht mehr zurück ins Meer und verendeten qualvoll.«

»Was hat denn das eine mit dem anderen zu tun?«, rief Dr. Messerschmidt, dem das Entsetzen über den Verlauf der Pressekonferenz ins Gesicht geschrieben war.

Leonie lächelte süffisant. »Das können Sie alles in dem *Science*-Artikel nachlesen, der von Ihrem Kollegen verfasst wurde.« Sie machte eine bedeutungsvolle Pause. »Leider erscheint die Ausgabe offiziell erst morgen …« Sie beugte sich unter den Tisch und holte einen Stapel des Magazins hervor. »Der Verlag hat mir allerdings vorab zehn Exemplare zugeschickt.« Sie ließ den Blick über die Reihen der anwesenden Journalisten schweifen. »Wer also ein Heft haben möchte?«

»Ich!«, rief der junge Mann mit dem roten Pullover sofort, woraufhin sich alle anderen auch meldeten. Innerhalb weniger Sekunden hatte Leonie die Exemplare verteilt.

Dr. Messerschmidt verließ daraufhin wutentbrannt den Raum. Die meisten Journalisten erhoben sich von ihren Stühlen und rannten ihm hinterher, denn diese Story wollte sich kein Pressevertreter entgehen lassen.

Nur Leonie blieb mit einem triumphierenden Lächeln auf ihrem Stuhl sitzen.

Nicoles Freundin kann stolz auf sich sein, dachte Arne bewundernd. Als er in ihrem Alter gewesen war, hätte er noch nicht auf diese selbstsichere und kompetente Weise in der Öffentlichkeit auftreten können. Als Leonie ihn entdeckte, hob sie die Hand. Arne winkte zurück und hoffte, dass Nicole den Kopf ebenfalls in seine Richtung drehen würde, doch dieser Wunsch ging für ihn leider nicht in Erfüllung. Sie würdigte ihn keines Blickes.

32. Kapitel

Leonies Artikel war am darauffolgenden Tag der Aufmacher. Nicole saß zusammen mit Ulli, Sophia und Jörg am Tisch in der Gutshausküche. Der *Schlei-Bote* lag in der Mitte, damit jeder von ihnen die Überschrift lesen konnte:

Gutachten von Meeresbiologen gekauft?
Dr. Jens Messerschmidt soll eine halbe Million Euro kassiert haben

Ulli deutete aufgeregt auf den Namen, der unterhalb der Schlagzeile stand: *Leonie Petersen.*

»Wow«, sagte Sophia, die ihre langen Haare heute zu zwei Zöpfen geflochten hatte, mit denen sie wie ein junges Mädchen aussah. »Wenn das nicht der Anfang einer großen Karriere ist.«

»Da sagst du was«, meinte Ulli, in deren Stimme eine große Portion Stolz mitschwang.

»Wer hätte das gedacht«, fügte ihre Chefin noch hinzu, und Nicole wusste genau, worauf Ulli damit anspielte. Leonie war nach dem Abitur ausgezogen und hatte eine Ausbildung zur Bürokauffrau begonnen, nachdem sie ein

Jahr durch Europa gereist war. Dann hatte sie alles hingeschmissen, und als das Geld knapp geworden war, war sie schließlich wieder zu Hause eingezogen, allerdings nicht ins Gutshaus, sondern in eine Ferienwohnung im ehemaligen Wirtschaftsgebäude des Strandrosenhofs, in dem sich auch Nicoles Wohnung befand. Nicole freute sich sehr darüber, dass ihre Freundin jetzt ihre berufliche Erfüllung gefunden hatte. Leonies Erfolg kam nicht von ungefähr, sie hatte das Thema der gestrandeten Schweinswale von allen Seiten beleuchtet und sich nicht mit allgemein zugänglichen Informationen begnügt. Nicole wusste nicht, wie Journalisten im Allgemeinen arbeiteten, hatte aber das Gefühl, dass nur wenige ausführlich recherchierten, bevor sie eine Story zu Papier brachten. Allerdings hatte sie gelesen, dass die Redaktionen Geld einsparen mussten, deshalb auf freie Mitarbeiter angewiesen waren und auch dadurch die Qualität der Beiträge in der letzten Zeit zumindest teilweise nachgelassen hatte. Umso mehr freute sich Nicole, dass Leonie dieser Coup gelungen war, zumal der Tod der Schweinswale in der Eckernförder Bucht keinen Schleswig-Holsteiner kaltlassen konnte. Das Land zwischen den Meeren – also der Nord- und der Ostsee – war besonders abhängig davon, dass dieser Lebensraum nicht aus dem Ruder lief, auch weil die Klimaerwärmung in naher Zukunft zu einer Katastrophe ungeahnten Ausmaßes führen könnte.

Was, wenn die Meeresspiegel immer weiter anwuchsen? Bislang dachten viele Menschen hierzulande, dass die Nord- und Ostsee davon nicht in solchem Maße betroffen wären, aber das war eine Fehleinschätzung. Nicole hoffte inständig, dass die Menschen endlich wachgerüttelt wurden, obwohl sie auch keine Lösung des Problems parat hatte. Trotzdem war sie grundsätzlich optimistisch und davon überzeugt, dass positive Energie etwas bewirken konnte, selbst wenn es sich vielleicht nur im kleinen privaten Rahmen abspielte. Wie von selbst drängte sich die Erinnerung an Arne in den Vordergrund. Während sie neben Leonie die Landespressekonferenz verfolgt hatte, war ihr Blick immer wieder zu ihm gewandert. Sie hätte ihn ansprechen können, hatte es aber einfach nicht zustande gebracht, denn der Schmerz darüber, dass er sich von ihr getrennt hatte, und das auch noch telefonisch, brannte wie Feuer in ihrer Brust. Warum war er nicht wenigstens persönlich bei ihr vorbeigekommen? Per Handy Schluss machen war nun wirklich das Allerletzte. Ehrlich gesagt hätte sie ihm ein derartiges Verhalten niemals zugetraut: Arne Sanders, Doktor der Meeresbiologie, Verfasser des *Science*-Artikels über den Tod der Schweinswale in der Eckernförder Bucht, war keinen Deut besser als andere Männer, die Frauen wie eine heiße Kartoffel fallen ließen, wenn ihnen etwas Besseres über den Weg lief.

Nicole seufzte tief. Sie musste sich eingestehen, dass das nur die halbe Wahrheit war. Er war zu der Mutter seiner Tochter Luna zurückgekehrt, weil er der Beziehung »noch eine Chance« geben wollte. Das war ehrenhaft, auch wenn er ihr damit das Herz gebrochen hatte.

Am Tag nach der Pressekonferenz standen in Arnes Büro die Telefone nicht mehr still. Zeitungen, Fernseh- und Radiosender wollten ein Interview mit ihm, und er hatte Mühe, den verständlichen Wünschen der Journalisten nachzukommen. Trotzdem freute er sich über die Medienresonanz, da er dadurch sein Herzensthema, nämlich die Bedrohung der Meere und ihrer Bewohner, publik machen konnte. Außerdem erhoffte er sich noch immer, endlich die Einladung nach Norwegen zum internationalen Treffen der Walforscher zu erhalten. Insgeheim wünschte er sich, dass Nicole ihn dorthin begleiten würde, auch wenn es eine Illusion bliebe. An diesem Tag, der mit einem Live-Radio-Interview für den *NDR Welle Nord* endete, fuhr er früher als sonst zu Marleens Wohnung. Sie hatten eigentlich vereinbart, dass er erst morgen wiederkommen sollte, aber er hatte Sehnsucht nach Luna, deshalb machte er sich auf den Weg.

Angekommen in Eckernförde, parkte er das Auto etwas abseits von Marleens Wohnung. In der noch andauernden Sommersaison waren Parkplätze rar geworden, deshalb war er für Marleen bereits auf der Suche nach einem privaten Parkplatz, damit sie nicht immer so lange suchen musste, zumal sie täglich auf das Auto angewiesen war. Als Arne schließlich die Tür zu Marleens und Lunas Wohnung öffnete, hörte er leise Musik aus dem Wohnzimmer. Wahrscheinlich war seine Freundin früher von der Physiotherapiestunde zurückgekommen. Er hängte die Jacke an den Haken der Garderobe im Flur, stieß die Tür auf – und erstarrte von einer Sekunde auf die andere. Marleen saß dort händchenhaltend mit dem Journalisten, der bei der Landespressekonferenz einen roten Rollkragenpullover getragen hatte. Sie sprang trotz ihrer Halskrause geschmeidig auf und starrte ihn entsetzt an. »Was machst du denn hier?«

Arne zwinkerte, als ob sich vor seinen Augen ein Film abspielen würde, doch leider verschwand das Bild, das sich ihm bot, nicht aus seinem Gesichtsfeld. »Was soll das, Marleen?«, fragte er mit eisiger Stimme. Er wusste nicht, was ihn mehr irritierte: die Tatsache, dass er den jungen Mann schon auf der Pressekonferenz gesehen hatte, oder dass dieser mit seiner Freundin herumturtelte.

Marleen zupfte nervös an ihrer Halskrause, sagte aber nichts. Am liebsten hätte Arne sie an den Oberarmen gepackt und ordentlich durchgeschüttelt, aber das würde die ganze Situation natürlich nicht entschärfen. Schließlich durchbrach der junge Mann die Stille.

»Ich bin Mark«, sagte er und reichte ihm seine feuchte Hand.

Arne blieb stumm, deshalb verabschiedete sich der Typ, indem er die ausgeschlagene Hand hob. »Ich gehe dann mal.«

Zehn Minuten später saß Arne mit Marleen am Tisch in der Küche. Er hatte zwei Tassen Tee aufgebrüht, die inzwischen kalt geworden waren, denn der Redefluss der Mutter seiner Tochter prasselte wie ein Sommergewitter auf ihn ein. Sie hätte Mark bei der Physiotherapie kennengelernt, er habe auch einen Auffahrunfall gehabt, deshalb sei sie mit ihm ins Gespräch gekommen, und dann hätte sich eins nach dem anderen ergeben.

»Hast du mit ihm geschlafen?«, unterbrach er ihre Rede, woraufhin sie schuldbewusst nickte. »Aber nur einmal.« Als ob das von Bedeutung wäre, stellte Arne verbittert fest. Ihre Untreue war mit ein Grund für ihre früheren Probleme gewesen, obwohl Arne ihr immer wieder verziehen hatte, schon um Luna zu schützen. Schlagartig wurde ihm bewusst, dass der Kampf um eine glückliche Familie keinen Sinn mehr für ihn machte. Komischerweise war er darüber nicht traurig, sondern erleichtert. Er wollte Marleen keine Vorwürfe machen. Sie suchte offensichtlich bei jedem Mann, den sie kennenlernte, etwas, was er, Arne, ihr nicht geben konnte.

»Bist du böse auf mich?«, fragte sie, als ob sie seine Gedanken erraten hätte.

Nein, nur traurig, dachte er, sprach diesen Satz aber nicht aus. Auf einmal wurde ihm bewusst, dass er sich die ganze Zeit etwas vorgemacht hatte.

»Es ist alles gut«, sagte er daher und fühlte dabei, wie sich die Erleichterung immer weiter in ihm ausbreitete, denn endlich wusste er genau, wo sein Herz hingehörte. »Ich bin trotzdem froh darüber, dass wir es noch einmal miteinander versucht haben.«

»Ich auch«, sagte sie nachdenklich. Dann hauchte sie ihm einen Kuss auf die Wange. »Danke, dass du hier warst.« Sie begleitete ihn zu Tür. »Mit Luna bleibt dann alles wie gehabt?«

»Selbstverständlich«, erwiderte er in einem ernsten

Tonfall, denn seine Tochter sollte sich immer auf ihren Vater verlassen können. Das hatte in der Vergangenheit gut funktioniert und würde sich auch in Zukunft nicht ändern, zumindest von seiner Seite aus.

Als Arne seine Wohnung in Arnis betrat, fühlte er sich wie ausgebrannt. Er genoss seinen derzeitigen Erfolg als Wissenschaftler, aber sehnte sich aus vollem Herzen nach einer Beziehung, die nicht immer nur von Problemen belastet war. Nicole ... Er fragte sich, ob sie ihn seit seinem Anruf hasste. Verstehen würde er es, denn er hatte sich wirklich übel benommen. Er hätte von Anfang an wissen müssen, dass eine dauerhafte Beziehung zu Marleen einfach nicht möglich war. Er musste sich endlich eingestehen, dass dies eine Tatsache war, die er nicht ändern konnte, auch wenn es für ihn nach Lunas Geburt unendlich schmerzhaft gewesen war. Liebe ließ sich nun einmal nicht erzwingen, aber wenn sie einem geschenkt wurde, sollte man sie annehmen, und das aus vollem Herzen und ohne Rücksicht darauf, was der Verstand oder die Vernunft einem ständig einreden wollten. Plötzlich fühlte sich Arne von einem Moment auf den anderen befreit von einer Last, die in den vergangenen Jahren wie Blei auf seinen Schultern gelegen hatte, und er wusste ganz genau, was er am besten sofort erledigen sollte. Bei so etwas durfte man nicht bis zum nächsten Morgen warten.

33. Kapitel

Nicole zwickte sich in den Arm. Sie träumte doch, oder? Nein, sie saß wirklich am Küchentisch in ihrer Wohnung und hatte gerade ihr Telefongespräch mit Emilia Schönfeld beendet. Die junge Verlegerin hatte ihr angeboten, ihr Kinderbuch *Luna und der kleine Schweinswal* zu veröffentlichen, ein Vertrag in zweifacher Ausfertigung sei bereits auf dem Weg zu ihr. »Bitte beide Verträge unterschreiben«, hatte Emilia gesagt. »Einen davon dann an mich zurückschicken.«

Nicole rieb sich mit beiden Händen über die Wangen: Sie war jetzt eine zukünftige Kinderbuchautorin!

Nicole sprang vom Stuhl auf und lief in ihrer Wohnung hin und her. Am liebsten hätte sie mit jemandem ihre Freude geteilt, aber leider war Sophia mit Christoph und Paul für ein paar Tage verreist. Sie hätte Sybille anrufen können, aber auf deren schnippische Bemerkungen hatte sie keine Lust. Dabei fiel ihr der merkwürdige Anruf ihrer Mutter einen Tag nach der Aufräumaktion ein. Ob sie etwas Außergewöhnliches gefunden habe, war ihre Frage gewesen. Natürlich hatte Nicole sofort geahnt, was Sybille damit gemeint hatte. Nicole hatte ihr aber nichts von dem

Sparbuch gesagt, das ihre Mutter offensichtlich im Regal versteckt hatte. Sie nahm sich vor, Sybille eines Tages damit zu konfrontieren, aber jetzt wollte sie sich erst einmal den schönen Dingen des Lebens widmen.

Als es an ihrer Tür klingelte, dachte sie, dass es womöglich wieder Ulf war, der ihr ein weiteres Drama seines Lebens beichten wollte. Sie riss die Tür auf – und sah Rosen, viele Rosen, um genau zu sein, und zwar in ihrer Lieblingsfarbe Dunkelrot. Als sie Arnes Gesicht dazwischen entdeckte, machte ihr Verräterherz einen kleinen Sprung. Hatte sie sich nicht geschworen, nie wieder auch nur ein Wort mit ihm zu sprechen? Stattdessen nahm sie ihm den Strauß ab, zog ihn in den Flur und ließ sich von ihm küssen, bis sie Sterne vor ihrem inneren Auge sah.

»Es tut leid«, flüsterte er ihr ins Ohr. »Bitte verzeih mir, ich habe mich wirklich schlimm benommen.«

Nicole wusste nicht, was sie erwidern sollte, stattdessen deutete sie auf den riesigen Strauß, den er noch immer in den Händen trug. »Ich glaube, die Blumen brauchen etwas Wasser.«

Sie deutete mit dem Kopf in Richtung Wohnzimmer. »Setz dich schon einmal. Ich bin gleich bei dir.«

Nicole ging in die Küche, füllte eine große Vase mit Wasser und schnitt die Stile der Rosen an. Sie brauchte einen Moment, um sich zu sammeln. Ihr Herz schlug vor Freude höher, aber zugleich kreisten die Gedanken in ihrem Kopf. Auf der einen Seite wollte sie sich am liebsten in Arnes Arme werfen, es ihm andererseits aber auch nicht so leicht machen, nach dem, was er ihr angetan hatte.

Nicole ging schnell ins Bad, wusch sich die Hände und das Gesicht und trug etwas Puder und Wimperntusche auf. Zum Glück hatte sie, kurz bevor Arne an ihrer Tür geklingelt hatte, noch geduscht. Ihr ganzer Körper kribbelte vor Aufregung, aber sie fragte sich auch, was seinen Sinneswandel bewirkt haben könnte.

»Marleen und ich haben uns wieder getrennt«, sagte er, als sie das Wohnzimmer betrat. Arne war sofort aufgesprungen und kam schnellen Fußes auf sie zu. Die Energie, die von ihm ausstrahlte, ließ sie für einen Moment verharren.

»Was möchtest du jetzt?«, fragte sie schließlich, denn ihre Gefühle fuhren Achterbahn.

Er trat noch einen Schritt auf sie zu. Die Wärme seines Körpers umhüllte sie wie ein seidiger Mantel. Er sah ihr tief in die Augen, während er langsam eine Hand nach ihr ausstreckte. Nicole verharrte regungslos, doch als seine Hand ihren Nacken umschlang, ließ sie sich in seine Arme fallen. Nicole hatte das Gefühl, als ob ihr Körper in Flammen stünde, als er sie fest an sich zog. Sie öffnete seufzend die Lippen, während sie seinen Herzschlag an ihrer Brust spürte. Er schob ihren Rock hoch, ließ die Finger unter ihren Slip gleiten und hob sie auf seinen Arm, als sei sie eine Feder. »Wo war noch mal dein Schlafzimmer?«

Später, als es bereits dunkel geworden war, saßen sie bei Kerzenschein auf ihrem Sofa. Leise Musik drang aus ihrem tragbaren Lautsprecher, den sie sich von Gerds Geld gegönnt hatte, nachdem sie die Reparatur ihres Autos bezahlt hatte. Arne erzählte ihr, warum es mit ihm und Marleen doch nicht funktioniert hatte.

»Ich glaube, ich war vor allem in die Vorstellung verliebt, wieder eine Familie zu haben«, sagte er nachdenklich.

»Das kann ich verstehen«, stimmte Nicole leise zu. »Ich habe auch immer davon geträumt, dass mein Vater irgendwann auftaucht und ich dann mit ihm und meiner Mutter zusammenlebe.« Sie hielt einen Moment inne, dann fuhr sie fort. »Doch schließlich lernte meine Mutter Gerd kennen, und sie wurde noch einmal schwanger. Ich hatte auf einmal einen Bruder, Leander, und war unendlich glücklich, endlich nicht mehr allein zu sein.«

Arne nippte an seinem Light-Bier. »Ich kann es immer noch nicht richtig glauben, dass wir ihn und meinen Vater zusammen in Hamburg getroffen haben.« Er prustete plötzlich los. »So etwas gibt es doch nicht im echten Leben, sondern nur in Romanen. Eigentlich zumindest …«

Nicole trank ebenfalls einen Schluck. »Apropos«, sagte sie und sprang vom Sofa. »Ich muss dir etwas zeigen.« Sie holte den Umschlag, in dem sich der Verlagsvertrag befand.

»Wow, das ist großartig«, sagte Arne anerkennend. »Darf ich die Geschichte mal lesen?«

Sie führte ihn zu ihrem Schreibtisch, zündete eine Kerze an und öffnete die Mappe, in der sich die Illustrationen und die Blätter mit dem Text befanden. Arne las die Geschichte aufmerksam und studierte ihre Zeichnungen.

»Das ist wunderbar«, sagte er schließlich und sah ihr dabei tief in die Augen. »Ich liebe dich, weißt du das?«

Nicoles Augen füllten sich mit Tränen. »Ich liebe dich auch!«

Sie blieben noch eine Weile am Schreibtisch sitzen, bis Arne plötzlich die Hände in ihrem Nacken vergrub und sie an sich zog. Als sie schließlich in ihrem Bett landeten, ließ sie ihre letzten Bedenken fallen. Sie wollte Arne, und er wollte sie. Alles andere würde sich fügen.

Zwei Wochen später feierten Nicole und Arne ihren Abschied in der Küche des Gutshauses. Arne war tatsächlich zu dem Treffen der Walforscher nach Norwegen eingeladen worden, und Nicole würde ihn begleiten. Ulli hatte sie vier Wochen von der Arbeit auf dem Strandrosenhof freigestellt, danach würden sie weitersehen. Nicole wollte bislang an ihrem Job festhalten, aber im kommenden Frühjahr würde bereits ihr Buch *Luna und der kleine Schweinswal* erscheinen, und Emilia hatte ihr berichtet, dass es außergewöhnlich viele Vorbestellungen gebe.

»Offensichtlich haben wir einen Nerv der Zeit getroffen«, hatte sie ihr bei ihrem letzten Telefonat mitgeteilt und ihr danach eine weitere Frage gestellt: »Hast du schon eine Idee für dein zweites Buch?«

So schnell kann es gehen, hatte Nicole gedacht und ihrer Verlegerin versprochen, sich in Norwegen Gedanken darüber zu machen.

Ulli füllte die Gläser mit Erdbeerbowle, und Leonie, die aufgrund ihres Erfolges eine feste Anstellung beim *Schlei-*

Boten erhalten hatte, verteilte sie. Sophia und Christoph waren ebenfalls gekommen, ihr Sohn Paul war ein paar Tage bei Sophias Eltern in Kappeln, und Jörg war soeben mit etwas Verspätung erschienen.

Nicole hob ihr Glas und blickte in die Runde. »Dann sind wir wohl endlich vollständig?«

»Jawohl«, kam es wie aus einem Munde, als es plötzlich an der Tür klingelte. »Wer kann das denn sein?«, fragte Leonie achselzuckend. »Ich schau mal!«

Kurz darauf kam sie mit einem jungen, attraktiven Mann an ihrer Seite zurück, der mit seinen klassischen Gesichtszügen, dem durchtrainierten Körper und den strahlend blauen Augen wie ein Model aussah. Christoph sprang ihm entgegen und umarmte ihn kräftig.

»Jan, was machst du denn hier?«

Arne stieß Nicole in die Seite, woraufhin sie sich zu ihm runterbeugte. »Das ist der ehemalige Geschäftspartner von Christoph«, flüsterte sie. »Leonie hatte sich damals in ihn verliebt, aber er blieb nicht hier wie sein Kumpel, sondern reiste ab, um weiter Karriere zu machen.«

»Alles klar, dann weiß ich Bescheid«, erwiderte Arne leise. »Hoffentlich bricht er Leonie nicht noch einmal das Herz.«

❋

Zwei Wochen später saß Nicole an Arnes Seite im Flugzeug, das sie nach Norwegen bringen sollte. Die Boeing lag ruhig in der Luft, und das Klima in der Maschine war sehr angenehm. Sie hielt Arnes Hand, der vor ein paar Minuten eingeschlafen war, kein Wunder nach den Aufregungen der vergangenen Tage. Die Landespressekonferenz und der Artikel von Leonie hatten ein Nachspiel gehabt, Arnes Kollege Dr. Jens Messerschmidt war vorerst vom Dienst suspendiert worden, bis alle Hintergründe aufgeklärt waren.

Nicole und Arne hatten Marleen und Luna besucht und waren mit ihnen zusammen am Strand von Eckernförde spazieren gegangen. Danach hatten sie einem Café Marzipantorte gegessen und dazu Kakao mit Sahne getrunken. Nicole hatte sich mit Marleen sogar richtig nett unterhalten und ihr versprochen, sich auch einmal ohne Arne mit ihr zu treffen.

Luna aber hatte sie versprochen, dass sie ihr als Erste das Buch mitbringen würde, in dem sie die Hauptrolle spielte.

Nicole lehnte sich in ihrem Sitz zurück und schloss die Augen. In den vergangenen Monaten war so viel passiert wie noch nie zuvor in ihrem Leben. Sie hätte sich nach der Trennung von Ulf niemals vorstellen können, einen Mann wie Arne an ihrer Seite zu haben. Sie strich langsam über ihren Bauch, und ein kleines Lächeln huschte dabei über ihr Gesicht. Bislang hatte sie keinen Test gemacht, aber es war durchaus möglich, dass sie schwanger war. Nicole würde es Arne erst mitteilen, wenn sie absolut sicher war, denn er wünschte sich genau wie sie ein Kind.

Sie öffnete ihre Handtasche und zog das Notizheft mit dem Heißluftballon heraus. Lächelnd las sie den Spruch, der sie die vergangenen Wochen bis hierher geleitet hatte:

Folge deinen Träumen, sie kennen den Weg!

Danksagung

Ein turbulentes Schreibjahr mit vielen Auf und Abs liegt hinter mir, und genau so erging es meiner Protagonistin Nicole, die ihr Leben nach der Trennung von ihrem Lebensgefährten Ulf neu sortieren musste.

Ich hoffe, dass euch mein neuer Roman *Sommerglück auf dem Strandrosenhof* gefällt und ihr euch beim Lesen an die Ostsee träumen könnt.

Ein großes Dankeschön geht an alle Buchhändler*innen, die den ersten Band der Strandrosenhof-Reihe so wunderschön präsentiert haben. Über meinen Instagram-Kanal erreichten mich viele Fotos von liebevoll maritim dekorierten Tischen, auf denen sich mein Roman in bester Gesellschaft mit Autoren- und Autorinnenkollegen und ihren Sommerromanen befand. Wunderbar!

Meine Lektorin und Agentin Dr. Dorothee Schmidt ist weiterhin immer an meiner Seite, worüber ich sehr glücklich bin.

Laura Lichtenwalter, meine Lektorin vom Penguin Verlag, hat alle Fäden in der Hand gehabt und fand immer die richtigen Worte. Liebe Laura, ich hoffe, dass du auch weiterhin an meiner Seite bleibst.

Vielen lieben Dank auch an meine externe Redakteurin Angela Kuepper. Wir sind auf einer Wellenlänge, teilen die Liebe zur Natur, den Tieren und dem Leben – wie auch immer es sich gerade gestaltet. Ich freue mich sehr auf eine weitere Zusammenarbeit!

Meine Familie und meine Freunde haben mit viel Verständnis erneut meinen »Schreibmarathon« inklusive mehrerer Nachtschichten ertragen und mich immer unterstützt. Ich danke euch und hab euch lieb!